Egbert Osterwald

Schwarz Rot Blond

Egbert Osterwald

Schwarz Rot Blond

Kriminalroman

zu Klampen!

Herausgegeben von Susanne Mischke

2. Auflage 2009

info@zuklampen.de · www.zuklampen.de

Umschlag: Angelika Konietzny (www.izwd.de), Hannover
Satz: thielenVERLAGSBÜRO, Hannover
Druck: CPI - Clausen & Bosse, Leck

ISBN 978-3-86674-049-5

Bibliografische Information Der Deutschen Bibliothek
Die Deutsche Bibliothek verzeichnet diese Publikation in der Deutschen Nationalbibliografie; detaillierte bibliografische Daten sind im Internet über ‹http://dnb.ddb.de› abrufbar.

Sie war pünktlich. Er konnte ihre Schritte nicht hören, aber der klassizistische Rundpavillon, dem Humanisten Leibniz gewidmet, lag auf einem kleinen Hügel und bot einen geschützten Blick auf den befestigten Weg entlang des Grabens, der sie in einem Abstand von gut fünfzig Metern voneinander trennte. Sie lief wie immer zügig, aber, wie er kritisch feststellte, nicht übermäßig elegant, das Kreuz zu weit eingedrückt, die Beine eine Spur zu schwer aufsetzend. Wie immer hatte sie die Kopfhörer ihres MP3-Players in ihre Ohrmuscheln gesteckt. Sie lief von der Außenwelt abgeschottet, autistisch für die Dauer ihres Trainings, sie war ein wenig zu hager, asketisch, fitnessbesessen. Sie war knapp über dreißig, mit den ersten Anzeichen harter Falten, die sich von der Nase scharf zu den Mundwinkeln herabzogen. Ein Frauentyp, den er inzwischen nicht mehr schätzte.

Sie tauchte in die Buschgruppe ein, und nur ein gelegentliches Aufblinken ihres roten Trikots zeugte von ihrem Fortkommen. Sie würde die Brücke nehmen, dann eine Runde um den Tempel machen, die andere Brücke, den Weg zum Parkplatz. Es war heute ihre zweite Runde. Er hatte gestoppt, 21 Minuten für die knapp fünf Kilometer lange Strecke, für eine Trainingszeit nicht schlecht.

Ihm blieb noch etwa eine Minute.

Er fühlte keine Aufregung, sondern nur das Gefühl fast spiritueller Klarheit. Für einen langen Augenblick sah er das Tableau, auf dem er agierte. Den weichen, heugeschwängerten Duft des frisch geschnittenen Rasens, die Feuchtigkeit des sich abzeichnenden Regens, sogar der Geruch des aufkommenden Windes, der sich jetzt als Vorbote des Regens erhob, unpassend dazu die Wärme der Säulen, an die er sich gedrückt hatte.

Rubikon, dachte er. Er war dabei, eine Grenze zu überschreiten.

Er hörte ihre Schritte. Unregelmäßig, ein wenig zu schwer für eine leichte Frau, etwas stampfend. Er trat vor, kam ihr entgegen, aber ihr Gesicht, von der Anstrengung unschön verzerrt, schaute durch ihn einfach hindurch, nahm ihn nur wahr als ein unerwartetes Hindernis auf ihrer Laufstrecke. Als er nicht von selbst zur Seite ging, um ihr Platz zu machen, flackerten für einen Moment ihre Augen, unsicher, ob sie ihn rechts oder links passieren sollte, bevor ihre Lippen sich zu einem reflexhaften Lächeln verzogen.

Höflich trat er zur Seite, ließ sie links passieren und schnitt ihr mit einer Bewegung, deren Zielstrebigkeit und Eleganz ihn selbst erstaunten, die Kehle durch. Er sah ihr Gesicht nicht, aber er sprang rechtzeitig zurück, um nicht von dem Schwall des Blutes getroffen zu werden. Sie lief – reflexhaft – noch drei, vier Schritte, dann brach sie zusammen.

Eine eigenartige Faszination hatte sich seiner bemächtigt. Ihr Oberkörper hob und senkte sich im Takt eines jetzt sinnlosen Atmens. Das Herz, ohnehin durch das Training in hoher Belastung, pumpte und pumpte. Die Lache glitzernden Blutes erweiterte sich rasch, bildete einen kleinen See um ihren Kopf und floss dann zäh mäandrierend den winzigen Abhang hinunter auf den Weg. Ein paarmal schien es, als wolle sie den Kopf heben, sich mit den Händen noch einmal aufrichten, aber dann erlahmten die Ansätze ihrer Bewegungen.

Für einen Moment vergaß er andere Jogger, Radfahrer, Spaziergänger, spielende Kinder. Er trat näher, achtete aber darauf, nicht in das Blut zu treten, über dem sich bereits jetzt eine winzige Haut bildete.

Er hätte gerne ihr Gesicht gesehen, aber sie lag mit dem Kopf im Gras. Das eine Auge, das er erkennen konnte, starr nach unten gerichtet. Kein letzter Blick für ihn.

Aus seiner Hosentasche holte er eine kleine durchsichtige Plastiktüte, hielt sie in die Nähe des Kopfes und drückte eine schwarze Kugel heraus. Er meinte den fast geräuschlosen Aufschlag zu spüren, als sie neben den Kopf fiel, gegen ein Grasbüschel prallte, kurz zur Seite rollte und dann liegen blieb.

Distanziert betrachtete er sein Werk. Für einen Moment erschien es ihm perfekt. Der glatte Schnitt, der Ort – Tod vor idyllischer Kulisse –, Sonne, Tempel, Baumgruppen, ein kleiner Wasserlauf, locus amoenus, ein antiker oder barocker Dichter hätte es nicht besser arrangieren können, ein archaisches Opfer, das gebracht werden musste, damit die Götter gnädig gestimmt waren, damit das Leben weiterging, nur der schwelende Rauch eines Opferfeuers fehlte.

Mit dem letzten Blick zurück sah er die Fliegen. Es waren nicht Hunderte, ja nicht einmal zehn. Aber sie waren fett und schillerten schwarzgrün. Sie saßen auf Müllhalden, auf Misthaufen, auf Kot. Und jetzt saßen sie hier. Unwillkürlich überkam ihn der Ekel, eine Hand quetschte seinen Hals, seinen Magen, drehte ihm die Eingeweide um. Er beugte sich vorüber, und während er noch zu laufen versuchte, erbrach er den Ekel, den er überraschend auf einmal empfand, in einer stinkenden Lache vor seinen Füßen.

Es waren exakt fünf Minuten, die mich von diesem Fall trennten. Fünf Minuten, die meinem Leben eine andere Wendung gaben. Wäre ich eher gegangen, wie ich es eigentlich vorgehabt hatte, wäre der Fall irgendwo beim KDD, dem Kriminal-Dauerdienst, unserer Nachtwache, gelandet, wäre dort vermutlich versiebt worden und erst am Montag über unseren oder vielleicht sogar meinen Schreibtisch gelaufen, aber vermutlich hätte Bernd ihn ohne mich bearbeitet oder Matthias, und sie wären zu diesem Zeitpunkt wahrscheinlich zu anderen Ergebnissen gekommen.

Vermutlich – vielleicht – hätte – wenn – wäre.

Es war jedenfalls 17 Uhr fünf, als ich meinen Computer ausstellte und mich anschickte, nach Hause zu gehen. Es war Freitag, der 9. September, ein Datum, an das ich mich deswegen so gut erinnere, weil am gleichen Tag Bernd in seinen vierzigsten Geburtstag hineinfeiern wollte. Er hatte dazu – wie zu jedem Geburtstag – einen großen Teil unseres Kommissariats eingeladen.

Abgesehen vom nahenden Wochenende und unserem sprichwörtlichen Berg von Überstunden erklärte dies auch, dass ich inzwischen die Einzige war, die noch in unserem Kommissariat – K 4.02 Tötungsdelikte – Dienst tat. Und ich tat es auch mehr aus Routine, denn die Wochenenden sind meist sowieso langweilig, wie Wochenenden halt so sind.

Ich war jedenfalls dabei, meine Garderobenfrage für den heutigen Abend gedanklich durchzugehen (schwarzes T-Shirt und Rock oder Hose? Oder doch das stark dekolletierte rote Top?), als das Telefon beharrlich summte, erst bei Bernd, dann bei Matthias, schließlich, nach dem zehnten Klingeln stellte es sich automatisch zu mir durch und ich nahm aus reiner Gewohnheit ab.

Telefondienst hatte wohl der Kollege, der erst kürzlich aus Lüneburg zu uns versetzt worden war, ein kleiner, untersetzter Mann, der auf Dienstfesten beharrlich mit mir flirten wollte, dessen Namen ich allerdings immer wieder vergesse, was mir sonst selten passiert.

»Tut mir leid«, sagte er mitfühlend und ohne eine Spur spöttischer Anzüglichkeit, »es gibt Arbeit.«

Sie lag in einem wenig begangenen Teil des Georgengartens, eines englischen Landschaftsgartens, der sich kilometerweit, unterbrochen nur durch eine Reihe von kleinen Wasserläufen, Busch- und Baumgruppen, zwischen der City und den berühmten Herrenhäuser Gärten erstreckt. Im weichen Licht des beginnenden Abends wirkte der Platz noch idyllischer, als er ohnehin war. Eine kleine Halbinsel, umgeben von zwei kleinen Wasserläufen und einem größeren Teich, die sich zu einem kleinen Hügel erhob, der von einem klassizistischen Tempel gekrönt wurde. Um den Tempel herum führte in einer geschwungenen Kurve ein etwa zwei Meter breiter, nicht asphaltierter Fußweg, der sich weiter zwischen kleinen Baum- und Buschgruppen in die Tiefen des Gartens verlor.

Es war eine Frau von vielleicht fünfunddreißig Jahren, also etwa in meinem Alter, eher dünn als schlank, trainiert. Eine Joggerin. Sie war neben dem Weg zusammengebrochen und lag mit dem Kopf auf dem Rasen kurz vor den Stufen des kleinen Tempels. Für die Todesursache brauchte man keinen Arzt, denn über ihre Kehle zog sich ein klaffender roter Schnitt. Am linken Jochbein hatte sie frische Abschürfungen, offenbar war sie mitten im Lauf zusammengebrochen und auf das Gesicht gestürzt. Merkwürdig nur, dass sie jetzt auf dem Rücken lag.

Im Laufe etlicher Berufsjahre stumpft man ab, und ich habe im Laufe meiner Tätigkeit einiges an Blut gesehen, aber der riesig wirkende See klebrig roter Flüssigkeit, der sich über den Weg und den Abhang unter ihr erstreckte, ließ meinen Magen rebellieren und ich atmete rasch, um mich unter Kontrolle zu bekommen. Das Blut war an der Oberfläche bereits geronnen, streckenweise glitzerte es aber noch flüssig. In der schwülen

Wärme eines Spätsommertages fing es an, süßlich zu stinken. Bereits jetzt war das Surren der Scharen schwarzer Fliegen widerlich.

Ich hatte mir zur Angewohnheit gemacht, einen ersten Eindruck ganz allein zu gewinnen, ohne den Arzt, der in diesem Fall ohnehin nicht da war, oder mögliche Zeugen vorher zu hören, und zwang mich genauer hinzuschauen. Ich umrundete sorgfältig die Blutlache und näherte mich ihr von der Seite des Tempels. Gleich zu Beginn fiel mir auf, dass sich in der Nähe der Leiche Fußspuren in diesem See aus Blut eingedrückt hatten, in die Vertiefungen war Blut gelaufen. Die tief stehende Sonne gab ihnen einen warmen, dunklen Rubinton. Die Spuren verloren sich schließlich im Gras.

Das Gesicht der Toten war unnatürlich bleich, wohl durch den Blutmangel, und bildete einen starken Kontrast zu dem tiefen Schwarz ihrer Haare.

Schneewittchen kam mir in den Sinn. Weiß wie Schnee, schwarz wie Ebenholz, rot wie Blut. Ihre Hände fielen mir auf. Fein gegliedert, keine Schwielen, aber am linken Zeigefinger einen kleinen blauen Fleck. Tinte? Kleidung: Eng anliegende kurze Jogging-Hose, rot mit gelben Adidas-Streifen. Mit einigen Schlaufen noch um das Handgelenk gewickelt eine gelbe elektronische Stoppuhr, die aufgehört hatte zu zählen und bei vierundvierzig Minuten und einigen Sekunden angehalten worden war. Wenn das ihre Todeszeit war, dann war sie eine trainierte Läuferin gewesen, ich kannte nur wenige, die begeistert eine dreiviertel Stunde laufen konnten. Ich jedenfalls gehörte nicht dazu.

Die beiden Streifenpolizisten, die sie gefunden hatten, wirkten verstört. Es war mit Sicherheit ihre erste Leiche, die sie überhaupt gesehen hatten. Aber sie waren innerlich vor Ungeduld erfüllt. Sie wollten es hinter sich bringen, und sie wollten gleichzeitig Aufmerksamkeit. Sie trugen diese eng anliegenden grünen Bikeranzüge. Der eine, Anfang, Mitte zwanzig, strotzte nur so vor Muskeln, und seine gleichaltrige Begleiterin – Durchschnittsgesicht, aber ebenfalls fitnessgestählt, wenigstens hatten die beiden ja eine Gemeinsamkeit – sah ihn mit Hilfe suchenden, anhimmelnden Kuhaugen an.

»Ihr habt sie gefunden?«, fragte ich.

»Nicht direkt«, entgegnete er und bemühte sich um professionelle Sachlichkeit.

Ja oder nein?, lag mir auf der Zunge. Geht es vielleicht auch etwas präziser? Aber seitdem sich vor einem Jahr ein Kollege von der Trachtengruppe über meine angeblich spöttische Art beschwert hatte, war ich mit solchen Bemerkungen vorsichtiger. Sie machen sich nicht so gut in der Personalakte.

»Wir machten unsere Tour«, mischte sich seine Kollegin ein. Offenbar war sie auch der Rede fähig. Ich schaute sie fragend an.

»Wir machten unsere Tour, als uns in der Nähe der Brücke drüben«, sie zeigte auf eine etwa hundert Meter entfernte zierliche Eisenkonstruktion aus dem 19. Jahrhundert, »als uns dieser Mann dort auffiel.«

Sie deutete auf einen jungen Mann, der zwischen zwei Uniformierten vor einem Streifenwagen stand. Er schien jung zu sein, sicher nicht älter als fünfunddreißig, falls überhaupt, aber sein Gesicht wies zahlreiche tiefe Falten auf. Er war hager und seine ohnehin nicht weitgeschnittene Polyäthylen-Hose schlackerte. Seine Hände waren blutig und auch auf der Hose befanden sich dunkle Flecken. Seine schwarzen Turnschuhe wiesen an der Sohle dunkle Stellen auf. Blut? Sollten die beiden Fitnessathleten mir gleich den Täter frei Haus geliefert haben?

»Er hatte blutige Hände und offenbar Blutflecken an der Kleidung, deswegen fiel er uns auf. Als wir ihn ansprachen, behauptete er, dass er auf dem Weg zur Polizei sei, es läge dort eine Leiche. Dann führte er uns hierher. Die Personalien haben wir bereits festgestellt. Fritz Weller, wohnhaft in Linden.«

Auf meine stumme Aufforderung hin gaben die beiden Kollegen vor dem Streifenwagen dem schlaksigen Mann einen leichten Stoß. Mit unsicheren Schritten und einem frechen Gesichtsausdruck kam er näher.

»Ich habe nichts gemacht, Frau Kommissarin«, sagte er und schwankte in seiner Stimme zwischen rechthaberischer Frechheit und Angst. »Ich habe nichts gemacht. Ich habe sie nur gefunden.«

Ich blickte nur fragend auf seine Blutflecken an seinen Händen und seiner Kleidung.

»Und das da?«

»Ich wollte nur helfen, ich habe sie umgedreht und wollte nur helfen. Wirklich. Und dann habe ich gedacht, gleich zur Polizei, Hilfe holen.«

Oder weglaufen.

»Sie haben nicht zufälligerweise ein Handy?«

Er zögerte einen Moment zu lange.

»Nicht dabei.«

»Packen Sie mal Ihre Taschen aus.«

»Und warum?«

»Machen Sie einfach nur mal, was ich sage.«

Er nestelte in seinen Hosentaschen herum und förderte dann schließlich neben einem angebrochenen Stapel Papiertaschentüchern, einem abgegriffenen Portemonnaie, einige in Alupapier eingewickelten Kügelchen undefinierbaren Inhalts schließlich auch ein modernes Motorola-Klapphandy zutage. Ich kannte den Typ, hatte ich doch vor drei Wochen zögernd im T-Punkt gestanden und mir den Kauf dann schließlich doch verkniffen.

»Und was ist das da?«

»Scheiße«, knurrte er. »Ich hab es wirklich vergessen, dass ich das Ding dabei hatte. Bin einfach gelaufen, wollte zur nächsten Telefonzelle. Und dann die … Polizei anrufen.«

Und im Himmel war Jahrmarkt.

Ich schaute ihn nur fragend an.

»Na gut«, korrigierte er sich hastig. »Als ich sah, dass sie tot war, dachte ich einfach, also, wenn Sie verstehen, Frau Kommissarin.«

»Da haben Sie es mit der Angst gekriegt und sind einfach abgehauen.«

»Ist doch verständlich, oder? Hätten Sie doch auch gemacht?«

»Nein«, sagte ich nur knapp. Für einen Tatverdächtigen hielt ich ihn allerdings auch nicht. Die Tat war mit äußerster Brutalität durchgeführt worden, ein rascher Schnitt, kein langes Zögern. Vielleicht mit viel Hass, mit Sicherheit aber mit enormer Präzision. Es passte einfach nicht zu ihm.

»Mach mal das Portemonnaie auf«, forderte ich ihn auf.

Kleine, zusammengefaltete Scheine, dann zwei Einhunderter.

»Ganz schön viel, nicht wahr?«

»War gestern beim Sozialamt.«

Die Befragung nervte mich. Vielleicht mochte mein Verhalten tadelnswert sein, aber es ging auf halb sechs Uhr zu, das Wochenende stand vor der Tür, Bernds Feier sollte in knapp drei Stunden losgehen, und ich hatte immer noch nichts anzuziehen. Und ob dieses Häufchen Elend seine Drogen vertickerte oder seine geklauten Handykarten oder was auch immer, war mir im Augenblick herzlich egal.

»Sie waren vermutlich der Erste am Tatort«, wechselte ich das Thema, »lassen wir mal beiseite, dass Sie sich aus dem Staub machen wollten …« – ich unterbrach den Ansatz seines Protestes mit einer unwirschen Handbewegung – »sehen wir davon mal ab. Beschreiben Sie einfach, wie Sie sie gefunden haben.«

»Ich kam von der Lutherkirche, Kniestraße, da war ich mit einem Kumpel verabredet, Ernst Wächter, können Sie nachfragen, der bestätigt das, ehrlich, und bin dann durch den Georgengarten, wollte nach Hause, und als ich um die Ecke da kam«, er deutete auf eine Buschgruppe, »da sah ich sie. Sie lag auf dem Bauch und bewegte sich noch. Ich sofort zu ihr hin, hab sie umgedreht … Da war sie aber schon tot.«

Seine Augen hatten einen abwesenden Blick angenommen, als er hinzufügte: »Es kam noch etwas Blut aus dem Hals, aber sie war gleich tot.«

»Ist Ihnen irgendetwas aufgefallen? Eine Person? Eine Bewegung? Ein Geräusch?«

Er schüttelte den Kopf. »Nix«, sagte er, »ich habe keinen gesehen. Und gehört? Ich hab auch nichts gehört. War ja auch ein bisschen Wind, also die Blätter. Nee, gehört habe ich nichts. Und gesehen auch nicht.«

Wie lange blutete man nach einer solchen Wunde? Eine Minute, drei? Ich würde Dr. Bartels fragen müssen, notierte ich mir, aber wenn seine Aussage stimmte, und die Tote sich noch wirklich bewegt hatte, dann müsste der Täter noch in unmittelbarer Nähe gewesen sein. Wie war er weggekommen?

Die Gegend gehörte nicht zu meinen beliebten Ausflugszielen, sodass ich mit ihrer Geografie nur ungefähr vertraut war.

»Der nächste Parkplatz?«, fragte ich meinen Kollegen von der Streife.

»Parkplatz?« Er überlegte kurz. »Entweder bei den Herrenhäuser Gärten etwa in eineinhalb Kilometer oder Wilhelm-Busch-Museum vielleicht sechs-, siebenhundert Meter. Dornröschen, vielleicht achthundert Meter, und natürlich in der Nähe der Uni jede Menge. Vielleicht fünfhundert Meter.«

Fünfhundert Meter, keine kleine Distanz, um sich ungesehen davonzumachen.

»Ich hätte ein Fahrrad genommen«, stellte mein bikender Kollege fest. »Aber natürlich könnte er sein Auto auch im Parkverbot abgestellt haben. Wege gibt es hier genug.«

»Haben Sie ein Fahrrad gehört? Oder gesehen?«, wandte ich mich an meinen Kronzeugen.

Aber der schüttelte nur den Kopf. Mit dem Umstand, dass er als Zeuge von Wichtigkeit war und das Gefühl hatte, nicht mehr selbst zu dem Kreis der Verdächtigen zu gehören, war auch seine anfängliche Unsicherheit geschwunden.

»Obwohl«, – auf einmal schien er die Aufmerksamkeit zu genießen, »wenn ich mich ganz genau erinnere, da war etwas.«

Er machte eine bedeutungsschwere Pause.

Ich habe etwas gegen Amateurschauspieler und außerdem wollte ich ins Wochenende.

»Ich habe nicht ewig Zeit«, versetzte ich knapp, fügte dann aber gleich versöhnlich hinzu: »Was haben Sie denn noch bemerkt?«

»Ein Geräusch«, sagte er. »Ein komisches Geräusch, so als ob man eine Flasche ausgießt, so mit platschender Flüssigkeit.«

»Wie Bier?«

»Nee, nicht wie ’ne Bierflasche. Eher so wie ein Eimer, den man ausgießt. Aber, wie gesagt, Frau Kommissarin, die Blätter waren ziemlich laut und so genau achtet man doch auch nicht auf alles, oder?«

Inzwischen hatten wir Verstärkung erhalten. Die Spurensicherung war eingetroffen, drei Mann, und wartete darauf, dass ich ihnen das Zeichen gab. Auch für sie war es Wochenende. In eineinhalb Stunden wäre der KDD an der Reihe gewesen, die Nachtwache.

Ich beugte mich hinunter zur Toten. Da sie vorher schon bewegt worden war, war auch ihre genaue Lage nicht mehr von großer Wichtigkeit. Ich griff in ihre Hosentasche. Vielleicht hatte sie Ausweispapiere oder wenigstens Autoschlüssel bei sich. Allerdings waren die Taschen leer. Die Identifizierung würde wohl noch einige Zeit auf sich warten lassen. Erst beim Aufstehen fiel mir auf, dass direkt neben ihr eine kleine Glasmurmel lag, wie sie Kinder beim Spiel früher verwendet haben mochten. Ich nahm sie zunächst nur beiläufig wahr, und auch nur deswegen, weil sie anders war als die kleinen Kugeln, die ich von früher kannte. Sie war eine Kugel, die wir wohl damals als Hunderter beschrieben hätten, eine mittelgroße Kugel, vielleicht eineinhalb bis zwei Zentimeter im Durchmesser, aber das war nicht das Ungewöhnliche an ihr, sondern im Gegensatz zu den Murmeln meiner Kindheit waren ihre inneren Lamellen nicht bunt, sondern von einem tiefen Schwarz. Irgendwie passte sie nicht hierher. Hier spielten normalerweise keine Kinder mehr. Im Geiste nummerierte ich die Kugel. Beweisstück Nr. 1.

Ich richtete mich auf. Wenn Tatort und Fundort der Leiche identisch waren, und daran zweifelte ich nicht, wie war es geschehen? Wo hatte der Täter gewartet? Das Gelände war unübersichtlich, aber vom Tempel aus gut einsehbar. Ein kleiner Wasserlauf schlängelte sich durch eine offene, aber immer wieder durch Busch- und Baumgruppen unterbrochene Landschaft. Der Weg der Läuferin war klar ersichtlich. Drüben über die Brücke, dann die große Kurve, dann auf den kleinen klassizistischen Tempel zu. An der ersten Buschgruppe hinter dem Tempel hatte sie ihr Schicksal ereilt.

Ich erklomm die wenigen Stufen. Der kleine Bau war kürzlich renoviert worden, aber schon jetzt prankten einige Kritzeleien auf den welfengelben Wänden. Die Gartenarchitekten hatten vor zweihundert Jahren ein gutes Gespür bewiesen. Von dem kleinen Hügel aus hatte man einen herrlichen Ausblick und, wenn man in dem Schatten der Säulen blieb, auch kaum eine Entdeckung zu befürchten. Sogar ein mögliches Fahrrad konnte hier unauffällig abgestellt werden. Der Täter – unwillkürlich stellte ich mir ihn als einen Mann vor – konnte die Joggerin mindestens zwei Minuten vorher sehen, wenn sie den direkten Weg genommen hatte. Zeit genug, um sich zu vergewissern, dass kein Zeuge in der Nähe war, Zeit genug, um ihr am Tatort aufzulauern.

Vermutlich war er die wenigen Schritte zum Gebüsch gegangen, falls es überhaupt nötig war, denn das Opfer war ahnungslos gewesen. Höchstwahrscheinlich ahnungslos gewesen, korrigierte ich mich. Wenn es Spuren gab, dann vermutlich in diesem Bereich. Winzige Faserreste, Haare, ein Fußabdruck.

Ich hatte Tatorte gesehen, an denen nicht einmal Ansätze von Spuren zu sehen waren, Zimmer, die in fast klinischer Aufgeräumtheit erstrahlten, Wiesen, in denen das entscheidende Detail sorgfältig versteckt war – und solche, die vor Spuren fast überquollen. Leider war dies hier der Fall. An die Wand des Tempels zog sich der eingetrocknete Rest einer Urinspur, und die Färbung an der Wand ließ den Schluss zu, dass nicht nur einer dort seine Spur hinterlassen hatte. Irgendein Besoffener musste sich auch kürzlich übergeben haben, denn eine unansehnliche Lache von brauner Kotze – mir fiel kein anderer Name ein – zog sich in unmittelbarer Umgebung des Tempels hin. Und schon mit bloßen Augen konnte ich an den Rändern des Gebüsches das Weiß von Papptellern und Verpackungen erkennen. Und ich konnte mir denken, dass in diesen Gebüschen seit Jahren etliche Spritzbestecke, Bierdosen und Klopapierreste auf den glücklichen Finder warteten.

Diese Arbeit war einfach nur eklig.

Ich richtete mich auf und gab Anweisung, den Tatort sorgfältig abzusuchen. Als ich ging, konnte ich die Freude meiner Kollegen geradezu spüren. Für sie würde das Wochenende noch etwas auf sich warten lassen.

❖

Erstaunlicherweise kam ich sogar mit Viertel vor neun nicht allzu spät bei Bernds Feier an. Das Anziehen hatte sich wie immer als hektisch gestaltet und sich erwartungsgemäß länger hingezögert, da meine Kleiderfrage nicht ganz zufriedenstellend gelöst werden konnte. Mein »elegantes kleines Schwarzes« war etwas in die Jahre gekommen und in der Taillengegend etwas enger geworden (vermutlich war es eingelaufen) und schied von daher – wie ich schon im Vorfeld befürchtet hatte – aus. Ich entschied mich schließlich für einen roten Rock, den ich bei derartigen Gelegenheiten – sie sind ja selten genug – gerne trage und ein tief dekolletiertes T-Shirt. An sich sind tiefe Dekolletés normalerweise nicht so mein Ding, und so ganz wohl fühle ich mich auch nicht in ihnen, aber seit ich in der Zeitschrift »Brigitte« mal einen diesbezüglichen Tipp gelesen habe (Männer seien Augenwesen) und es offenbar die Konkurrenz auch nicht anders macht, biss ich in den sauren Apfel.

Nun ist das mit dem Dekolleté bei mir auch aus anderen als psychologischen Gründen so eine Sache, deswegen hatte ich gleich Gelegenheit meinen Push-up (auch so eine Neuerwerbung, zu der ich erst von meiner Freundin Ingrid überredet werden musste) erstmalig in Einsatz zu bringen.

Zu Beginn meines Berufes hätte ich es für unmöglich gehalten, eine Leiche zu betrachten, einen Täter zu jagen und mir zwei Stunden später Gedanken über mein Outfit zu machen. Aber das lernt sich. Und wenn man es nicht lernt, übersteht man diesen Job nicht lange.

Mein Kollege Matthias, der mich abholte, harrte im Wohnzimmer meiner kleinen Dreizimmerwohnung in der Oststadt wacker aus. Neben Bernd, den ich seit langen Jahren kenne, ist Matthias, der erst vor etwa drei Jahren zu unserem Dezernat hinzugestoßen ist, mein engster männlicher Vertrauter. Er ist etwas über einsachtzig, athletisch, aber kein Bulle, in der Regel mit sportlicher Eleganz gekleidet, malt in seiner Freizeit Bilder, ist humorvoll, hat Einfühlungsvermögen – kurz er wäre für mich der perfekte Mann – aber leider … Sie kennen das bestimmt aus den Fernsehserien: Der beste Freund ist schwul, und das war's denn auch schon zwischen uns.

Er fand auch einen Parkplatz für seinen 3er BMW nur fünfzig Meter von der Einfahrt zu Bernds Haus entfernt, und so stöckelte ich an seiner Seite an der langen Kette von geparkten Nobelkarossen vorbei Bernds Domizil entgegen.

»Meinst du nicht, dass es ein bisschen viel ist?«, fragte ich ihn und deutete auf meinen Ausschnitt.

Mit einem theatralischen Seufzer hob er die Augenbrauen.

»Das hatten wir doch schon«, sagte er und legte mir die Hand auf die Schulter. Es tat einfach gut.

Von Natur aus bin ich nicht neidisch, aber wenn ich den Kasten sehe, in dem Bernd Kühne, Leitender Hauptkommissar Kühne (immerhin nur eine Besoldungsgruppe über mir), residiert, packen mich manchmal unschöne und wenig edle Gefühle.

»Ganz schöner Kasten«, sagte Matthias. Er sagte es jedes Mal und jedes Mal klang es nicht viel anders.

»Mehr als wohnen kann man auch nicht drin«, versetzte ich und bog in den Eingang der sorgfältig geschnittenen Hainbuchenhecke, inzwischen einsachtzig hoch und vermutlich schon bei der Grundsteinlegung des Hauses 1910 angelegt.

Dem Stimmengewirr nach hatte die Party gerade angefangen und wir machten uns nicht die Mühe, am Eingang zu klingeln, wo uns doch wahrscheinlich nur Birgit, seine geliebte Ehefrau, abgefangen hätte, sondern gingen sofort in den Garten. Unglücklicherweise lief sie uns dort gleich über den Weg.

»Schön, dass ihr gekommen seid«, empfing sie uns mit einer Fröhlichkeit, die ich bei jedem Tatverdächtigen schon als falsch empfunden hätte, und umarmte erst mich, dann Matthias. Sie trug ein hellblaues Abendkleid, dessen Dekolleté meines um Längen toppte (für eine Gastgeberin deutlich deplatziert und einfach aufdringlich), und schwenkte ihre blonden Barbielocken, dass sie fast abzufallen drohten.

»Ich freue mich, dass ihr uns eingeladen habt«, erwiderte ich mit aller Herzlichkeit.

»Wir sehen uns viel zu selten«, gab sie zurück. »Und dann leider nur bei diesem Massenauftrieb.«

»Nun sind wir aber da«, meinte ich strahlend. »Schön, dich zu sehen.«

Eine junge Frau vom Partyservice kam mit ein paar Gläsern, und Birgit ließ es sich nicht nehmen, uns eigenhändig zwei Proseccos in die Hand zu drücken. Dann eilte sie, neue Gäste zu empfangen. Als sie ging, bemerkte ich mit Befriedigung, dass ihr blaues Kleid am hinteren Saum einen kleinen, nagelneuen Fettfleck hatte. Er fiel richtig auf.

Dann fiel mein Blick auf meinen Vorgesetzten. Er löste sich aus einer Gruppe von Männern, die ich nicht kannte, und kam direkt auf uns zu.

»Schön, dass ihr es doch noch geschafft habt«, strahlte er, und ihm glaubte ich es. Er hatte eine männliche Bariton-Stimme mit sehr viel Wärme, und wenn er einen anschaut, hat man das Gefühl, dass man der einzige Mensch ist, der wirklich im Moment zählt. Er versetzte Matthias einen freundschaftlichen Schlag auf die Schulter, dass das Proseccoglas schwappte, und drückte mich an seine Brust – für eine kollegiale Begrüßung ein wenig länger als normal.

»Du siehst zauberhaft aus«, flüsterte er mir ins Ohr.

Und obwohl ich weiß, dass er es nicht so meint (oder vielleicht doch?), fühlte ich mich gleich besser.

»Das sagst du nur so«, erwiderte ich.

Er trat jedoch nur einen Schritt zurück, musterte mich ernst und mit der offenkundigen Attitüde eines Kritikers, wiegte dann seinen Kopf und sagte nur: »Nein.«

Ich glaube, er hätte mich noch länger angeschaut, aber Matthias neben mir machte vernehmlich »hm, hm«, und Bernd wechselte seinen Gesichtsausdruck.

»Ich habe gehört, es hat noch Arbeit gegeben?«, fragte er.

»Ja, eine Frau …«

»Ich weiß«, unterbrach er mich freundlich. »Sie haben mich vor einer Stunde angerufen. Ist aber schön, dass ihr es noch geschafft habt.«

Dann ließ er uns stehen. Der DJ spielte einen Tusch, und Bernd eröffnete das Büfett mit dem Hinweis, dass nun auch die meisten Gäste anwesend seien, sogar die, die in aufopferungsvoller Tätigkeit für die Allgemeinheit das Wort Feierabend nur aus dem Wörterbuch kennten. Alle lachten pflichtschuldig.

Mag sein, dass ich an diesem Tag besonders aufmerksam war. Ich war abgehetzt, nicht sehr gut drauf, und obwohl ich es gelernt hatte – wie wir alle – einen mehr oder weniger scharfen Schnitt zwischen Beruf und Privatleben zu ziehen, ging mir die Tote nach. Und je mehr ich die Party betrachtete, desto weniger gefiel sie mir.

Es war die gleiche Gesellschaft wie immer bei dieser Gelegenheit. Zwei scharf geschiedene Gruppen, die nur in fortgeschrittener Stunde (und nachdem reichlich Alkohol geflossen war) zueinander fanden. Auf der einen Seite wir, die Kollegen vom Dezernat, einige alte Freunde aus der Zeit der Polizeischule und verschiedene Kollegen aus Nachbardezernaten. Wir kannten uns fast alle vom Dienst, aber dieses Merkmal wäre nicht nötig einmal gewesen, denn auch ein unbefangener Beobachter hätte uns von den anderen rasch unterscheiden können. Mehr Jeans als feines Tuch, hin und wieder ein lautes, zu grelles Jackett, Schuhe, denen man ansah, dass sie nicht in den kleinen Abteilungen verschwiegener Boutiquen, sondern in den breiten Auslagen der großen Kaufhäuser gekauft worden waren, und dann der Anflug kleiner Unsicherheit angesichts des Wohlstandes, ein wenig zu laute Sprache, der rasche Gang zum Büfett, etwas zu volle Teller, der schnelle Griff zum Bier.

Dann die anderen, die »feine Gesellschaft«, Leute aus Kultur, Politik, vor allem aber aus der Werbebranche. Zerknautschte Leinen-Jacketts, Seide, wichtige Mienen, dazwischen dünn gehungerte 34er-Figuren als weibliche Accessoires. Es war Birgits Welt, denn Birgit, Bernds Ehefrau, war Inhaberin einer gut gehenden Werbeagentur, *starcke-medien KG*, es war ihre Welt, die auf unsere traf, und es ist sicher überflüssig zu erwähnen, dass die letzte Gruppe den Ton angab und wir nur mehr oder weniger geduldete Zaungäste darstellten. Die armen Verwandten, die man mit Freibier und etwas Essen abspeiste. Vielleicht war das aber auch nur für mich ein Problem, denn unsere Männer griffen beim Büfett beherzt zu, und der zunehmenden Lautstärke nach schienen sie sich prächtig zu amüsieren. War ich einfach nur neidisch?

Fairerweise musste ich zugeben, dass der von Bernd (oder wahrscheinlich eher Birgit) engagierte Partyservice wieder mal erstklassig war. Das Büfett war unter den drei alten Linden aufgebaut, die im Mittelteil des Gartens einen kleinen Kreis bildeten, Pfannen glitzerten, durch die einbrechende Dunkelheit leuchteten die bläulichen Flammen der Rechauds und der milde Glanz zahlreicher Kerzenleuchter. Die Platten leerten sich, und wie von Geisterhand wurden sie immer wieder neu aufgefüllt, dekoriert, nur an verschwiegenen Abseiten stapelte sich das von den Gästen hingestellte Geschirr. Wolken verführerischer Düfte zogen an mir vorbei, leise Musik, angeregtes Stimmengewirr, manchmal ein etwas angestrengtes, exaltiertes Lachen.

Plötzlich tauchte Matthias neben mir auf, einen fast leer gegessenen Teller in der Hand.

»Steh hier nicht so allein rum«, sagte er. »Gehen wir zum Büfett, ich war schon da, und ich kann dir sagen, es lohnt sich.«

Er gab mir einen vertraulichen Stoß in den Rücken, ich zuckte mit den Schultern und warf meine Bedenken über Bord, reihte mich ein, und in weniger als einer Viertelstunde hatte ich zwei, drei Teller restlos vertilgt. Ich verdrückte alles. Scampi, Saltimbocca, irgendwelche roten exotischen Früchte, die ich nicht einmal kannte, die Cremespeisen zum Schluss, und dann noch einmal in einem Anfall von Fresssucht die Lachsfilets, die ich beim Vorspeisenteller gerade nicht mehr draufbekommen hatte.

»Na, na«, versetzte Matthias anzüglich, als ich wieder neben ihm Platz nahm. Aber es klang zufriedener.

Ich murmelte etwas, das weder ich selbst noch er verstand.

Sei kein Spielverderber, sagte ich mir, und wandte mich meinen anderen Sitznachbarn zu, die gerade die Kandidaten der anstehenden Personalratswahlen durchhechelten. Ich machte die paar anzüglichen Bemerkungen, die sie alle von mir erwarteten, griff bereitwillig nach dem Bier und dem Rotwein, den sie mir, der einzigen eingeladenen Frau unseres Kommissariats, freigiebig anboten. Und für einen Moment wurde ich wieder Teil unserer kleinen Gruppe.

Der DJ bat uns alle mit einem Disco-Fox auf die Tanzfläche, eine Aufforderung, der – wie jedes Jahr – nur ein Teil der Gesellschaft nachkam. Ich tanze leidenschaftlich gerne, tanze auch gut, aber als ich den Blick über meine Kollegen schweifen ließ, war mir klar, dass sie wieder mal die Bierflasche und die Bar ihrer attraktiven Kollegin vorziehen würden. Wenn ich die Geschicke nicht selbst in die Hand nahm, würde dieser Abend so zu Ende gehen wie auf einer beliebigen Kantinenfeier am vierten Advent. Reichlich Bier, danach Schnaps und danach, wenn es hochkam, das Angebaggere durch einen angetrunkenen Kollegen, der verheiratet war – und dies leider, leider natürlich unglücklich – die übliche Masche, auf die frau ohne Begeisterung mal so, mal so reagiert.

Und so nippte ich nur am Glas, hörte kaum mit halbem Ohr zu, wie mir Klaus, ein Kollege von K 03, Drogen und Rauschmittel, lautstark einen neuen Fahndungserfolg zum Besten gab, zwei Rentner, 68 und 72 Jahre, die seit fünf Jahren einen florierenden Handel mit Haschisch zwischen Amsterdam und Hannover aufgemacht hatten, waren endlich ins Netz gegangen. Aber die allgemeine Heiterkeit, die die Geschichte auslöste, ging an mir vorbei, teils, weil ich die Geschichte schon kannte, teils, weil ich kurzzeitig den Blick eines etwa dreißigjährigen Mannes, der am Rande der Tanzfläche stand, erhaschte.

Er war einer von den anderen, allerdings nicht so gut gekleidet, auch nur Jeans und nicht einmal gut sitzende, kein Muskelprotz, eher schmächtig. Ich tippte auf Journalist. Jedenfalls im Moment besser als meine Kollegen. Wir tauschten noch zwei Blicke. Einen Moment wartete ich noch, ob er den langen Weg machen würde, mich zum Tanzen aufzufordern, aber das schien wohl zu viel verlangt. Selbst war die Frau. Ich erhob mich.

»Bring mir auch eins mit«, bat mich Klaus, der meine Motive wohl falsch deutete.

Ich bewegte mich zielstrebig, aber nicht allzu forsch in seine Nähe und stellte mich an den Rand der Tanzfläche. Wieder Blickkontakt.

So langsam fing die Sache an mich zu ärgern. Wann war der Kerl denn das letzte Mal in der Disco gewesen? Ich bedauerte, kein Glas in der Hand zu haben, mit dem ich lässig spielen konnte, und schaute nur gelangweilt in die Runde. Schließlich stand er dann doch neben mir. Er war vielleicht einsfünfundsiebzig, hatte wuschelige braune Haare, die auf einen mäßigen Friseur schließen ließen, und auch für den heutigen Abend hätte er sich besser anziehen können. Doch seine Augen gefielen mir und auch sein schüchternes Lächeln.

»Auch hier?«, fragte er einleitend.

Gesprächseinleitungen solltest du mal üben, dachte ich mir im Stillen, unterdrückte aber eine spitze diesbezügliche Bemerkung.

»Du bist eine Kollegin von Bernd, nicht wahr?«, fuhr er fort, ohne meine Antwort abzuwarten.

Ich schenkte ihm ein aufforderndes Lächeln.

»Wir arbeiten seit Jahren miteinander. Und du?«

»Zeitung. Bin Volontär beim *Echo*.«

Das Echo war eine neue hannoversche Zeitung, angesiedelt zwischen Bild und der Hannoverschen Allgemeinen. Ich hatte also recht gehabt mit meiner Vermutung.

»Und?«, fragte ich. »Macht's Spaß?«

Er nickte gleichgültig.

Es schien wohl nicht sein Traumjob zu sein.

Er schwieg. Das Gespräch schien zu versanden, bevor es richtig angefangen hatte. Frage – Antwort, Frage – Antwort, so wie man es liebt. Wahrscheinlich würde ich doch spätabends mit einem angetrunkenen Kollegen vorlieb nehmen müssen, wenn überhaupt.

»Hast du Lust zu tanzen?«, fragte ich unvermittelt in die Gesprächspause. Er murmelte etwas von nicht tanzen können und bot mir an, ein Bier zu holen. Na prima.

Plötzlich spürte ich hinter mir den bekannten Hauch eines Parfüms. *Obsession* von Kelvin Klein. Eine Hand legte sich leicht auf meine Schulter. Ich zuckte zusammen.

»So alleine, schöne Frau?« flüsterte eine dunkle Stimme in mein Ohr. Meine Haare stellten sich elektrisiert auf. Ich lehnte mich zurück, dass ich seine Wange berührte.

»Jetzt nicht mehr«, flüsterte ich zurück.

»Lass uns tanzen«, flüsterte mir Bernd ins Ohr. Noch als wir beide auf die Tanzfläche gingen, sah ich, wie mein Journalist mit zwei vollen Biergläsern zurückkam und dämlich aus der Wäsche schaute.

Der DJ hatte gerade ein paar alte Rock-Songs aufgelegt und wir gingen beide voll mit. Bernd war ein glänzender Tänzer, elastisch in der Hüfte, dynamisch und von absoluter Körperbeherrschung. Ich stand ihm kaum nach, schon in unseren gemeinsamen Zeiten auf der Polizeischule in Hannoversch Münden konnten wir sehr gut miteinander tanzen. Wir waren damals beide Mitglieder des Fechtclubs gewesen, ich Florett, er Degen, und für zwei Jahre, eine Zeit, die mir unendlich lang erschien, waren wir damals ein Paar gewesen, für mich ein Traumpaar bis … Aber das war eine andere Geschichte. Auch jetzt mussten wir wohl ein hinreißendes Bild abgegeben haben, denn als die Musik aussetzte, bemerkte ich, dass eine Reihe von Gästen einen Kreis um die Tanzfläche gebildet hatte und uns respektvoll applaudierten.

Für einen Moment war ich verlegen und war ganz froh, als Bernd zu mir sagte: »Lass uns hier verschwinden«, die Hand auf meine Schulter legte und mich von der Tanzfläche bugsierte. Wir tauchten in die Schar der Gäste ein. Seine Hand lag immer noch auf meiner Schulter, unentschieden, ob sich daraus Zärtlichkeit oder nur kollegiale Zuneigung entwickeln sollte.

Ich wusste es erstaunlicherweise auch nicht. Ich wusste nicht einmal, was ich wollte. Bernd war verheiratet. Nicht dass mir das normalerweise etwas ausgemacht hätte. Ich hatte gelegentlich Verhältnisse mit verheirateten Männern gehabt, no risk, no fun, aber Bernd war etwas anderes. Der Riss war damals zu schmerzlich gewesen. Auch wenn ich inzwischen gelegentlich gerne mit Bernd flirte, solange er bei Birgit fest gebunden war, wollte ich nicht mehr von ihm. Ein einfacher Selbstschutz. So machte ich mich mit einer kleinen Bewegung von ihm los und ging still neben ihm her.

Wir gingen langsam in den dunkler werdenden Park. Die Musik blieb zurück, einzelne Liedfetzen wehten herüber, das Gelächter, die Gespräche der Gäste verschwanden zu einem gleichförmigen Rauschen, aus dem nur hin und wieder eine helle Stimme hervortrat. Kerzen und Lampions waren zu diffusen Lichtpunkten inmitten der fallenden Nacht geworden.

Das Grundstück war weitläufig, dunkle Rhododendrengruppen, drei, vier Meter hoch, ragten vor uns auf und bildeten dunkle Mauern, die Geheimnisse bewahren konnten. Wollte er mich etwa zu dem kleinen halb verfallenen chinesischen Teehaus in der verwilderten Ecke des Gartens führen? Ein lauschiger, romantischer Platz, der in mir gute Erinnerungen an einen südafrikanischen Kollegen und eine Geburtstagsfeier vor drei Jahren weckte. Aber ich wollte kein verstohlenes Techtelmechtel mit Bernd, diese Sache führte sowieso zu nichts. Und vielleicht war mein kleiner trotteliger Journalist mit seinen zwei Biergläsern heute doch die bessere Alternative.

Unvermittelt tauchte das Teehaus vor uns auf. »Lass uns zurückgehen«, lag mir auf der Zunge. Aber ich merkte, dass Bernd plötzlich seinen Schritt verhielt und auf das Teehaus starrte. Ich folgte seinem Blick. Durch das hölzerne Gitterwerk eines Fensters glaubte ich im Dunkel eine Bewegung zu erkennen. Und offenbar hatte Bernd wohl Ähnliches wahrgenommen. Hatte sich ein neues oder altes Liebespaar diesen Platz ausgesucht?

Natürlich ist es nicht fein, andere beim Liebesspiel zu belauschen, und ich kann von mir aus jedenfalls sagen, dass ich es definitiv nicht vorhatte, und Bernd ging es sicherlich genauso. Trotzdem blieben wir stehen und rührten uns nicht.

Den Geräuschen nach schienen die beiden ziemlich rasch und heftig zur Sache zu gehen.

»Wir sind keine Spanner«, ging es mir durch den Kopf. Es handelt sich um Erwachsene, und wir sollten uns und ihnen die möglichen Peinlichkeiten ersparen. Ich zupfte Bernd am Arm und bedeutete ihm mit einer Kopfbewegung, dass wir verschwinden sollten.

Doch Bernd rührte sich nicht, sondern blieb wie angewurzelt stehen. Seine Augen bohrten sich in die Dunkelheit, aus der verschwommen ein heller Fleck leuchtete.

Undeutliches Gemurmel drang aus dem kleinen Pavillon. Worte, die ich nicht verstand, geflüsterte kleine Zärtlichkeiten. Unterbrochen nur von gelegentlichem kleinen, glücklichen Lachen einer Frau.

»Müssen wir uns nicht wieder sehen lassen?« Es war die Stimme eines Mannes, und es waren die ersten Worte, die ich klar identifizieren konnte. Auch die Antwort der Frau konnte ich verstehen, »bleib noch«, sagte sie, dann ging ihre Stimme wieder in undeutliches flüsterndes zärtliches Gemurmel über.

»Bleib noch« – zwei Worte nur, aber sie hatten ausgereicht, dass ich ihre Stimme erkannte.

Bernd drehte sich wortlos um, packte meinen Arm mit einer Kraft und Heftigkeit, die mir wehtat, und ging. Fast zerrte er mich hinterher. Als wir aus der Hörweite des Teehauses waren, beschleunigte er seinen Schritt und stampfte stumm zu seinen fröhlich feiernden Gästen zurück. Kurz bevor wir ins Licht traten, ließ er mich los. Eine Welle von Mitleid brach in mir hoch. Ich konnte seine Erniedrigung fast körperlich spüren. Behutsam legte ich die Hand auf seinen Arm.

»Es tut mir so leid«, sagte ich leise. »Bernd, es tut mir unheimlich leid.«

Er schüttelte nur den Kopf.

»Ist in Ordnung«, sagte er sachlich. »Ist schon gut.«

Dann ließ er mich stehen, ging lockeren Schrittes zur Bar, ließ sich ein Bier zapfen und scherzte mit Matthias und den anderen, als sei nichts geschehen.

❖

Der Obduktionsbericht lag am Montagmorgen noch nicht vor, aber die Spurensicherung hatte eine Auflistung gegeben, die an Ausführlichkeit keinen Wunsch offen ließ. Eine sorgfältige amtliche Dokumentation städtischen Mülls.

Ich war an diesem Montag die Erste. Um ehrlich zu sein, bin ich fast immer die Erste. Einmal kann ich morgens gut arbeiten, keine Anrufe, keine Kollegen mit der Kaffeetasse, die einen von der Arbeit abhalten. Und die Stille macht mir nichts aus, im Gegenteil. Außerdem bin ich ganz gerne im Büro. Die meisten Wochenenden sind sowieso ziemlich langweilig. Die Kollegen bei den Familien, die »guten Freunde« oder Freundinnen an das Haus gebunden, als ob es für sie nichts anderes gäbe, und die Museen der Stadt oder das Programm im Cinemaxx kenne ich auswendig. Außerdem freute ich mich auf den Fall. Wir sind in Hannover nicht in Miami-Beach oder Chicago. Es gibt wenige unnatürliche Todesfälle in unserer Stadt, und die meisten sind ohnehin Selbsttötungen. Es war eine Herausforderung, und meine Beförderung zur Hauptkommissarin müsste in den nächsten zwei Jahren anstehen. Bernd hatte mich in den letzten zwei Jahren immer wieder ins Gespräch gebracht, aber angesichts der knappen Haushaltslage brauchte es wohl überzeugende, spektakuläre Fahndungserfolge. Dies könnte ein solcher werden.

Und dann wollte ich mit Bernd reden. Allein. Er war als Dezernatsleiter normalerweise immer einer der Ersten. Worüber ich mit ihm sprechen wollte, das wusste ich selbst nicht einmal. Ich hatte ihn nach dem Vorfall auf der Party nicht wieder allein gesehen, er war viel herumgegangen, hatte mit Kollegen seine kleinen Witze gemacht, mit den 34er Ehefrauen geflirtet, zum Schluss auch ziemlich getrunken, ohne die Kontrolle zu verlieren. Der vollendete Schauspieler. Oder ging ihm der Seitensprung seiner Ehefrau sozusagen am Arsch vorbei? Stand es so um die beiden? Ich hätte gern ein persönliches Wort mit ihm gewechselt, aber er ließ sich Zeit. Sogar Matthias, mit dem ich mein Büro teile, war früher da, obwohl dieser ein ziemlicher Langschläfer ist.

»Na, wieder nüchtern?«, frotzelte er.

»Nun übertreib mal nicht«, gab ich schlagfertig zurück. »Immerhin war ich nüchtern genug, deine plumpen Annäherungsversuche zurückzuweisen. Weißt du übrigens, dass es den Tatbestand der sexuellen Belästigung auch in der Freizeit gibt?«

Matthias lachte gutmütig.

»Wäre doch eher ein Fall für Koch.«

Der hatte mich in der Tat nach etlichen Bierchen ziemlich angegrapscht. Aber wenn man in diesem Job eine Zimperliese ist, hat man schlechte Karten.

»Liegen die Berichte schon vor, und wie sieht es mit den Familienfotos aus?«

Ich schob ihm den Packen Unterlagen über den Schreibtisch. Er schaute sich die Fotos interessiert an und überflog den Bericht der Spurensicherung.

»Wissen wir schon, wer es ist?«, fragte er.

»Nein«, sagte ich, aber ich schaute in den PC und überflog die Liste der jüngsten Vermisstenmeldungen. Die ohnehin schon respektable Zahl war über das Wochenende um fünf Personen länger geworden, aber es handelte es sich um drei Männer, und die beiden Frauen waren einem Altersheim entkommen.

»Fehlanzeige«, murmelte ich. Matthias schaute sich weiter die Fotos an.

»Der Chef kommt«, brummte er auf einmal. Und in der Tat hörte man auf dem Gang ein ziemliches Hallo. Nach einigen Sekunden schaute Bernd bei uns herein. Ich wartete auf ein Zeichen geheimen Wiedererkennens, er war ganz wie immer.

»Könnt ihr in einem Augenblick zur Besprechung kommen?«, fragte er uns.

Die montägliche Aufgabenverteilung stand an.

Es waren nicht alle da, aber zwei hatten Urlaub, und einige waren mit einigen Selbsttötungen beschäftigt. So waren wir insgesamt nur zu sechst. Es gibt bei uns keine ganz festen Teams, meistens arbeiten Matthias und ich zusammen, aber die Einsatzgruppen werden immer nach unterschiedlichen Aufgaben zusammengestellt. Auf Bernds Schreibtisch lag aufgeschlagen die HAZ, die Hannoversche Allgemeine. Ich hatte den Artikel schon zu Hause gelesen, ein Dreispalter mit einem großen Foto, Tonfall sachlich. Es war der erste Mord seit einem Vierteljahr in dieser Stadt, jedem von uns war klar, dass wir mit einer starken Medienberichterstattung zu rechnen hatten. Eine schöne, unbekannte Frau, eine spektakuläre Todesart, wo gab es eine bessere Gelegenheit sich zu profilieren?

Dass der Artikel selbst nichts Neues brachte, war selbstverständlich, wie konnte er auch? Wussten wir doch selbst nicht einmal den Namen des Opfers. Aber der Umstand, dass Bernd uns gleich zu Anfang den HAZ-Artikel vor die Nase hielt, ließ eigentlich nur einen Schluss zu, und den kriegten wir auch gleich zu Anfang serviert.

»Ihr habt es wahrscheinlich schon in der Zeitung gelesen, und wer's nicht hat, für den noch mal ganz offiziell: Wir haben einen Mordfall. Wer übernimmt?«, fragte er.

Er wollte also tatsächlich eine Einsatzgruppe zusammenstellen. Und ich hatte auch schon einen begründeten Verdacht, wer diese leiten würde.

»Es ist mein Fall«, sagte ich gleich.

»Klar«, beruhigte er mich. »Natürlich ist es dein Fall. Wer macht noch mit? Matthias?«

Matthias nickte.

»Also Matthias. Was liegt bei dir an, Klaus?«

»Ich muss nur noch den Abschlussbericht für diese Selbsttötung in der Wallensteinstraße schreiben, aber dann kein Problem.«

Bernd machte eine Notiz.

»Gut, dann sind wir zu viert.«

Na super, ich konnte mir schon denken, wer jetzt die Leitung hatte. Oh Bernd, du charmanter Kerl, der immer seinen kleinen Vorteil sieht. Konntest du mir den Fall nicht lassen?

»Barbara, was liegt bisher vor? Du hast dich bisher am intensivsten damit beschäftigt.«

Die Reihe war an mir.

»Also. Tote, ca. 30–35 Jahre, bisher unbekannte Identität, getötet durch einen Schnitt in den Hals. Tod muss innerhalb von ein, zwei Minuten eingetreten sein, weitere Verletzungen habe ich nicht feststellen können, aber der Obduktionsbefund liegt noch nicht vor.«

»Spuren?«

»Es gibt Hunderte von Spuren«, stellte ich fest. »Die Kollegen haben ein Areal von 20 Meter Durchmesser abgesucht, aber da etliche Buschgruppen in dem Bereich lagen, haben sie sich diese auch noch vorgenommen. Also insgesamt: dreiundachtzig Spritzbestecke, Taschentücher, Toilettenartikel im Klartext: Klopapier gebraucht, 3 Tampons, fünf Präservative, drei leere Portemonnaies, eine Glasmurmel, Farbe schwarz, angebissene Pizzareste, Verpackungen, Spuren von Erbrochenem, Urinspuren, achtzehn Bierdosen, zehn Flaschen. Mehr haben wir nicht.«

»Die reinste Müllkippe«, merkte Matthias leise an. Am zustimmenden Nicken der anderen konnte ich ablesen, dass er mit seiner Meinung nicht alleine stand.

»Du warst am Tatort«, sagte Bernd sachlich. »Irgendetwas Auffälliges? Erster Eindruck?«

Ich schätzte diese präzise, fast schon sezierende Art der Leitung. Immer auf den Punkt.

»Mit zwei Ausnahmen halte ich alle Gegenstände für den Fall für irrelevant«, versetzte ich. »Bierdosen, die Flaschen, Spritzbestecke, dieser ganze Müll … das finden wir doch in dieser Gegend hinter jedem Busch. Natürlich können wir von jedem eine DNA-Analyse machen lassen, und verschwenden doch nur Zeit und Steuergelder. Ausnahme: die schwarze Kugel.«

Ich projizierte das Foto, das unsere Kollegen gemacht hatten, über den Beamer an die Wand.

»Es ist eine merkwürdige Murmel. Die Farbe ungewöhnlich, und normalerweise besitzen Kindermurmeln auch Lamellen, diese hingegen ist eine einfach eingefärbte Glaskugel.«

»Was macht dich so sicher?«, fragte Bernd und betrachtete das Bild genau.

»Zunächst: Es ist der einzige Gegenstand, der hier nicht hergehört. Bierdosen finden wir immer, dies habe ich noch nie gesehen.«

»Sie könnte zufällig da liegen«, stellte Matthias fest.

»Möglich«, sagte ich. »Vielleicht sogar wahrscheinlich. Aber ihr habt mich nach meiner Meinung gefragt. Und wenn uns diese ganze Spurensuche weiterbringen kann, dann halte ich das für einen geeigneten Ausgangspunkt. Den Müll können wir uns schenken, diese Kugel sollten wir im Labor genauer untersuchen lassen.«

Bernd schaute in die Runde und fand signalisierte Zustimmung. »Also die übliche Untersuchung, Fingerabdrücke, DNA usw. Wir geben die Sache an das Labor.«

Dann schaute er mich an. »Du hast von zwei Hinweisen geredet?«

»Wir sollten uns auch noch um die Urinspuren, die Reste des Erbrochenen und das Papiertaschentuch in der unmittelbaren Nähe des Tatortes kümmern.«

»Können wir machen«, sagte Bernd. »Aber bringt das was? Da pissen doch tausend Penner jede Nacht hin.«

Ich zuckte mit den Achseln. »Ist deine Entscheidung«, sagte ich.

»Okay«, lenkte er ein. »Lieber einmal zu viel als einmal zu wenig.«

»Todesart«, fuhr ich in meinem Bericht fort. »Obduktionsbericht liegt zwar noch nicht vor, aber ich glaube nicht, dass er Überraschungen enthält. Glatter Schnitt durch die Kehle mit einem scharfen längeren Messer, vermute ich mal. Keine weiteren Verletzungen an den Händen, also dürfte das Opfer sich kaum gewehrt haben. Wahrscheinlich völlig überrascht. Vermutlich ist er von hinten gekommen, hat sie kurz festgehalten, und dann den Schnitt. Theoretisch möglich wäre es auch von vorn. Dann müsste er aber über eine hohe Treffsicherheit verfügen.«

»Geht das technisch überhaupt?«, fragte Matthias. »Also jemandem aus vollem Lauf, oder meinetwegen auch stehend von vorn die Kehle durchzuschneiden? Ich meine, da muss es doch Spuren von Gegenwehr geben. Oder irre ich mich?«

Ich blickte Bernd an und Bernd blickte mich an. Mein Gott, wie lange war das alles her. Unsere Masken, die weißen Anzüge, das Klirren der Klingen … Ich hatte Bernd nach einer Übungsstunde kennengelernt. Junge verschwitzte Gesichter nach einem harten Training.

»Es geht«, sagte ich nachdenklich. »Es geht wirklich. Jeder geübte Fechter könnte es. Oder jeder, der mit Messern umzugehen weiß. Ein Schlachter zum Beispiel.«

»Stimmt«, sagte Bernd. »Technisch ist es möglich. Aber es engt natürlich den Täterkreis ein. Wer kann so etwas? Ich halte es für unwahrscheinlich.«

»Wir sollten uns um das Nächstliegende kümmern«, insistierte ich. »Ohne die Identität der Toten kommen wir nicht weiter. Entweder haben wir in den nächsten Tagen hier eine Vermisstenmeldung oder wir sollten die Presse um Hilfe bitten. Das war eine Joggerin. Die wohnt nicht auf dem Mond oder sonst wo. Erst die Identität. Und Zeugen. Da laufen doch ständig Leute herum. Fangen wir einfach an.«

Jogger sind standorttreu, und meist treten sie in Rudeln auf. Irgendeiner ihrer Sportkollegen müsste sie anhand der Bilder identifizieren können. Wir waren gerade dabei, uns über die Einzelheiten des Vorgehens zu verständigen, als das Telefon klingelte. Das Telefonat, das Bernd führte, war kurz.

»Wir haben einen Hinweis auf die mögliche Identität der Leiche«, informierte er uns. »Der Kollege, der die Leiche gefunden hat, hat eine Vermutung.«

Sollte dieser Testosteron-gesteuerte Bodybuilder tatsächlich zu so etwas wie Denken und Eigeninitiative fähig sein? Ich war gespannt.

»Ihm ist aufgefallen, dass an dem Parkplatz vor dem Wilhelm-Busch-Museum seit dem Wochenende ein schwarzer Z 3 steht, der seither nicht bewegt worden ist. Könnte zu dem Opfer passen.«

So so, es war ihm aufgefallen. Wenn wir Glück hatten, konnte dieser Hobbykriminalist uns ja gleich das Kennzeichen durchgeben. Aber dazu reichte es dann wohl doch nicht.

»Die Halterin ist eine Daniela Gieselle Schultze-Herrmann, geboren 24. Juli 1972, wohnhaft Blumenhagenstraße 5«, fuhr Bernd fort.

Aus irgendeinem Grunde, den ich selbst nicht verstand, ärgerte mich diese Information. Meine Laune war durch Bernds Entscheidung ohnehin nicht die beste, und dadurch, dass Bernd ein »und ich finde, da solltet ihr beide mal baldmöglichst hingehen« herausbrachte und dabei auf Matthias und mich deutete, wurde sie auch nicht besser. Bernd ging mir aus dem Weg. Ich würde eine andere Gelegenheit suchen müssen, um mit ihm allein unter vier Augen zu sein.

❖

Die Blumenhagenstraße war eine kleinere Wohnstraße mit alten Gründerzeithäusern, die den Krieg fast unbeschädigt überlebt hatte. Früher hätte man diese Gegend mit ihren stuckverzierten Fassaden wohl als gutbürgerlich bezeichnet, und auch heute war sie der gehobenen Preisklasse zuzuordnen. Es fehlten zwar die Bäume, die Vorgärten waren winzig und die Allgegenwart von Graffiti in den Nachbarstraßen schmälerten den Eindruck von Gediegenheit ebenso wie die umliegenden schlichten Zweckbauten der Universität. Es war eine typische Wohngegend für Professoren oder den oberen akademischen Mittelbau der Universität.

Die Hausnummer 5 befand sich in der Mitte der Straße. Es war ein vierstöckiges Gebäude, das sich in die gepflegte Noblesse der Nachbarhäuser gut einfügte. In der Beletage fanden wir ein Namensschild. Prof. Dr. Fabian Schultze und Daniela Schultze-Herrmann.

Die Haustür war offen, und aus der Wohnungstür der ersten Etage drangen Staubsaugergeräusche. Auf unser Klingeln öffnete uns eine vierzigjährige Frau. Sie hatte ein pausbäckiges Gesicht und vermittelte den Eindruck ungebändigter Energie.

»Sie wünschen?«, fragte sie mit einem leicht polnischen Akzent.

»Wir hätten ganz gerne mit Frau Schultze-Herrmann gesprochen«, sagte Matthias. »Ist sie da?«

Die Frau schüttelte den Kopf.

»Sie ist wahrscheinlich in der Schule. Soll ich etwas ausrichten? Oder ist es dringend?«

»Haben Sie sie heute gesehen?«, fragte ich.

Sie schüttelte den Kopf. »Nein, ich komme montags gegen neun Uhr, da ist sie meist schon in der Schule. Sie ist Lehrerin.«

»Vielleicht können Sie uns auch so weiterhelfen«, fuhr ich fort und zog mein Foto heraus.

»Es handelt sich einfach um die Klärung der Identität einer Unbekannten. Kennen Sie diese Frau?«

Die Kollegen hatten das Foto retuschiert und den grässlichen Schnitt durch ihre Kehle mit einer Bildbearbeitung beseitigt. Trotzdem verfärbte sich die Haushälterin und flüsterte etwas in einer Sprache, die ich nicht verstand.

»Ist das Frau Schultze-Herrmann?«, fragte ich.

Sie nickte nur stumm.

»Ist Herr Professor Schultze zu Hause? Können wir ihn sprechen?«

Sie ging einfach zurück und wir traten ein. Die Wohnung öffnete sich zu einer Diele, die von einer zwei mal drei Meter großen Kopie eines Bildes beherrscht wurde, das einen bequem zurückgelehnten Manne mit breitem Hut vor einer südlichen Landschaft zeigte. Ich hatte dieses Bild verschiedentlich schon gesehen, aber es sagte mir im Augenblick nichts. Eingerahmt wurde es von einer Reihe von Bücherregalen, die sich auch in den weiter abzweigenden Flur erstreckten. Matthias musterte die Bücher und gelegentlich schweifte sein Blick zu dem überdimensionalen Portrait.

Professor Schultze war etwas über vierzig, trug normale ausgebleichte Jeans und ein verblichenes Polohemd von Lacoste. Er wirkte über die Störung verärgert, verbarg dieses, warf aber einen missbilligenden Blick auf Matthias, der das Portrait aufmerksam betrachtete.

»Tischbein?«, fragte Matthias.

»Nein«, antwortete Professor Schultze von oben herab. »Goethe. Goethe in der Toskana.«

Und dann, eine Spur geschäftsmäßiger: »Frau Wawzeck sagte mir, dass Sie mich sprechen wollten? Es sei ganz wichtig?«

Er blickte nicht auf die Uhr, aber sein ganzer Habitus machte deutlich, dass er, der berühmte Prof. Dr. Schultze, sich bei seiner wichtigen Arbeit unendlich gestört fühlte.

Zu den schwersten Augenblicken unseres Berufes gehört es, Familienangehörigen die Mitteilung des Todes eines nahen Familienangehörigen zu bringen. Und obwohl ich Professor Schultze spontan unsympathisch fand, fiel es mir auch hier nicht leicht. Andererseits ermittelte ich in einem Mordfall. Fast immer sind die Ehepartner zu den Hauptverdächtigen zu rechnen. Und die ersten Reaktionen meist die aufschlussreichsten.

»Wann haben Sie Ihre Frau zum letzten Mal gesehen?«, fragte ich.

»Heute Morgen«, sagte er genervt. »Dann geht sie immer zur Schule. Wenn Sie mit ihr sprechen wollen, dann müssen Sie in die Schillerschule gehen. Da dürfte sie sein.«

»Sie haben sie heute Morgen gesehen?«, fragte Matthias. Etwas in seiner Stimme musste den Professor wohl unsicher gemacht haben, denn er korrigierte sich und meinte, es könnte auch gestern Abend gewesen sein. Vielleicht hätte er sie heute auch nur gehört.

»Würden Sie sich bitte dieses Bild anschauen?«, fragte ich und gab ihm das Foto.

Schlagartig wich das Blut aus seinem Gesicht.

»Sie ist tot, sie ist tot, nicht wahr?«, fragte er und blickte mich an, als ob er um eine Antwort bettelte.

»Das Foto wurde Freitag gegen 18 Uhr aufgenommen. Wir sind von der Mordkommission.«

»Ach so«, sagte er tonlos. »Von der Mordkommission.« Dann drehte er sich müde um. »Kommen Sie mit ins Wohnzimmer.«

Wir nahmen an einer Sitzgruppe von Bauhaus-Sesseln Platz. Stuck, maßangefertigte Bücherregale und weiße Berberteppiche auf glänzend braunem Fischgrätparkett schufen eine Atmosphäre akademischer Gediegenheit, die mir ein bisschen zu gediegen war. Zu gediegen und zu akademisch. Der Mann aber in seinem Sessel war hellwach.

»Könnten Sie mir Näheres über die Umstände ihres Todes sagen?«, fragte er.

»Sie war beim Joggen«, sagte ich. »Und dann ist sie von einem Unbekannten mit einem Schnitt durch den Hals getötet worden. Der Tod dürfte unmittelbar eingetreten sein. Sie ist verblutet. Ich glaube nicht, dass sie Schmerzen gehabt hat.«

Der letzte Satz rutschte mir so raus, ich sage ihn immer, wenn es sich anbietet. Ich weiß nicht, ob er stimmt, ich weiß nicht, was man im Augenblick des Todes fühlt, ob Schmerz, ob kreatürliche Angst oder ob das Leben an einem vorbeizieht im Zeitraffer, sozusagen »best of«, aber die Angehörigen fühlen meist ein wenig Erleichterung in ihrem Schmerz. Hier schien mir jedoch der Satz auf einmal fehl am Platze zu sein. Professor Schultze war getroffen, aber hinter seiner Stirn arbeitete es.

»Wo?« fragte er. »Wo ist es passiert?«

»Georgengarten«, sagte ich, »in der Nähe des Leibniztempels.«

Er nickte, als habe er die Antwort einfach nur zur Kenntnis genommen. Dann blickte er erst mich, dann Matthias an.

»Freitagabend ist es passiert«, wiederholte er sachlich, aber nachdenklich. »Und jetzt wollen Sie wahrscheinlich von mir wissen, warum ich Ihnen gesagt habe, ich hätte sie heute noch gesehen.«

Matthias machte eine zustimmende Handbewegung. »Es wäre ganz gut.«

»Also vorab«, fing er an, und seine Stimme gewann an Lebhaftigkeit. »Wenn ich sie umgebracht hätte, wenn ... dann hätte ich doch so etwas Idiotisches nie gesagt. Ist doch klar, oder?«

Zum ersten Mal zeigte er Emotionen. Matthias sagte nichts, aber für einen winzigen Augenblick hatte ich das Gefühl eines überlegenen Lächelns.

»Also wirklich, das wäre doch verrückt?«, insistierte Schultze.

»Es beschuldigt Sie niemand«, versetzte ich. Aber ich sagte es in einem Tonfall, der das Gegenteil offenließ.

»Natürlich«, sagte er mehr zu sich selbst. »Natürlich, der Ehemann ist der Hauptverdächtige. Ist doch klar. Und dann diese dämliche Aussage vorhin.«

Er machte Anzeichen, als ob er aufspringen wollte, beherrschte sich dann aber.

»Also. Gesehen, also wirklich gesehen, so von Angesicht zu Angesicht, habe ich meine Frau das letzte Mal am Donnerstag. Donnerstagabend, um genau zu sein.«

»Sie haben Ihre Frau seit einer halben Woche nicht mehr gesehen?«, fragte Matthias mit gespieltem Erstaunen in der Stimme. »Sie vermissen Sie seit einer halben Woche?«

»Das habe ich nicht gesagt«, korrigierte Professor Schultze. »Ich habe sie dort das letzte Mal gesehen. Wir haben getrennte Schlafzimmer, und sie musste Freitag immer schnell zur Schule, sie verließ das Haus meist gegen halb acht, meine Vorlesung am Freitag beginnt erst um elf Uhr und so frühstücken wir häufig zu getrennten Zeiten. Allerdings habe ich Freitagmorgen gesehen, dass sie bereits gefrühstückt hatte, Brotkrümel, benutztes Geschirr, Sie können sich das denken. Als ich Freitagnachmittag kurz aus der Uni kam, war sie allerdings nicht da, vermutlich beim Sport oder bei einer Freundin habe ich mir gedacht, und dann musste ich auch gleich weg, denn von Freitag bis Sonntag hatte ich eine Tagung in Berlin. In der Humboldt-Universität. Als ich dann Sonntagmittag gegen 14 Uhr wieder zu Hause war, habe ich sie allerdings nicht angetroffen. Und zu diesem Zeitpunkt habe ich mir dann schon Sorgen gemacht. Aber bevor man sich gleich an die Polizei wendet und eine Vermisstenmeldung aufgibt ...«

Er gewann an Sicherheit.

»Und warum haben Sie uns zu Beginn unseres Gespräches mitgeteilt, dass Sie Ihre Frau heute Morgen gesehen hätten?«, hakte ich nach.

»Das hatte zwei Gründe«, stellte er fest. »Erstens, ich wusste nicht, dass Sie von der Polizei sind, Sie haben sich nämlich nicht vorgestellt, und unsere Haushälterin Frau Wawzeck hat mir auch nichts gesagt. Und ich würde nicht jedem Fremden an der Haustür auf die Nase binden wollen, dass meine Frau gestern Abend noch nicht zu Hause war. Und zweitens: Ich glaubte, dass ich sie heute Morgen im Badezimmer gehört hätte. Aber ich musste heute erst später zu Uni, und ich ruhe mich gern morgens noch etwas aus.«

»Wahrscheinlich beginnt Ihre Vorlesung auch erst um elf Uhr?«, fragte ich.

Ich muss wohl etwas anzüglich geklungen haben, denn Prof. Dr. Schultze erwiderte nur kühl: »Ich habe heute keine Vorlesungen und Seminare. Ich nutze den Tag zur Vorbereitung.«

»Etwas merkwürdig ist das schon«, versetzte Matthias. »Sie finden Ihre Frau beim Wiederkommen nicht vor, haben mit ihr das Wochenende auch nicht gesprochen, am Morgen hören Sie sie im Badezimmer oder meinen Sie zu hören, aber Sie stehen nicht auf, um sie zu sprechen. Finden Sie das nicht?«

»Ich war mir nicht sicher«, erwiderte Schultze. »Und es ist mir anfangs auch mehr oder weniger nur rausgerutscht. Ich habe geschlafen und meinte im Halbschlaf etwas gehört zu haben.«

»Und die Brotkrümel auf dem Küchentisch?«, fragte ich spitz.

»Wir haben eine Haushälterin, die jeden Tag kommt«, sagte er kühl. »Und sie kommt sehr früh und sie macht als Erstes die Küche.«

»Letzten Freitag aber offensichtlich nicht, denn da waren die Krümel ja noch auf dem Küchentisch.«

Ich bemerkte das Anschwellen einer Schläfenader, aber der Umstand, dass er sich in einer schlechten Position befand, hielt Schultze von einer scharfen Erwiderung ab.

»Freitags stehe ich recht früh auf, etwa gegen halb acht, also bevor Frau Wawzeck kommt. Im Übrigen ist das ja auch wohl nicht die Tatzeit.«

»Nein«, sagte ich.

»Sie sagten, dass Sie Freitagnachmittag wieder nach Hause gekommen seien, aus der Uni – um wie viel Uhr war das? Erinnern Sie sich noch?«

»Es muss gegen 16.30 Uhr gewesen sein, denn ich wollte ja schnell zur Bahn, um den Zug um 17.02 Uhr nach Berlin zu erreichen.«

»Den Sie auch genommen haben.«

»Ja, ich war zwar etwas in Eile, aber ich habe den Zug noch erreicht. Ich habe ein Online-Ticket ausgedruckt, und darauf können Sie die Reservierung der Zugverbindung ersehen.«

»Sie haben das Ticket noch?«

»Nein, natürlich nicht, ich habe es bei der Ankunft in Berlin gleich weggeworfen, aber anhand der Computeraufzeichnungen die Buchung nachzuvollziehen, dürfte wohl kein Problem sein.«

»Sie wissen, dass es ohne den Abdruck der Kontrollzange des Zugbegleiters keinen Beweis gibt, dass Sie den Zug tatsächlich genommen haben?«, stellte ich klar.

Schultze schwieg einen Moment, dann nickte er.

»Stimmt«, sagte er knapp. »Man kann so etwas vortäuschen. Da haben Sie recht.«

»Wann begann Ihre Tagung in Berlin?«, fragte Matthias.

»19.30 Uhr mit einem gemeinsamen Abendessen.«

»An dem Sie auch teilgenommen haben?«

»An dem ich auch teilgenommen habe.«

Er unterbrach sich mit einer wegwerfenden Handbewegung. »Ach was soll's«, meinte er. »Sie kriegen es ja doch heraus. So kann ich es gleich sagen: Also, ich habe an dem Essen teilgenommen, aber erst gegen halb neun, neun. Es sind meist ohnehin nicht viele Leute beim Essen, weil die meisten sehr lange Anfahrtswege haben und der einleitende Vortrag erst um neun Uhr, also ganz exakt 21 Uhr c. t., also 21.15 Uhr beginnt. Beim Vortrag habe ich neben Prof. Wagenbach von der Uni

Köln gesessen, was dieser Ihnen sicher auch gerne bestätigen wird.«

»Wenn Sie den ICE um 17.02 genommen haben, sind Sie etwa gegen sieben in Berlin angekommen, schlagen wir noch mal großzügig eine halbe Stunde drauf, S-Bahn, Hotelzimmer usw., dann müssten Sie bereits 19.30 Uhr an der Humboldt-Universität gewesen sein. Was haben Sie in der einen Stunde gemacht, wenn Sie nicht beim Essen waren?«

Auf einmal sah er erschöpft aus. Die Anspannung wich aus seinem konzentrierten Gesicht und er blickte zwischen uns beiden unsicher hin und her, bevor er sich wieder mir zuwandte.

»Ich bin einfach nur spazieren gegangen, *Unter den Linden*, in Geschäfte hinein, ich wollte nichts Bestimmtes kaufen, einfach nur die Straße entlangschlendern. Und wenn Sie mich jetzt fragen, ob ich dafür einen Zeugen habe, dann kann ich Ihnen sagen: Nein, jedenfalls weiß ich es nicht. Ich war im Pavillon von Audi, Ecke Friedrichstraße, aber ob sich da noch jemand an mich erinnert, ich weiß es wirklich nicht.«

»Könnten Sie uns etwas über Ihre Beziehung zu Ihrer Frau sagen?«, wechselte ich das Thema.

»Gut«, sagte er nachdrücklich. »Wir führten eine harmonische und glückliche Ehe.«

Er schien noch etwas ergänzen zu wollen, unterdrückte es jedoch und setzte nur ein »ja, so war es« hinzu.

Dann schaute er uns mit großen Augen an. Verständnis heischend. Ehrlich. Betroffen. Vermutlich war er auch bei seinen Vorlesungen ein guter Schauspieler.

»Ich bitte Sie um Verständnis, dass ich jetzt allein sein möchte. Sie haben mir soeben die Mitteilung gebracht, dass meine Frau ermordet worden ist, und das muss ich erst einmal verarbeiten. Ich stehe Ihnen natürlich jederzeit zu einer Befragung zur Verfügung, aber jetzt … Ich möchte alleine sein und Sie bitten zu gehen.«

Wir erhoben uns, und Matthias und ich sprachen ihm noch einmal unsere Anteilnahme aus. Als er uns an der Haustür verabschiedete, fragte Matthias noch: »Haben Sie eigentlich ein Fahrrad, Herr Professor Schultze?«

Schultze schaute verblüfft auf.

»Sicher«, sagte er.

»Und was für eines?«

»Ganz normal, ein Trekking-Rad, Shimano-Schaltung, also ganz normal. Warum?«

»Nur so«, versetzte Matthias. »Einfach nur so.«

❖

Mein Eindruck von Prof. Schultze war zwiespältig. Dass er mir unsympathisch war, war dabei nicht das Problem. Wir sind alle Profis und Kategorien wie sympathisch oder unsympathisch haben in unserem Beruf einfach nichts zu suchen. Dies können wir uns für den Feierabend aufheben. Nein, es waren die vielen Widersprüche, die mich stutzig machten.

»Tischbein? Nein, Goethe, Goethe in der Toskana«, äffte Matthias Prof. Schultze nach und schüttelte den Kopf. »Mann, ist das ein Idiot.«

»Habe ich irgendwo die Pointe verpasst?«

»Tischbein ist der Maler«, versetzte Matthias oberlehrerhaft.

Danke für die Belehrung. Muss man wirklich alles wissen?

»Das Alibi ist dünn, sehr dünn«, wechselte Matthias das Thema.

»Es fehlt die entscheidende Stunde«, ergänzte ich. »Der Mord geschah ziemlich genau um 16.30 Uhr, wenn die Aussage des Penners, der ihn gefunden hat, richtig ist. Unsere Kollegen waren jedenfalls 16.50 Uhr am Tatort. Aber warum sollte er uns anlügen? Wenn er den Zug um 17.02 Uhr genommen hat, ist er aus dem Schneider.«

»Nicht ganz, aber ziemlich. Theoretisch könnte er es auch in einer halben Stunde zum Zug schaffen. Mit dem Fahrrad zum Bahnhof oder zur nächsten U-Bahn-Station, ja, das ginge. Und mit einem späteren Zug hätte er alle Zeit der Welt.«

Zugbegleiter befragen, notierte ich mir innerlich. Meist hatten die ein gutes Gedächtnis.

»Eine merkwürdige Aussage gleich zu Anfang. ›Ich habe sie heute Morgen noch gesehen.‹ Warum macht er das?«

»Ich kann mir nicht vorstellen, dass er uns nicht als Polizisten erkannt hat«, sagte Matthias, »das glaube ich nicht. Und den zerstreuten Professor können wir vergessen. Der ist alert und weiß ganz genau, was er tut. Und eine bessere Unschuldsvermutung als mit dieser Lüge kann er uns nicht servieren. Das war schon das Silbertablett. Mein Name ist Hase, ich weiß von nichts und bin völlig überrascht.«

Die Möglichkeit zum wilden Kombinieren ist in unserem Beruf eine der schönsten Seiten, aber natürlich besteht immer die Gefahr, dass man sich verrennt.

»Cui bono?«, fragte ich. »Welches Motiv?«

»Das fragst du nicht im Ernst?«, spottete Matthias und beschleunigte, dass er noch gerade bei Dunkelgelb über den Königsworther Platz huschte.

»›Wir führten eine gute Ehe‹. Das perfekte Liebespaar. Die Frau bleibt einfach weg, und der arme Kerl hat ja wohl auch kein Handy, um von Berlin mal anzurufen, ist so in tiefer Sorge, dass er morgens gerne noch etwas länger schläft, als seine Frau zu sehen …«

»Wir sollten dem Bekanntenkreis mal auf die Bude rücken. Ich könnte mir gut vorstellen, dass seine Ehefrau nicht das erste Mal über Nacht fortgeblieben ist. Eifersucht ist ein Motiv. Geld ebenfalls. Oder vielleicht hat er eine Geliebte?«

Es ist erstaunlich, wie wenige Gründe es letztlich gibt, um einen anderen Menschen umzubringen. Und ich war ziemlich sicher, dass wir bei Schultze davon eine ganze Reihe finden würden. Das Problem ist nur, dass Motiv und Gelegenheit auch zusammen noch nicht zwingend einen Mord ergeben.

Wieder in unserer Dienststelle an der Waterloostraße empfing uns Bernd gleich mit dem Obduktionsbericht. Bis auf eine überraschende Einzelheit enthielt er nichts Neues. Die Tote war kerngesund gewesen, Spuren von Drogen waren nicht feststellbar, möglicherweise war am Abend vorher eine größere Alkoholmenge zu sich genommen worden, diese Aussage allerdings nur unter Vorbehalt, neben dem tödlichen Schnitt gab es nur noch ein paar kleinere Hautabschürfungen, die sie sich vermutlich beim anschließenden Sturz zugezogen hatte. Die einzige Überraschung war die Todesart selbst. Die Tatwaffe war vermutlich ein scharfes Messer mit langer Klinge, und der Schnitt war mit großer Präzision und Geschwindigkeit ausgeführt worden. Das Messer war an der linken Seite des Halses angesetzt worden, hatte in einer tiefen Verletzung die Halsschlagader durchtrennt und dann, mit der Spitze einige Gefäße zerreißend, den Hals in einer flacher werdenden Wunde wieder verlassen.

»Sie ist von vorn ermordet worden«, stellte Bernd fest. »Ein glatter Schnitt, wahrscheinlich, ja mit ziemlicher Sicherheit von einem Rechtshänder ausgeführt. Der Bericht schließt nach Art der Wunde einen Ansatz der Tatwaffe vom Rücken des Opfers her aus.«

»Merkwürdige Todesart«, fasste Matthias unsere Gedanken in Worte. »Schwer durchzuführen, das Opfer sieht den Täter, kann sich eventuell sogar noch wehren. Eventuell kriegt er auch noch das ganze Blut ab. Diese Art des Angriffs hat nur Nachteile. Warum nicht von hinten? Kurz festhalten, und dann ratsch die Möhre …«

Manchmal hat Matthias so eine merkwürdige Art, die Dinge sehr auf die saloppe Tour zu nehmen, aber recht hatte er natürlich.

»Ich spinne einfach mal«, sagte Bernd und lehnte sich in seinem Sessel zurück. »Ich spinne einfach mal drauf los. Also, natürlich hast du recht, Matthias, diese Art des Angriffs hat Nachteile. Aber denken wir mal an die Vorteile: Erstens: …«

Er zählte mit den Fingern.

»… er sieht das Opfer in seinem Todeskampf. Vielleicht macht ihm das Spaß? Vielleicht hasst er sie? Tief und gründlich. Sozusagen als letzte Rache. Wäre eine Möglichkeit. Zweitens: Er hinterlässt keine Spuren. Wann immer man das Opfer festhält, entstehen Spuren. Textilfasern, Abrieb der Hand, Hautpartikel …«

»Man kann Handschuhe tragen«, warf ich ein.

»Gut«, konzedierte Bernd. »Ich würde es ja auch nicht so machen, aber ich zähl nur auf, und jetzt als Letztes: Wenn er oder sie schnell zurücktritt, dann trifft ihn das Blut auch nicht. Auch ein Vorteil. Das ist bei einem Mord von hinten schwieriger.«

Ich fand, was Bernd sagte, klang überzeugend. Es war mindestens eine sinnvolle Hypothese. Und solange wir nicht mehr wussten, war sie so gut wie jede andere.

»Was ist bei dem Ehemann herausgekommen?«, wollte er wissen, als keiner mehr etwas zu sagen hatte.

Ich berichtete kurz von unserer Befragung und legte unsere Schlussfolgerungen dar.

»Gut gemacht, Kleine«, lobte er mich. Obwohl ich dieses überhebliche Männergetue eigentlich zum Kotzen finde, freute ich mich über das Lob.

»Er muss sowieso zur Identifizierung der Leiche noch einmal her«, entschied Bernd, »und dabei sollten wir ihn noch einmal intensiver in die Mangel nehmen.«

»Wollen wir sein Fahrrad untersuchen lassen?«, fragte Matthias. »Immerhin, der Täter könnte mit einem Fahrrad geflohen sein und vielleicht finden wir entsprechende Schmutzpartikel vom Tatort?«

Matthias schien sich innerlich wohl schon festgelegt zu haben, wer als Erster auf der Liste der Verdächtigen stand.

Bernd überlegte kurz, dann schüttelte er den Kopf. »Halte ich für keine gute Idee. Er ist ein angesehener Mann, durch den Verlust seiner Frau vom Schicksal tief getroffen, und ohne weitere Indizien zunächst auch unverdächtig. Außerdem, was soll's bringen? Er kann doch mit seinem Fahrrad um den Leibniztempel gefahren sein? Ist doch ein beliebtes Gebiet. Was beweist das schon? Oder was meinst du?«

Ich musste ihm recht geben.

»Irgendwelche Zeugen aufgetan?«, wandte sich Bernd an Klaus, der die Joggerszene befragen wollte.

»Bisher noch nicht, aber ich bleibe am Ball.«

»Gemeldet hat sich nach dem Artikel in der HAZ auch noch keiner«, informierte uns Bernd.

Als wir zum Mittagessen gingen, richtete ich es ein, dass ich neben Bernd ging.

»War eine schöne Feier bei dir«, sagte ich, als wir unser Tablett abstellten. Vielleicht war das eine missglückte Einleitung, denn Bernd sagte nur verdrossen: »So, fandest du?«

»Es tut mir leid«, fügte ich mit aller Sanftmut und Einfühlungsvermögen in meiner Stimme hinzu, zu der ich fähig bin. Es tat mir übrigens wirklich leid, auch wenn ich Birgit nicht ausstehen kann und diese Werbetussi mir Bernd damals ausgespannt hat.

»Ist schon gut«, sagte Bernd müde und zog mit seiner Gabel Schlieren in das Hühnerfrikassee. »So etwas passiert eben. Wird schon wieder.«

»Wenn du über irgendetwas reden möchtest …«, bot ich nicht ganz selbstlos an, aber Bernd schüttelte nur den Kopf.

»Ist lieb von dir, aber da muss ich, glaube ich, selber erst einmal durch. Außerdem, was ist denn schon Großes passiert?«

Dass deine Ehefrau vor deinen Augen mit einem andern vögelt, das ist passiert, lieber Bernd, lag mir auf der Zunge. Und wieweit willst du es noch kommen lassen? Aber natürlich behielt ich das für mich.

Wir stopften schweigend unser Essen in uns hinein.

Anschließend erledigte ich noch einige Telefonate. Den Zugbegleiter des ICEs würde ich erst am Abend befragen können, aber ich organisierte über die Homepage der Universität ein aktuelles Bild von Professor Schultze und bekam nach langem Hin und Her seinen Kollegen von der Uni Köln an die Leitung, der mir bestätigte, dass er während des Vortrages neben Schultze gesessen hatte. Er habe auch den Rest des Abendessens mit ihm verbracht und konnte auch den genauen Zeitpunkt nennen, an dem Schultze auf der Tagung erschienen war. 20.41 Uhr.

»Ich hatte zufällig auf die Uhr geschaut, weil er doch immer sonst so zu den ganz Pünktlichen gehört und wir noch etwas zu besprechen hatten.«

»Sie hatten sich verabredet?«

»Nicht explizit, aber so gut wie, deswegen war ich sogar etwas enttäuscht, denn ich unterhalte mich gerne mit ihm. Ein sehr netter Kerl. Charmant, witzig ...«

Da mussten wir wohl über zwei verschiedene Personen sprechen.

»Kannten Sie seine Frau?«

Ich konnte das Zögern am anderen Ende der Leitung förmlich spüren.

»Sicher«, sagte er. »Wir haben uns gelegentlich am Rande von Tagungen getroffen, und ein- oder zweimal waren wir auch bei Schultzes eingeladen.«

Ich schwieg.

»Es war eine sehr attraktive Frau, und es muss für Fabian ein schwerer Schock sein.«

Gesülze.

Ich schwieg weiter, aber mein Gegenüber hatte das Reden eingestellt. Ich beschloss, etwas direkter zu werden.

»Könnten Sie mir die Tote näher beschreiben?«

»Eine attraktive, sympathische Frau, umgänglich, charmant, so in etwa.«

Wenig aussagekräftig. De mortuis nihil nisi bene, daran hielt er sich wohl.

»Und wie würden Sie die Beziehung zwischen den beiden beschreiben?«

Ich hörte förmlich, wie jedes Wort einzeln auf die Goldwaage gelegt wurde.

»Ich nehme an: gut, würde ich sagen, aber wissen Sie, so genau kann man das als Außenstehender ja sowieso nie richtig beurteilen.«

In anderen Worten, die Beziehungsqualität war ziemlich mäßig.

Es schien mir an der Zeit, eine etwas härtere Gangart einzulegen.

»Herr Professor Wagenbach. Wir ermitteln in einem Mordfall, und wir sind auf klare, nachprüfbare Informationen angewiesen. Und wir wollen einen Täter finden«, setzte ich nach.

Er schwieg.

»Ich habe Sie so verstanden, dass es mit der Beziehung zwischen den beiden nicht zum Besten stand«, unternahm ich einen neuen Anlauf.

»Das habe ich so nicht gesagt«, stellte er klar. »Und es ist auch richtig, dass man als relativ Außenstehender eine Beziehung nicht gut beurteilen kann. Daniela und Fabian, also Herr und Frau Schultze, haben sich vor etwa zehn Jahren kennengelernt, er war damals Assistent an der Uni Köln – daher kennen wir uns übrigens auch – und sie eine junge Studentin. Und wie das mit solchen Ehen leicht passiert, aus der jungen Studentin wurde mit den Jahren eine selbstbewusste Frau, und wenn Sie so Lehrerinnen kennen, eine ziemlich resolute.«

»Und die Ehe geriet in eine Krise.«

»Sie steckte sicherlich in einer Krise und Fabian und ich haben uns am Rande der Tagung auch kurz darüber unterhalten. Nicht besonders intensiv zwar, aber sie hatten wohl vor, gemeinsam eine Eheberatung aufzusuchen. Das war jedenfalls der Stand der Dinge.«

Mehr war aus ihm nicht herauszuholen, und ich hatte den Eindruck am Ende des Gesprächs, dass er bereits jetzt bereute, mir diese Informationen anvertraut zu haben.

Ich schlug ein wenig die Zeit tot, blätterte in der noch dünnen Akte und wartete darauf, dass ich den Zugbegleiter befragen konnte. Früher Abend hatte man mir bei der Bahn gesagt, und ich erwischte ihn schließlich gegen 18 Uhr in dem Pausenraum für die Bahnangestellten im Hauptbahnhof. Ein älterer Mann, beginnende Glatze, mit leichter Tendenz zum Übergewicht. Er sah ziemlich geschafft aus und freute sich wohl auf seinen Feierabend. Ich zeigte ihm das Bild, das er aufmerksam betrachtete.

»Freitag 17.02 Uhr?«, fragte er. »Erste Klasse?«

»Können Sie sich erinnern?«

»Schwierig«, sagte er. »Es sind immer sehr viele Leute. Viele Gesichter und der Zug war ziemlich voll. Aber ich würde trotzdem sagen, ja, er war drin. Also, beschwören würde ich es nicht, aber Wagen 7, Platz 41, das ist ziemlich nahe bei unserem Aufenthaltsbereich, ich bin eigentlich recht sicher. Geht es um ein Alibi?«

»Es könnte darum gehen«, sagte ich ausweichend.

»Dann wäre es für Sie von Interesse, dass der Zug in Hannover bereits fünfundzwanzig Minuten Verspätung hatte. Wir hatten bei Bielefeld einen Brand auf der Strecke, deswegen die Verspätung«, fügte er erklärend hinzu.

Ich bedankte mich. Aber ich war genauso schlau wie vorher. Das Alibi stimmte wahrscheinlich, aber es nützte nichts. Die zwanzig Minuten schufen einen Zeitkorridor, der mehr als ausreichend war. Merkwürdig war nur, dass uns Schultze nichts von der Verspätung gesagt hatte. Gab es einen Grund dafür?

Der Bahnhof in Hannover ist eine weitläufige Geschäftspassage, wie es heute so in vielen Städten üblich ist, mit einer Reihe kleinerer Restaurants, Stehcafés, Handyshops und den üblichen Geschäften für den Reisebedarf, Bücher, Alkoholika.

Meine Arbeitszeit war zu Ende. Und ich schlenderte ziellos die Passage entlang. Aus dem Bahnhof, in die Stadt. Straßencafés, Restaurants mit einladenden Außenbereichen, sehr schön anzuschauen, viele besetzt. Von Männern, Frauen, Pärchen. Mein Gott, was gab es viele Pärchen. Manchmal versuche ich mich im Raten. Wie kommen die beiden miteinander aus? Der Sechzigjährige, Vollbart, gepflegte helle Hose, gute Schuhe dort mit seiner Frau, die zu viel Schmuck und Schminke trug. Sie hatten sich an die Hand gefasst, aber sie redeten nicht miteinander. Schweigendes Einverständnis? Oder schon das Ende der Fahnenstange?

Aber heute hatte ich keine Lust zu raten, ich hatte auch keine Lust, ständig Pärchen anzusehen, verliebte Blicke zu beobachten. Es kotzte mich einfach an. Ein langer Abend lag wieder vor mir. Ich setzte mich irgendwo hin und bestellte ein Mineralwasser. Mir war nach einer spontanen Verabredung und ich telefonierte hin und her, aber Ingrid, meine Freundin aus der Schulzeit und Vertraute in allen Lebens- und Liebeslagen, ging nicht an ihr Handy, die Mailbox war auch nicht angeschaltet, Susanne hatte keine Zeit, aber plauderte dann doch mit mir eine Viertelstunde, und die anderen waren entweder verheiratet oder im Urlaub. Es war wie verhext.

Kino? Glückliche, wunderschöne Frauen und interessante Männer leuchteten mir von den Plakatwänden des Cinemaxx entgegen und passend zu meiner Stimmung lief in dem einen Programm-Kino Intimacy.

Normalerweise bin ich besser drauf, aber heute war so ein Durchhängertag. Ich hatte das Gefühl, dass in meinem Leben irgendetwas grundsätzlich schief lief. Ich sah mich in den Schaufensterscheiben, und obwohl ich mich normalerweise als gut aussehend beschreiben würde, fand ich mich heute nur flachbrüstig und fett, die ideale Kombination. Es war ein Tag, an dem Männer sich besaufen würden, aber ich bin in einer Gastwirtsfamilie in Zersen, einem kleinen Kaff im Weserbergland, aufgewachsen, mein Vater war nachher auch sein bester Kunde, und ich habe gesehen, was Alkohol anrichtet. Also lasse ich die Finger davon, wenn ich allein bin.

Ich ging schließlich in einen Horrorfilm, aber irgendwie tat das meiner Stimmung auch nicht gut, denn als ich wieder, es war inzwischen dunkel geworden, auf die Straße trat – die Glitzerwelt der Großstadt – und mich ein junger Mann in meinem Alter, eigentlich ganz nett aussehend, fragte, wie er zur Celler Straße kommen könnte, sagte ich ihm nur, er solle sich doch gefälligst einen Stadtplan kaufen, und ließ ihn einfach stehen. Es tat mir richtig gut.

In der Kantine habe ich einmal oder zweimal gehört, wie zwei Kollegen über mich sagten, ich sei eine ziemliche Zicke. Ich weiß nicht, ob das stimmt, manchmal vielleicht, aber meistens nicht. Und es ist mir auch egal. Es lässt mich einfach kalt.

Vor einem Vierteljahr allerdings hatte ich ein Erlebnis, das mich länger beschäftigte. Die Toiletten in unserem Flur wurden renoviert, und wir mussten eine Etage weiter runter, zu den Drogen. Aber auch dort fand ich die Damentoilette versperrt. Kurz entschlossen begab ich mich auf die Herrentoilette. Ich mache das gelegentlich, vor allem bei Veranstaltungen, wo sich meist vor unseren Klos lange Schlangen bilden. Etwas peinlich war es mir doch, als zwei Kollegen eintraten. Sie sahen mich selbstverständlich nicht, aber ich schnappte Teile ihrer Unterhaltung auf. Einer war Siegfried Fischer, ein recht umgänglicher Mann, mit dem ich gelegentlich zu tun hatte. Er war wohl gerade in Polen gewesen, jedenfalls schwärmte er von den dortigen Frauen, dabei ist er hier verheiratet, aber was soll's, es ist nicht mein Mann. In der Kantine – zwei Tage später – sprach ich ihn anzüglich an. ›Na, wie waren die polnischen Frauen?‹, fragte ich ihn. ›Gut‹, antwortete er. ›Richtig gut. Wenn die sich mal entschließen würden, nach Deutschland zu kommen, hätten unsere ein Problem.‹ Er lachte. Ich lachte anzüglich. ›Sind die so hübsch?‹ ›Nein‹, gab er zurück. ›Das ist es nicht. Auch hier sehen sie gut aus. Aber sie sind einfach ...‹, er suchte nach einem Wort. ›... liebenswürdig.‹ Und dann dehnte er das Wort noch einmal nachdenklich. ›Liebens-wür-dig‹, wiederholte er. Ich muss ihn wohl verständnislos angeschaut haben, denn er klopfte mir nur wie bei einem guten Kumpel einfach auf die Schulter. ›Lass man, Barbara, das verstehst du nicht.‹ Er behandelte mich wie einen Mann, einen Kollegen, aber nicht wie eine Frau, und das Fehlen jeglichen Spottes in seiner Stimme und die Abwesenheit von Herabsetzung schmerzte mich mehr als bewusste Gehässigkeit.

Was verstand ich nicht?

Ich finde nur, dass ich es manchmal recht schwer habe. Und dass die meisten Männer ziemliche Arschlöcher sind. Und dass man sich eigentlich darüber nicht aufregen sollte und solche Abende wie heute nun auch dazugehören. Ich kann tun und lassen, was ich will, keiner macht mir Vorschriften, und mein Job macht mir Spaß. Punkt. Ich habe jedenfalls keine Lust, irgendeinen Kerl mit Bierbauch auf Knien anzuhimmeln und für ihn dann die Wäsche zu machen. Nicht mit mir.

❖

Ich war jedenfalls am nächsten Morgen nicht die Erste in der Dienststelle, sondern kam erst gegen neun Uhr, jedenfalls so spät, dass sogar Matthias vor mir da war und Bernd missbilligend ein »auch schon da?« brummte und uns dann gleich die Laborberichte auf den Tisch knallte.

»Glückwunsch«, sagte er dann unvermittelt in meine Richtung. Irgendetwas musste ich wohl nicht mitbekommen haben, aber da es offenbar etwas Angenehmes war, blickte ich ihn nur auffordernd an.

»Die Kugel«, sagte er und schaute in sein Exemplar des Berichtes. »Diese Glasmurmel. Du hast recht gehabt. Sie ist aus dem Labor zurück. Die DNAs dauern noch, aber die Kugel ist zurück.«

Ich begriff immer noch nicht, denn normalerweise redet Bernd verständlicher.

»Irgendwelche verwertbaren Spuren?«, fragte ich. Es wäre ja nicht das erste Mal, dass ein komischer Zufall uns zu Hilfe kommen würde. Irgendein Fingerabdruck oder eine Übereinstimmung mit der DNA-Datenbank.

Bernd lächelte überlegen. »Nichts«, sagte er. »Gar nichts. Die Kugel enthält keine verwertbaren Spuren. Und sie enthält nicht nur keine verwertbaren Spuren, sondern gar keine.«

Ich muss ihn wohl genauso verständnislos angeschaut haben wie die anderen, denn er ergänzte:

»Diese Kugel enthält gar nichts. Keine Fingerspuren, geschweige denn verwertbare Fingerabdrücke, keine Textilfaserreste oder irgendetwas anderes. Nur ein paar winzige Rückstände eines Lösungsmittels. Außerdem noch ein paar Erdkrumen von dem Boden sowie etwas Blut von dem Opfer. Aber das ist ja selbstverständlich. Allerdings hatte sich noch keine

Staubschicht auf ihr abgesetzt, was darauf schließen lässt, dass sie nicht lange dort gelegen haben kann.«

In anderen Worten: Diese Kugel war vorher sorgfältig gereinigt worden.

Bernd genießt es immer, seinen Informationsvorsprung auszukosten, und er ist auch nicht umsonst Dezernatsleiter, aber ich fand, dass er es heute übertrieb.

»Also mal im Klartext. Da liegt eine gereinigte Kugel, fabrikfrisch, und du freust dich wie ein Schneekönig?«, fragte Matthias, dem die ganze Präsentation auch nicht passte.

»Ist doch klar«, warf ich ein und erntete wieder einen zustimmenden Blick meines Chefs. »Sie ist hingelegt worden. Diese Kugel ist nicht einfach einem Kind oder einem Erwachsenen aus der Tasche gefallen, denn dann hätte sie irgendwelche Spuren aufweisen müssen, sondern sie ist sorgfältig gereinigt und an dieser Stelle platziert worden.«

»So ist es«, sagte Bernd zufrieden. »Es ist der erste Hinweis des Täters, den wir entdeckt haben.«

»So'n Blödsinn«, sagte Klaus und verdrehte die Augen. »nun macht's mal halblang. Ich kann mir tausend Gründe denken, warum das Ding da liegt. Vor allen Dingen, warum sollte ein Täter so etwas tun? Es ergibt doch gar keinen Sinn.«

»Vielleicht hat die Kugel in der Beziehung der beiden eine bestimmte Rolle gespielt?«, warf ich ein. »Sozusagen ein letztes Erinnerungsstück, ein Symbol, das nur die Tote entschlüsseln konnte?«

Klaus machte ein Gesicht, dass er alles das für Quatsch hielt.

»Vielleicht sollten wir uns nach diesem Ausflug in die Tiefenpsychologie mal den kriminalistischen Tatsachen stellen. Ich habe gestern die ganze Zeit den Joggern aufgelauert. Also, wollt ihr was hören?«

Wir wollten.

»Gesehen haben die Frau die meisten. Sie läuft zwar nicht jeden Tag, aber ziemlich häufig. Fast immer zur gleichen Zeit. So zwischen drei und fünf. Immer allein, sie hat keine Begleitung. Und fast immer dieselbe Strecke. Sagen jedenfalls die anderen.«

»Zeugen für Freitag?«

»Negativ. Freitag waren zwar einige da, die sie gesehen haben, aber Hinweise auf den Täter Fehlanzeige.«

»Nicht einmal ein Fahrradfahrer?«, fragte Matthias, der offenbar die Version vom radelnden Professor als Täter ungern ad acta legen wollte. Wir haben eben alle unsere kleinen Vorlieben.

»Jede Menge Radfahrer. Ist doch klar, aber eine brauchbare Beschreibung habe ich nicht bekommen. Achtet doch auch keiner darauf. Diejenigen, die sich noch am besten erinnern konnten, habe ich für heute in das Präsidium gebeten zum Bildermalen. Vielleicht ist was dabei, was uns weiterhilft.«

»Hoffentlich. Ich glaube nämlich nicht, dass uns die DNA-Spuren weiterhelfen werden«, sagte Bernd abschließend, »aber die Auswertung kommt sowieso erst morgen. Gehen wir ganz klassisch vor: Wer hat ein Motiv, Eheprobleme, finanzielle Vorteile, das ganze Programm? Für elf haben wir in der Gerichtsmedizin einen Termin mit Professor Schultze, der die Tote noch offiziell identifizieren muss. Und den sollten wir uns noch einmal genauer anschauen.«

In diesem Augenblick steckte ein junger Mann seine Nase in unser Büro. Ein schmächtiger Mann mit leicht ungepflegten Haaren, netten Augen und verwaschenen Jeans.

»Der Pförtner hat mich hier hochgeschickt«, erklärte er entschuldigend.

»Frank Bettner, Hannover-Echo«, fügte er hinzu. »Ich glaube, ich kenne die meisten von euch von Bernds Geburtstagsfeier.« Und dabei sah er mich ganz besonders an. Es war weniger dieser verliebte Blick, der mich ärgerte, als vielmehr der Umstand, dass jetzt einfach die Presse schon in unseren Arbeitsräumen auftauchte. Hatte Bernd etwa seine Finger dabei im Spiel? Allerdings schien mir Bernd von dem Besuch auch nicht gerade begeistert zu sein, wenn ich seinen Gesichtsausdruck richtig deutete.

»Hallo, Frank«, sagte er ohne Begeisterung. »Schön, dass du vorbeikommst, aber im Moment wirklich Fehlanzeige. War tappen noch ziemlich im Dunkeln.«

»Aber irgendetwas werdet ihr doch haben«, meinte Frank Bettner und angelte sich einen Stuhl.

»Nur das, was wir heute Mittag auf der Pressekonferenz sagen können. Die Identität der Toten, den Tathergang ...«

Bernd war nicht direkt unfreundlich, aber er handelte den Vorgang rasch ab. In weniger als zehn Minuten hatte Frank Bettner für sein Käseblatt eine Reihe von Informationen, für die er sonst bis zum Mittag hätte warten müssen, bedankte sich und ging, nicht ohne mir noch einen zögerlichen Blick zuzuwerfen.

»Ich hab ihn nicht reingelassen«, verteidigte sich Bernd, obwohl ihn keiner angegriffen hatte. Im Grunde verstanden wir ihn ja auch, dieser Journalist war Gast bei ihm gewesen, und Gäste konnte man nicht so einfach hinauswerfen. Und dass die wesentlichen Informationen, dass der Täter Rechtshänder war, vermutlich geübt mit Messern, und die merkwürdige schwarze Kugel in diesem Bericht fehlten, war nicht mehr als verständlich.

Eine Stunde später hatten wir Herrn Professor Schultze zur Identifizierung seiner Ehefrau da. Er wirkte gefasst, sagte kein Wort mehr als notwendig. Und auch die anschließende Befragung, weniger ein Verhör als ein durch Bernd und mich behutsam durchgeführtes Gespräch, brachte ebenfalls keine neuen Erkenntnisse. Schwierigkeiten in der Ehe? Ja, aber wo gäbe es die nicht? Streitigkeiten? Kaum, aber in welcher Ehe fehlten diese? Außereheliche Beziehungen? Die Frage sei doch wohl eine Frechheit. Lebensversicherungen, Vermögen? Keine Lebensversicherungen, keine großen Erbschaften. Es war vielleicht der überzeugendste Teil seiner Vorstellung. Finanzielle Aspekte schienen in diesem Fall wirklich keine Rolle zu spielen. Wenn wir nicht im Umfeld noch auf weitere wichtige Hinweise stießen, dann würde es schwer werden. Meist werden derartige Fälle in den ersten achtundvierzig Stunden geklärt, der Rest ist Absicherung. Mich beschlich der Verdacht, dass dieser Fall sehr zäh werden würde.

Einige Jogger waren tatsächlich dazu zu bewegen gewesen, ein leidlich gutes Phantombild zu erstellen. Es tauchten junge Burschen auf, ältere Herren mit Helm, Mittelalte ohne Helm, Frauen mit Helm und ohne. Schließlich hatten wir ca. 16 Phantombilder. Natürlich, da es zu dieser Zeit im Garten keineswegs leer gewesen war, es gab eine Fülle von Radfahrern, an die sich der eine oder der andere erinnern konnte. Keines der Bilder erinnerte auch nur entfernt an unseren Professor. Falls der Täter denn überhaupt ein Fahrrad als Fluchtmittel verwendet hatte, was ja keineswegs sicher war. Vorschriftswidrig abgestellte Autos hatte es nach Aussage der Streifenpolizisten ebenfalls keine gegeben. Wie man es drehte und wendete, bevor wir richtig angefangen hatten, steckte der Fall bereits in einer Sackgasse. Und dass uns die DNA-Analyse, auf deren Ergebnis wir noch warten mussten, weiterhelfen würde, schien mir mehr als fraglich. Wochenalte Spritzbestecke waren kaum die Top Ten der Hinweise, nach denen sich Kriminalisten sehnten.

Ohnehin war es ein merkwürdiger Mord und auch ein merkwürdiger Tatort. Keineswegs so abgeschieden, als dass nicht mit Zeugen gerechnet werden konnte. Außerdem war Frau Schultze die Strecke zwar immer allein gelaufen, was aber keineswegs bedeutete, dass sie auch immer allein war. Entweder war sie durch einen großen Zufall allein gewesen, oder aber der Täter hatte ihr mehrfach aufgelauert und auf eine günstige Gelegenheit gewartet. Dann freilich musste er mehrfach in der Nähe des Tatortes gewesen sein. Abgesehen von einigen Älteren, die die Enten im Park fütterten oder aber einfach nur spazieren gingen, war den meisten, die wir befragt hatten, aber niemanden aufgefallen. Es war und blieb wie verhext. Wenn es schnell ging, dann konnte ein Täter sich in der Menge leichter verstecken als an einem unbelebten Ort.

Es war eigentlich mehr ein Zufall, dass ich nach 16.30 Uhr noch in der Dienststelle blieb. Modalitäten der Freigabe der Toten für die Bestattung mussten geklärt werden. Matthias war gegangen, er hatte montags seinen Kollegensport, Klaus wollte noch nach seinen Joggern sehen, vielleicht wollte er auch nur früh nach Hause zu seiner Frau, wie ich argwöhnte.

Auf dem Weg zur Toilette entdeckte ich, dass Bernd noch in seinem Zimmer war. Normalerweise war er um diese Zeit nur selten im Dezernat, allerdings schien wohl einiger Papierkram liegen geblieben zu sein, vor dem er sich gerne drückte und den er mit Vorliebe auf die lange Bank schob. Jedenfalls fanden wir beide uns per Zufall allein auf der Etage, wenn man von den beiden Putzfrauen einmal absah.

Für eine Aussprache war es die Gelegenheit. Und zum Glück war es noch warm. Ich zupfte mein T-Shirt ein wenig nach unten, legte einen Hauch Lippenstift auf, gerade so, dass es nicht auffiel, warf einen abschließenden Blick in den Spiegel. Mein Outfit konnte passieren. Zwar nicht gerade Claudia Schiffer, aber ich war zufrieden.

»Noch viel zu tun?«, fragte ich und setzte mich ohne seine Antwort abzuwarten auf die Kante seines Schreibtisches. Ich warf einen Blick auf den Bildschirm. Es war nicht einmal Papierkram, sondern die Akte unseres Falles war angezeigt. Die DNA-Analysen des Labors mussten wohl doch heute Nachmittag schon fertiggestellt sein, und die Kollegen hatten sie uns sofort zugemailt. Mir sagte der ganze Formelkram sowieso nichts, ich erwarte nur klare Antworten bei Vergleichen. Ja oder nein, mit dem Rest kann ich nichts anfangen.

Bernd hatte deutlich mehr Fundstücke zum Labor gegeben, als wir damals bei der Besprechung vereinbart hatten. Papiertaschentücher, sogar den angebissenen Pizza-Rest, der unserer Meinung nach schon klar ein, zwei Tage alt gewesen war. Die Kollegen hatten sicher ganz gehörig etwas zu tun gehabt. Plötzlich stutzte ich.

»Wir wollten doch das Erbrochene auch noch untersuchen lassen«, sagte ich überrascht.

»Haben wir auch«, sagte er und wies auf einen Bericht des Labors, der vom Vortag stammte. »Mageninhalt, alles drin, Schinken mit Nudeln, leichte Spuren von Alkohol, vielleicht war das meiste auch schon im Blut, Rest von Bier … Ist doch alles da. Schon seit gestern.«

Nur eben die DNA-Analyse nicht, wollte ich sagen, die haben die Kerle vom Labor wohl nicht weiterverarbeitet, aber wer arbeitet schon gerne mit einem alten Mageninhalt eines

Penners. Aber ich wollte es nur sagen, denn in diesem Augenblick fühlte ich Bernds Hand leicht auf meiner Hose. Es war vermutlich eine zufällige Bewegung, aber ich war wie elektrisiert. Die Kotze eines Penners konnte mir in diesem Augenblick wirklich gestohlen bleiben. Und der Hinweis, dass ich morgen die Bekannten von Schultzes befragen wollte, schien mir im Moment auch nicht passend. So blieb ich einfach nur sitzen, drehte mich leicht zu ihm hin und lächelte ihn auffordernd an.

»Ich glaube, ich sitze zu lange an diesem Gerät, an diesen Akten und überhaupt«, sagte Bernd auf einmal abrupt und berührte noch einmal mein Bein.

»Und das Leben zieht an einem vorbei.«

»Du meinst, dein Leben zieht an dir vorbei«, wiederholte ich sanft, während mich von innen heraus wie eine Welle ein Gefühl von Zärtlichkeit überschwemmte.

»Ich glaube, es ist so«, sagte er nachdenklich. »Du machst deinen Job, hast deinen Freundeskreis … Und wofür das alles?«

Seine Frau hatte er bezeichnenderweise nicht erwähnt. Die Szene im Garten stand mir vor Augen. Dieser hemmungslose, gemeine Betrug. Seine Frau Birgit war ein widerliches, treuloses, gemeines Miststück. Wann würde er das einsehen?

»Es geht dir nicht gut?«, fragte ich einfühlend weiter.

Bernd lockerte den leichten Druck auf mein Bein, zog die Hand aber nicht weg.

»Nein«, sagte er. »Es geht mir nicht gut. Lieb, dass du fragst.«

»Wegen Birgit auf deiner Feier?«

War das zu direkt? Jedenfalls schwieg Bernd eine Weile.

»Vielleicht«, sagte er ausweichend. »Aber ich glaube, das war nur der letzte Schritt. Das i-Tüpfelchen. Es geht schon lange nicht mehr gut.«

Und unvermittelt sagte er: »Sie ist kalt, berechnend und ohne Wärme. Alles Theater, alles Show, alles Tünche.«

Endlich begriff er es.

»Du siehst sie vielleicht etwas zu hart«, sagte ich. »In jeder Ehe und in jeder Beziehung gibt es Probleme. Und viele kann man lösen. Habt ihr mal daran gedacht, eine Eheberatung aufzusuchen?«

Hoffentlich hatten die keine guten Tipps auf Lager.

Bernd schaute mich direkt an. Er hatte große braune Augen, und sie blickten in diesem Augenblick so traurig, dass ich ihn am liebsten geküsst hätte.

»Ich glaube, man weiß, wenn etwas zu Ende ist. Endgültig. Und ich glaube, ich weiß das schon ziemlich lange. Es ist einfach ernüchternd, wenn man feststellt, dass man einmal im Leben einen dicken Fehler gemacht hat und dafür jetzt bezahlt.«

Ich schluckte.

»Fehler kann man korrigieren«, sagte ich sanft. »Es gibt keine Fehler, die man nicht korrigieren kann.«

»Nein?«, fragte er.

»Nein«, antwortete ich und berührte mit meinem Zeigefinger ganz leicht seine Lippen.

Er stand auf und fasste mit seinen Händen meine Unterarme.

»Manche Korrekturen sind aber sehr schwierig«, flüsterte er.

»Glaube ich nicht«, flüsterte ich zurück.

Und dann küssten wir uns. Es war mein erster Kuss mit Bernd seit einer Ewigkeit. Und es war mein süßester. Wir flüsterten uns Worte ins Ohr, die ich lange nicht mehr gesagt und viel zu lange nicht mehr gehört hatte. Und nur der Umstand, dass die Putzfrau an der Tür klopfte, unterbrach uns.

»Wollen wir heute noch etwas gemeinsam unternehmen?«, schlug ich vor. »Irgendwo hingehen?«

Vielleicht zu mir?, lag mir auf der Zunge.

»Ich glaube, ich sollte gleich gehen«, meinte Bernd und schaute mich ernst an.

Meine Enttäuschung musste ich wohl nicht ganz verborgen haben, denn Bernd nahm sanft meinen Kopf zwischen seine beiden Hände. »Alles wird gut«, flüsterte er. »Aber ich möchte nicht mit einem Betrug anfangen. Gib uns ein wenig Zeit.«

Ich glaube, in diesem Augenblick liebte ich ihn wie noch nie zuvor in meinem Leben.

❖

Sie lag da im Dunkel der Bank. Ausgestreckt, als ob sie schliefe. Das Blut war nurmehr als düsterer Fleck unter der Sitzfläche erkennbar, ein dunkler Schlagschatten in der Finsternis. Obwohl sein Verstand ihm riet, sofort zu verschwinden, blieb er. Nur, dass er in den Schatten des alten Turmes rückte, war das einzige Zugeständnis an seine Vernunft. Das erste Mal hatte er sich übergeben müssen. Diesmal hatte er eine Plastiktüte mit dabei. Prosaisch und peinlich für einen so einschneidenden Augenblick. Aber er fühlte keine Übelkeit mehr. Nur das ernste, spirituelle Gefühl tiefer Eintracht mit sich selbst. Das erste Mal, das war die Grenze gewesen. Das zweite Mal … Er war den Weg ins Dunkle gegangen und schaute zurück. Dies war seine Schattenwelt.

Wie durch einen Schleier nahm er die Geräusche der Nacht wahr. Den unmelodischen Gesang angetrunkener jugendlicher Zecher. Gesprächsfetzen. Türenschlagen. Das Surren von Autos auf der gegenüberliegenden Straße. Plätschern von Wellen. So mussten sich Derwische fühlen, Mönche nach langer Meditation. In Harmonie mit sich und im Einklang mit der Welt.

Aber mehr als diese Eintracht empfand er ein Gefühl von Macht. Was gab es Höheres, als Leben zu schaffen? Nichts. Dies war Gott vorbehalten. Aber Leben zu beenden, war es nicht fast genauso? Gottgleich?

Er hatte recht getan. Sie hatte es verdient. Die andere hatte es auch verdient. Und die, die noch folgen würden, ebenfalls.

Das erste Mal, als er zu den Schatten ging, hatte er Angst gehabt. Eine unbegründete Angst, wie er fühlte. Denn es war Kunst. Es war Erweckung. Es war Gerechtigkeit. Es war Gottesdienst.

Gläubige sollten häufiger beten.

Schließlich ging er.

❖

Es war drei Uhr nachts. Ein junger Kollege, dem man noch nicht ansah, dass er die ganze Nacht auf den Beinen war, empfing mich. An der Leinebrücke zur Altstadt standen drei Polizeiwagen, deren leise rotierende Blaulichter die Gegend in ein fahles Licht hüllten.

»Gut, dass du kommst«, sagte er. »Es ist besser, wenn einer von euch da ist.«

Obwohl ich kaum geschlafen hatte, war ich hellwach und konzentriert.

»Wo ist sie?«, fragte ich.

»Komm bitte mit.«

Er führte mich den mit Sandstein ausgelegten Weg entlang, der als Uferpromenade die Begrenzung der Altstadt zur tiefer gelegenen Leine bildet. Am Hohen Ufer heißt sie bezeichnenderweise, und es ist der Ort, der Hannover seinen Namen gegeben hat. Die Promenade hat zwei Ebenen, eine etwa auf Flusshöhe, eine zweite in Höhe der Altstadt. Die Beleuchtung an dieser Stelle ist spärlich, die Schatten der Reste der alten

Befestigungsanlagen, unregelmäßiges Kopfsteinpflaster und einige Mauern verhindern eine rasche Orientierung.

Sie lag in dem Sichtschatten einer kleinen Mauer auf einer Parkbank. Der Umstand, dass die Beleuchtungsverhältnisse nicht besser waren und dass sie auf einer Bank lag, scheinbar schlafend, hatte sie vor einer früheren Entdeckung geschützt. Ich fasste sie vorsichtig an. Sie war kalt, der Tod musste bereits einige Stunden vorher eingetreten sein.

Die Kollegen hatten ihre Halogenlampen noch nicht aufgestellt, der Fundort lag noch im Dämmerdunkel. Die Frau mochte um die dreißig sein, ihre Kleidung war elegant und durch ihren Hals zog sich die gleiche furchtbare Wunde, die ich schon einmal gesehen hatte. Ich schaute auf den Boden, aber ich sah keine Blutlache, das Blut musste wohl durch den Gulli neben der Bank abgeflossen sein. Wie in einem Schlachthaus.

»Es schien uns ein ähnlicher Fall zu sein wie der, den ihr gerade bearbeitet«, sagte der Kollege, »und da haben wir euch gleich verständigt.«

Bei Bernd war nur der Anrufbeantworter angesprungen, das hatte man mir schon bei der ersten Benachrichtigung erklärt. Ich war wieder die Erste.

»Wann ist sie gefunden worden?«, fragte ich.

»Vor einer halben Stunde. Von den beiden dort.«

Er deutete auf ein Pärchen, das sichtlich verstört neben einem Streifenwagen saß.

Sie mochten beide etwas über vierzig sein, der Mann relativ gut gekleidet, eine dunkle Kombination, Krawatte, die Frau in Jeans und einem verwaschenen Polohemd. Mindestens der Mann zeigte Anzeichen von Ungeduld.

»Ich bin die ermittelnde Kommissarin, Barbara Wilke ist mein Name«, stellte ich mich vor. »Sie haben sie gefunden?«

Als der Mann antwortete, kam mir eine ziemliche Bierfahne entgegen, aber seine Sprache verriet keinerlei Unsicherheit.

»Wir kamen aus der Altstadt, meine Bekannte und ich, und wollten am Hohen Ufer entlanggehen, als uns die Frau auf der Parkbank auffiel. Sie lag so merkwürdig da, und als wir sie ansprachen ... da haben wir dann gesehen, dass sie tot war.«

Er wirkte gefasst, aber seine Bekannte schien dies alles weitaus mehr mitzunehmen, denn sie nickte nur verstört. Auch sie schien mir etwas angetrunken zu sein. Wahrscheinlich hatten die beiden sich in einer der Altstadtkneipen kennen gelernt. Es war die Stunde, in der auch die letzten Kneipen schlossen und in der man sich ranhalten musste, wollte man noch einen Gefährten oder eine Gefährtin für das Nachtlager auftreiben. Rein äußerlich passten beide nicht zusammen. Er Geschäftsmann, sie vermutlich weniger begütert. Krankenschwester vielleicht. Oder Verkäuferin. Ein grausiges Ende einer verheißungsvollen Nacht, die den Morgen wahrscheinlich nicht überdauert hätte.

»Ist Ihnen irgendetwas aufgefallen?«, fragte ich.

Sie schüttelten übereinstimmend den Kopf.

Da die Tat allem Anschein nach bereits einige Zeit zurücklag, wäre dies auch unwahrscheinlich gewesen.

»Haben Sie irgendetwas angefasst, die Tote berührt?«

Die Frau nickte heftig.

»Ich habe sie umgedreht«, erwiderte der Mann, »erst angefasst, so geschüttelt, um sie aufzuwecken, und dann ist sie von allein umgefallen. Als wir sie fanden, lag sie mit dem Gesicht zur Mauer.«

Deswegen hatten sie andere wohl für eine schlafende Obdachlose gehalten. Ich war mir ziemlich sicher, dass sie beide alles Wissenswerte gesagt hatten.

»Wir haben Ihre Personalien?«, fragte ich.

»Ferdinand Mechtesheimer aus Bielefeld, aber die Adresse haben Ihre Kollegen schon.«

»Veronika Herbst«, sagte die Frau leise, sodass ich sie kaum verstand. »Ich wohne in der Falkenstraße 12, aber auch dies habe ich schon Ihren Kollegen gesagt.«

Ich dankte den beiden noch für ihre sorgfältige Beobachtung, wünschte ihnen noch eine gute Nacht und wollte gehen, als mich der Geschäftsmann noch einmal ansprach.

»Muss ich noch einmal in diesem Fall aussagen?«, fragte er.

»Das weiß ich nicht«, sagte ich. »Sie werden ein kurzes Protokoll bei meinen Kollegen unterzeichnen, und das war's dann vermutlich. Und wir können Sie ja in Bielefeld jederzeit erreichen.«

»Das ist es ja gerade«, druckste er. Nicht gerade verlegen, eher so, als sei ihm das Ganze eher unangenehm.

»Wäre es möglich, dass bei Benachrichtigungen zu Hause, also die genauen Umstände nicht in einem Anschreiben erwähnt würden?«

In anderen Worten, er war verheiratet, und seine Frau sollte nichts davon erfahren. Ein kleines Techtelmechtel zwischen Erwachsenen, die miteinander nur die späte Stunde und ihre Einsamkeit gemeinsam hatten. Aber wer war ich, darüber zu richten?

»Ich glaube, es ist möglich«, sagte ich, und er schien mir beruhigt zu sein.

Die Kollegen der Spurensicherung bauten ihre Lampen auf und tauchten den Fundort schlagartig in grelles weißes Licht.

Trotz der späten Stunde gab es einzelne Gaffer, die sich interessiert dem Tatort näherten und sich nur zögernd verscheuchen ließen.

Ich ging noch einmal zu der Toten. Jetzt, im unbarmherzigen Licht weißer Halogenlampen, erkannte ich sie deutlicher.

Wie ich schon vorher geschätzt hatte, schien sie mir um die dreißig zu sein, vielleicht etwas älter. Der Schnitt durch die Kehle war ähnlich angesetzt wie bei der Frau des Professors, ein glatter Schnitt ohne weitere Verletzungen, mit großer Präzision geführt. Ich zweifelte nicht daran, dass die Obduktion wieder feststellen würde, dass es sich um einen Rechtshänder als Täter handeln müsste. Es schien der gleiche Täter zu sein. Dennoch stutzte ich. Serienmörder, wenn es denn ein solcher war, haben meist ein Muster ihrer Täter. Ihre Opfer sind zwar nicht austauschbar, aber häufig durch ein gemeinsames Merkmal miteinander verbunden. Diese beiden Frauen waren aber, von ihrem Alter einmal abgesehen, ziemlich unterschiedlich.

Sie war nicht ätherisch oder sportlich, sondern recht üppig und korpulent gebaut, hatte einen kräftigen Busen und eine Reihe von ausgeprägten Sommersprossen im Gesicht. Ihre Haare flossen in langen, roten Locken an ihr herunter. Noch im Tode vermittelte sie den Eindruck einer lebensfrohen, lustigen Frau, die zu jedem Scherz aufgelegt war. War ihr das zum Verhängnis geworden? Zudem beschlich mich der Eindruck, diese Frau schon einmal gesehen zu haben.

War der erste Tatort eine reine Müllkippe gewesen, bestach dieser geradezu durch eine klinische Sauberkeit. Nicht nur, dass das Blut gleich abgeflossen war, es lagen auch kein Papier, keine Fast-Food-Reste, keine Flaschen, nicht einmal Zigarettenkippen herum. Offenbar war vor einigen Tagen eine städtische Reinigungskolonne gründlich in Aktion gewesen. Ich entsann mich, es war die Gegend, in der jeden Samstag der Flohmarkt abgehalten wurde. Montags wurde meist gründlich sauber gemacht. Nur als ich genauer unter die Bank schaute, bemerkte ich einen dunkeln Fleck. Es war ein Gegenstand, der aber durch das Schattenspiel der Bank nicht klar erkennbar war.

»Ich brauche noch etwas Licht«, sagte ich. Einer hielt mir einen tragbaren Scheinwerfer hin und leuchtete unter die Bank.

In der Fuge zwischen zwei Basaltsteinen lag mein Fund, jetzt in gnadenloses weißes Licht getaucht. Es war eine Kugel, eine mittlere Glaskugel von etwa zwei Zentimeter Durchmesser. Und im Licht des Scheinwerfers konnte ich auch ihre Farbe erkennen. Sie war nicht schwarz wie die erste, sondern glomm in einem dunklen, düsteren Rot. Und ich wusste, dass wir auch an dieser Kugel weder Fingerabdrücke noch andere Spuren finden würden. Außer vielleicht die Rückstände eines Lösungsmittels.

❖

Man sah Bernd an, dass er unter Druck stand. Der Polizeipräsident hatte ihn zusammen mit einigen Kollegen vom LKA heute Morgen bereits zu einem dreiviertelstündigen Gespräch gebeten und über den Inhalt konnte es kaum Unklarheiten geben. Man wollte Ergebnisse.

»Also ganz offiziell«, begann Bernd, »die Tote gestern ist Celine Dreyer, Schauspielerin am Niedersächsischen Staatstheater und dazu noch Nichte unseres Umweltministers.«

Es gab keine überraschten Gesichter. Die Buschtrommeln und die Gerüchteküche hatten sogar schon die Morgennachrichten von NDR 2 erreicht, und auf den Fluren unserer

Dienststelle in der Waterloostraße war sie das Thema der Stunde. Celine Dreyer, 31 Jahre, eine der Neuentdeckungen der vorletzten Saison des Niedersächsischen Staatstheaters und nach den Kritiken zu urteilen auf dem Sprung in eine verheißungsvolle Karriere. Deswegen war mir ihr Gesicht auch so bekannt vorgekommen. Zwar gehe ich normalerweise nicht ins Theater, aber die Zeitungen hatten ihr Bild vermutlich mehrere Male gebracht. Dass sie die Nichte des Umweltministers war, war für uns alle jedoch neu.

Der Mord war am frühen Morgen entdeckt worden, und nur dies allein hatte dazu geführt, dass er noch nicht die Schlagzeilen der Zeitungen beherrschte. Dieser letzte Mord würde ein Medienecho auslösen, wie es von uns noch keiner erlebt hatte. Wir würden unter Beobachtung stehen wie nie zuvor. Es war die große Chance für Karrieren oder die große Möglichkeit, für immer sein berufliches Leben in den Teich zu setzen und bis zur Pensionierung die Kripo in Winsen/Luhe zu leiten.

Bernd wirkte angespannt und überspielte dies mit kraftvollen Bemerkungen.

»Ich will dieses perverse Miststück haben«, sagte er und ballte seine Hand theatralisch zur Faust. »So schnell, dass dieser Kerl nicht noch einmal zuschlagen kann. Vergesst eure Überstunden mal für eine Zeit lang und schminkt euch den Feierabend ab. Jedenfalls so lange, bis wir diesen Kerl bei seinen Eiern haben.«

Vermutlich hatte er diese Sprüche gerade vorhin beim Polizeipräsidenten gehört.

»Ich will alles. Die letzten Stunden des Opfers, ich will jeden Penner, der dort in dem letzten Jahr mal durchgegangen ist, jeden Besoffenen in der Nacht in der Altstadt und die ganze Liste unserer einschlägig Bekannten.«

Wie wir das mit unseren vier bis sechs Mann hinkriegen sollten, war mir natürlich ein Rätsel.

»Und das mit vier Mann?«, fragte Klaus auch prompt. »Oder kriegen wir Verstärkung?«

»Von den Drogen kriegen wir sechs, vier von der Sitte und zehn vom LKA. Außerdem acht aus dem Pool. Wir werden jetzt knapp dreißig sein.«

»Federführung bei uns?«, fragte Matthias. Normalerweise riss das LKA solche Fälle an sich. Und jede Kripodienststelle in Hoya oder Diepholz wäre ihn bereits heute los gewesen. Aber die Kriminalpolizei der Landeshauptstadt hatte natürlich eine besondere Stellung. Vorausgesetzt, sie brachte Ergebnisse. Ich konnte mich gut in Bernds Lage versetzen. Dies war das Sprungbrett zum Kriminalrat. Und schlagartig war mir klar, dass auch ich, vorausgesetzt wir lösten diesen Fall, mit ihm zusammen aufsteigen konnte – wenn wir ihn nicht versiebten.

»Federführung bei uns«, bestätigte Bernd. »Ich brauche kaum zu betonen, dass die vom LKA Ergebnisse sehen wollen. Wir sollen dieses perverse Schwein einbuchten, bevor noch weitere dran glauben müssen.«

»Nun mach's mal halblang, Bernd«, unterbrach ihn Matthias. »Wir wissen doch noch gar nicht, ob die beiden Fälle etwas miteinander zu tun haben. Die Todesart ist gleich, okay, aber was ist mit Trittbrettfahrern? Es stand ja schließlich in allen Zeitungen.«

»Die Kugel«, warf ich ein. »Von der Kugel stand nichts in der Zeitung. Ich bin ziemlich sicher, es handelt sich um die gleiche Kugel, nur diesmal in Rot. Wir können davon ausgehen, dass es sich um den gleichen Täter handelt.«

»Heißt das, dass wir unsere Ermittlungen bei Professor Schultze aufgeben sollen? Dass dieser Aspekt abgeschlossen ist?«, insistierte Matthias.

»Quatsch«, unterbrach Bernd. »Das heißt gar nichts. Wir machen weiter wie bisher. Du untersuchst das Umfeld von Schultze, Klaus fragt weiter nach seinen Joggern und das noch mit etwas mehr Personal, und die anderen stürzen sich auf den neuen Mord. Irgendwo muss es doch eine Spur geben.«

»Warum einmal eine schwarze Kugel, dann eine rote?«, fragte Klaus. »Gibt das irgendeinen Sinn? Und gibt es überhaupt einen Zusammenhang zwischen beiden Fällen?«

Die beiden Toten standen mir vor Augen. Giselle Schultze, eine zierliche schlanke, durchtrainierte Frau mit pechschwarzen Haaren. Lehrerin. Dann Celine Dreyer, lebensfroh, etwas korpulent, rothaarig. Schauspielerin. Sehr unterschiedliche Frauen. Wo war das Gemeinsame zwischen beiden? Kannten sie sich? Gab es irgendeinen Zusammenhang zwischen ihnen, der uns noch nicht aufgefallen war?

»Zusammenhang?«, griff ich auf. »Vielleicht kannten sie sich, vielleicht hatten sie auch nur einen gemeinsamen Bekannten. Oder vielleicht sind es auch nur zufällige Opfer. Aber ein paar Gemeinsamkeiten haben sie doch, ist doch klar: Erstens es sind Frauen.«

Klaus schien gerade eine abfällige Bemerkung machen zu wollen, verschluckte sie aber dann doch.

»Zweitens«, fuhr ich ungerührt fort. »Die ungewöhnliche Todesart, ein Schnitt durch den Hals, und drittens die Kugel.«

»Die mal rot, mal schwarz ist.«

Schlagartig war mir der Zusammenhang klar.

»Nein«, widersprach ich. »Sie ist nicht mal rot, mal schwarz, sondern bei einer ist sie schwarz, bei der anderen rot.«

»Und wo soll da der Unterschied sein?«

Ich lächelte überlegen und lehnte mich zurück.

»Giselle Schultze war schwarzhaarig und bei ihr fand sich eine schwarze Kugel. Celine Dreyer war rothaarig und bei ihr fand sich eine rote Kugel. Das ist der Zusammenhang.«

Für einen Moment waren sie verblüfft. Sogar Bernd schaute mich erstaunt an.

»Du meinst ...?«

»Ja«, sagte ich, und in diesem Augenblick genoss ich ihre Begriffsstutzigkeit. »Es ist doch ganz klar. Der Mörder tötet nach der Haarfarbe. Erst schwarz, dann rot.«

»Schwarz – rot – gold«, ergänzte Matthias nachdenklich. »Wenn deine Theorie richtig ist, dann müsste beim nächsten Mal eine blonde Frau das Opfer sein.«

»Es wird kein nächstes Mal geben«, stellte Bernd mit energischer Stimme fest. »Weil wir diesen Perversen vorher fassen werden. Kugeln hin, Kugeln her. Wir werden das Labor noch einmal nach der Herkunft dieser Murmeln befragen, irgendwo müssen die ja hergestellt sein. Wir werden die letzten Stunden von Celine Dreyer minutiös rekonstruieren. Die Tat geschah nicht irgendwo in der Wallachei, sondern in der Innenstadt einer Großstadt. Da muss es Zeugen geben. Und schließlich: Keiner begeht eine solche Tat aus heiterem Himmel. Unser Freund ist mit Sicherheit aktenkundig. Irgendetwas liegt vor. Und ihr sucht jetzt alle Sittenstrolche, Voyeure, Spanner und Vergewaltiger der letzten zehn Jahre heraus. Wo leben sie? Was machen sie? Haben sie ein Alibi? Und ich garantiere euch, unter diesem Personenkreis werden wir sie finden.«

❖

Das Staatstheater Hannover war ein großer, heller Bau im Stil des ausgehenden zwanzigsten Jahrhunderts. Viel Glas, viel Beton, aber eine reichhaltig gegliederte Fassade. Drinnen große, ineinander verschachtelte Ebenen, kühle Sachlichkeit. Auch das Büro, in dem wir uns befanden, wirkte ähnlich. Betonwände, verkleidet mit einer weißen Stecktafel, einige Plakate vergangener Aufführungen, bequeme Bauhausstühle und Stahltische. Ein Arbeitsraum, der nur durch seine Unordnung, einige offene Umzugskisten, ein lila Kleid mit Strass aus der Requisite und eine Fülle handschriftlicher Zettel, eine persönliche Note erhielt. Austauschbar.

Der Intendant des Theaters und der Regisseur des Stückes saßen uns gegenüber. Sie hätten Zwillinge sein können. Beide in abgetragenen Jeans, aufgekrempelten Hemden und abgewetzten Cordjacketts. Ihnen saß der Schock noch in den Gliedern. Sie wirkten fahrig, bemühten sich aber in ihren Antworten um Genauigkeit.

»Gestern Abend?«, wiederholte Ferdinand Lange, der Regisseur. »Was wir da gemacht haben? Dasselbe wie immer. Wir haben gespielt, dann kam der Vorhang, vielleicht gegen zehn war das Stück zu Ende. Und dann in die Maske und weg.«

»Vielleicht?«, fragte Bernd nach.

»Ich weiß es nicht genau«, korrigierte sich Ferdinand Lange. »Wir haben später angefangen. Es hatte einen Unfall mit einer U-Bahn gegeben, sie steckte unten fest, so kam unser Hauptdarsteller Günther Helms nur mit etwas Verspätung an. Vielleicht zwanzig Minuten. Ich habe nicht so genau darauf geachtet.«

»Also sagen wir zehn. Was dann?«

»Der letzte Vorhang, Abschminken, das ist es eigentlich. Manchmal gehen noch einzelne Schauspieler ein bisschen weg, irgendein Bistro, in die Weinstube, aber diesmal glaube ich wollten alle schnell nach Hause. Ich selber bin gegen Viertel vor elf gegangen und war zusammen mit Monika Staffa wohl der Letzte. Jedenfalls habe ich keinen der anderen mehr gesehen.«

»Ist das so üblich, dass es sich so verläuft nach einer Aufführung? Jeder geht seine eigenen Wege?«

Er zuckte mit den Achseln. »Was heißt üblich. Mal so, mal so. Es war ja keine Premiere, sondern das Stück stand schon seit der letzten Saison auf dem Spielplan. Da ist der Gesprächsbedarf nicht mehr so groß. Viele haben auch Familie oder Partner zu Hause und wollen schnell weg.«

»Frau Dreyer«, wechselte ich das Thema, »wohnt in der Calenberger Neustadt. Immerhin drei, vier Kilometer entfernt. Gefunden wurde sie am Hohen Ufer. Warum nimmt sie diesen Umweg? Es gibt eine Straßenbahn direkt dorthin. Warum nimmt sie nicht die Straßenbahn?«

»Möglicherweise liegt da ein Missverständnis vor«, mischte sich der Intendant ein. »Ich war zwar nicht bei der Aufführung anwesend, aber die Aufführung fand nicht hier im Haupthaus, sondern im Ballhof statt.«

Der Ballhof war ein altes Fachwerkhaus, eine ehemalige Tennishalle aus dem sechzehnten Jahrhundert und lag am Rande der Altstadt vielleicht zweihundert Meter vom Tatort entfernt.

»Es war eine experimentelle Aufführung von Büchners Woyzeck, Frau Dreyer spielte die Marie, und die experimentellen Aufführungen ebenso wie eine Reihe von Gastspielen finden häufig im Ballhof statt.«

»Gut«, sagte Bernd und dachte nach. »Von dem Ballhof zur Calenberger Neustadt, das sind maximal ein bis zwei Kilometer. Es ist zwar keine besonders unsichere Gegend, aber warum geht sie über das Hohe Ufer, warum nimmt sie – es ist ja spät in der Nacht – warum nimmt sie nicht ein Auto, das Taxi oder wenigstens ein Fahrrad? Warum dieser Weg durch diese schlecht beleuchtete Ecke?«

»Ich weiß es auch nicht«, erwiderte Ferdinand Lange. »Keine Ahnung. Aber meistens hat sie in der Tat das Fahrrad genommen. Sie kam, soweit ich das gesehen habe, fast immer mit einem Fahrrad zur Arbeit. Aber Genaueres können Ihnen möglicherweise ihre Kollegen erzählen.«

Wie ich schon insgeheim befürchtet hatte, erwies sich die Befragung der Kollegen als unergiebig. Wir hatten fünf Beamte im Einsatz, aber die Aussagen aller ergaben ein übereinstimmendes Bild. Gegen halb elf, elf waren die meisten gegangen. Es gab nur zwei Augenzeugen. Eine kleine Gruppe von drei Kollegen hatte noch die Zeit zu einem kleinen Umtrunk in einer der Altstadtkneipen genutzt. Im Broyhan-Eck. Auf dem Weg dorthin hatten sie Celine Dreyer noch beim Verlassen des Theaters gesehen. 22.50 Uhr war sie gegangen. Zu Fuß, Richtung Leine, wie alle übereinstimmend aussagten.

Auch Wanda Kirschmeyer, in einem grellbunten Seidenkleid, hatte sie noch gesehen. Sie hatte eine kleine Rolle gespielt, die Nachbarin, und sie war mit Celine gemeinsam durch die Tür gegangen.

»Zehn vor elf? Das mag hinkommen. Ich habe nicht genau darauf geachtet«, versuchte sie sich zu erinnern.

»Gab es irgendetwas Merkwürdiges?«, fragte ich nach. »Verhielt sie sich auffällig? Irgendwelche Personen in der Nähe? Männer, die ihr nachstarrten?«

»Celine haben viele nachgestarrt«, meinte sie nachdenklich. »Sie war eine wirkliche Schönheit. Das sieht man auf Fotos nicht besonders gut, da kommt das nicht gut rüber, aber sie hatte so eine Ausstrahlung, wenn Sie verstehen, was ich meine. Aber konkret an diesem Abend? Nein, mir ist nichts aufgefallen. Außerdem bin ich gleich in die andere Richtung gegangen. Zur U-Bahn Haltestelle Kröpcke. Nach elf fahren die Bahnen in recht langen Zeitabständen, und ich wollte mich beeilen.«

Es war unsere letzte Zeugin. Einen Teil der Befragungen hatten wir beide selbst durchgeführt, den größeren Teil unsere Kollegen. Das technische Personal und das Reinigungspersonal im Ballhof, Platzanweiserinnen und Kassiererinnen würden wir anschließend vernehmen, aber wenn uns nicht der Zufall zu Hilfe kam, würden wir wieder schlechte Karten haben.

»Obwohl«, fügte sie zögernd an. »Eines hat mich doch gewundert.«

Ich hob aufmerksam die Augenbrauen, aber auch Bernd schaute gespannt.

»Wir kamen beide zur gleichen Zeit, und Celine kam wie immer mit dem Fahrrad. Wir haben einen Fahrradkeller im Haus, und ich wunderte mich, dass Celine nicht durch den Keller ging, sondern ganz normal durch den Haupteingang. Ich weiß nicht, ob sie ihr Fahrrad noch geholt hat, ich habe mich ja nicht umgedreht, aber aufgefallen ist es mir schon.«

»Sie ist also mit dem Fahrrad gekommen und zu Fuß wieder gegangen?«

»Das kann ich zwar nicht beschwören, sie hätte ja auch wieder zurückgehen können, aber ich vermute es.«

»Könnte es dafür irgendeinen Grund geben?«

»Eigentlich nicht«, sagte sie. »Manchmal lassen wir die Fahrräder im Keller, weil wir noch in die Kneipe gehen, und dann stehen sie draußen nur rum und werden geklaut, oder es dreht einem einer die Ventile raus oder so etwas. Und nach einer

Stunde oder zwei holen wir sie uns dann. So machen es die meisten.«

»Aber dieses Mal gingen Sie ja nicht weg?«

»Nein, abgesehen von Holger, Markus und Tim sind alle sofort nach Hause gegangen.«

»Es gab also keinen Grund, das Fahrrad nicht zu benutzen?«, fragte ich noch einmal.

»Nein, einen Grund gab es eigentlich nicht.«

Die Befragungen hatten sich bis Mittag hingezogen, und wir nutzten die Gelegenheit, uns zwei Hamburger reinzuziehen. Ich weiß, dass sie ungesund sind, ich weiß, dass sie dick machen, aber manchmal haben wir einfach nicht die Zeit, uns gepflegt hinzusetzen.

Ich hatte gehofft, ein paar persönliche Worte mit Bernd zu sprechen. Wie sollte es weitergehen mit uns? Ich hatte mir ein paar Redewendungen zurechtgelegt, aber irgendwie war die Stimmung nicht danach. Die zweite Tote innerhalb weniger Tage, junge Frauen wie ich, das schlug schon auf den Magen. Und das Gefühl, dass da draußen ein Mann seine perverse Befriedigung darin fand, sie in der Reihenfolge ihrer Haarfarbe zu ermorden, führt auch nicht zu einer romantischen Stimmung. Und obwohl Bernd es immer gut verbergen konnte: Er stand unter Druck. So verzehrten wir unsere Hamburger weitgehend schweigend.

Nach dem Mittagessen gingen wir noch einmal zum Ballhof, um das technische Personal des Theaters zu befragen. Es war entsetzt, schockiert und natürlich absolut kooperativ. Aber wieder einmal hatten sie nichts gesehen. Keinen Verdächtigen, keine wartende dunkle Gestalt. Gar nichts. Es war, als ob unser Unbekannter aus dem Nichts auftauchte und spurlos wieder verschwand.

»Celine Dreyer kam normalerweise mit dem Fahrrad?«, fragte ich eine der Platzanweiserinnen, die mir in den Befragungen einen besonders aufmerksamen Eindruck gemacht hatte. Sie war knapp 40, eine recht attraktive Brünette, was auch an ihrer Figur lag, denn im Gegensatz zu den anderen war sie schlank und ihre Arme zeugten von regelmäßigem Training.

»Normalerweise ja«, erwiderte sie. »Ganz selten mit dem Auto, man kann ja hier auch so schlecht parken und weit weg gewohnt hat sie ja auch nicht. Normalerweise fuhr sie mit dem Rad. Wie ich auch übrigens«, fügte sie hinzu.

»Könnten Sie uns den Fahrradkeller zeigen?«

Sie führte uns durch einige Diensträume, bis wir schließlich nach einigen Irrwegen im Fahrradkeller standen. Es war ein Raum von vielleicht zwanzig Quadratmetern mit einer Reihe von Metallständern. Im Augenblick befanden sich fünf Räder im Keller.

»Fahren viele mit dem Rad?«

»Doch«, sagte sie. »Schon einige. So zehn sind es meistens. Manchmal mehr, manchmal weniger. Die meisten Schauspieler kommen von weiter her und nehmen meist die U-Bahn. Aber Frau Dreyer ist fast immer mit dem Fahrrad gekommen. Dort drüben steht ihr Rad.«

Sie deutet auf ein auffälliges, pinkfarbenes Trekking-Rad. Ich kenne mich mit Fahrrädern nicht besonders gut aus, aber dieses schien mir ein sehr teures Modell zu sein. Neben einer aufwändigen Gangschaltung verfügte es auch über reichlich Federungen. Vermutlich war es ziemlich schnell. Ich konnte mir nicht vorstellen, dass unser Täter sie erwischt hätte, wenn sie mit dem Fahrrad gefahren wäre. Die Gegend war am Hohen Ufer zwar nicht gerade unsicher, aber besonders einladend war sie zur Nachtzeit auch nicht. Warum hatte sie das Fahrrad im Keller gelassen?

Ich trat näher.

Ich brauchte nicht lange, um zu erkennen, warum dieses Mal Celine Dreyer ihr Rad nicht genommen hatte. Es war kein Kneipengang, kein Rendezvous, sondern ein ganz simpler Defekt. Der hintere Reifen war platt. Das Ventil steckte noch, es hatte also keiner herausgedreht, ein simpler technischer Defekt hatte das Leben einer jungen Frau zerstört. Ein dummer Zufall. Denn für so geschickt, einen mit dreißig Stundenkilometer dahinbrausenden Fahrradfahrer tödlich zu verletzen, hielt ich unseren Täter nun auch wieder nicht.

Bernd schien das Gleiche durch den Sinn zu gehen.

»Pech gehabt«, sagte er mitfühlend. »Ein dummer Zufall.«

Es war das Wort Zufall, das mich auf eine Idee brachte.

»Und wenn es kein Zufall war?«, fragte ich.

»Wie meinst du das?«

»Wenn das Fahrrad bewusst verkehrsuntauglich gemacht worden ist? Wenn es kein einfacher Nagel oder eine simple Glasscherbe war?«

»Du meinst …?«

Bei ihm fiel der Groschen diesmal wohl recht langsam.

»Spurensicherung«, sagte ich nur. »Wir stellen das Fahrrad sicher. Sollen sich unsere Kollegen vom Labor darum mal näher kümmern.«

»Kann ein Fremder in diesen Keller kommen?«, fragte ich unsere Platzanweiserin.

Sie schüttelte energisch den Kopf.

»Ausgeschlossen«, sagte sie. »Sie haben doch selbst gesehen, wie umständlich wir hierher gekommen sind. Wenn Sie sich nicht in diesem verwinkelten Gebäude auskennen, finden Sie diesen Keller nie. Ganz abgesehen davon, dass die meisten der Türen hier verschlossen sind. Und dass sich jemand ungesehen während der Vorstellung hier einschleichen konnte, ist unmöglich. Während der Vorstellung ist alles leer, da fällt jeder sofort auf, der hier nicht hergehört.«

»Der Keller hat doch einen Ausgang?«, fragte ich.

»Selbstverständlich«, sagte sie und deutete auf eine Stahltür. »Aber sehen Sie selbst. Da kommt keiner durch. Auf der anderen Seite befindet sich nur ein Knauf. Sie brauchen einen Sicherheitsschlüssel, wir haben eine moderne Schließanlage, und ich kann Ihnen versichern, dass diese Schlüssel nicht nachzumachen sind. Die Schließanlage ist neu, vielleicht drei Jahre alt, und ich habe bisher noch nicht gehört, dass ein Schlüssel weggekommen ist.«

Ich betätigte die Klinke. Die Tür war abgeschlossen und ließ sich nicht aufdrücken.

»Das ist nicht einfach mit einer Kreditkarte aufzumachen«, bemerkte unsere Platzanweiserin, als sie meine Bemühungen sah. »Wir sind gehalten, immer abzuschließen. Außerdem hat die Gegenseite ein starkes Falzblech. Da kommt keiner durch, es sei denn, er hat einen Schlüssel.«

»Und wer hat einen Schlüssel?«

»Jeder, der mit dem Fahrrad kommt, aber Genaueres kann Ihnen bestimmt der Hausmeister sagen.«

Zehn Minuten später wussten wir, dass dreiundzwanzig Schauspieler und Angestellte den Schlüssel besaßen, dass keiner als verloren gemeldet war und dass sich das Schloss mit dem Generalschlüssel nicht öffnen ließ.

»Warten wir den Laborbericht ab«, sagte Bernd, als unsere Kollegen das Fahrrad abholten.

❖

In der Literatur treiben Serientäter regelmäßig ihr Unwesen, vorzugsweise an Frauen. Monster, die durch die Straßen schleichen, Jack the Ripper, Hamann. Und aus irgendeinem Grunde erfreuen sie sich auch bei Krimi-Autoren besonderer Beliebtheit. Die wirklichen Erfahrungen damit sind allerdings deutlich geringer. Ich selbst hatte noch nie mit einem Serientäter zu tun gehabt, wenn man von zwei, drei Einbrechern absieht, gegen die ich im Anfang meiner Berufstätigkeit ermittelt hatte, als ich noch im Einbruchsdezernat tätig war. Den meisten meiner Kollegen ging es vermutlich ähnlich, mindestens von Bernd wusste ich, dass dies auch für ihn der erste diesbezügliche Fall war. Serienmörder kamen in Deutschland selten vor, jedenfalls nicht in dem landläufigen Sinn eines Frauen mordenden Ungeheuers. Knapp zweihundert Fälle in über fünfzig Jahren bei einem Volk von achtzig Millionen. Die meisten Serientäter, von denen ich in der Zeitung gelesen hatte, waren mehr oder weniger bedauernswerte Mütter, die ihre Kinder umbrachten, was die Sache zwar nicht weniger schrecklich machte, uns aber in unserer Situation auch nicht weiterbrachte.

So vergingen die Tage mit kleinteiliger Spurensuche, der Überprüfung von Zeugenaussagen, ohne dass uns ein durchgreifender Erfolg gelungen wäre. Unser Täter war schlau und bis auf die selbst gelegten Kugeln schien er keine Spuren hinterlassen zu haben.

Das Wochenende verlief ereignislos. Ein kleines Essen mit Ingrid. Eine entfernte Bekannte, Xenia, rief mich an und heulte mir wieder mal vor, dass ihr Mann eine Freundin habe … alles Geschichten, die mich im Moment nicht wirklich interessierten. Bernd meldete sich nicht. Am Wochenende bleiben auch die untreuesten Ehemänner bei ihren Frauen. (Alte Weisheit von Geliebten.)

So betrachtete ich die Ankunft von Professor Horst Wille, einem bekannten Hamburger Kriminologen, der auf dem Gebiet der Serientäterforschung als Experte galt, mit großer Erwartung. Er sollte am frühen Montagmorgen einen Vortrag über Serienmörder halten, und wir hofften alle, dass wir auf diese Weise Schwung in die Ermittlungen bekommen konnten.

Unsere Stimmung war nicht die beste. Daran änderte auch nichts, dass wir uns nicht mehr in dem kleinen Tagungsraum in der zweiten Etage unseres Dienstgebäudes, sondern im großen Lagezentrum unten im Erdgeschoss versammelten. Ein gewisses Maß an Ratlosigkeit war mit Händen zu greifen. Wir bestanden zwar nun aus einem Team von mehr als dreißig Beamten, von denen die meisten anwesend waren. Die Kollegen vom LKA hatten sich in den ersten Tagen als überraschend kooperativ und umgänglich erwiesen.

Natürlich hatten die großen Zeitungen sich inzwischen des Falles angenommen, und auch wenn wir hoffen konnten, dass das große Medienecho vielleicht noch den einen oder anderen Zeugen erreichen konnte, bauten Schlagzeilen wie »Wer ist die nächste?« oder »Der Messermörder hat wieder zugeschlagen« einen Druck in der Öffentlichkeit auf. Vor allem auf Bernd musste er lasten, und zum ersten Mal verspürte ich das Gefühl der Erleichterung, das einen befällt, wenn man nicht den Kopf hinhalten muss, sondern sich schön friedlich in der zweiten oder dritten Reihe verstecken kann.

Auch wenn man einräumen musste, dass Bernd unter genauer Beobachtung und sicher auch unter enormer Belastung stand, merkte man ihm dieses kaum an. Er leitete die Besprechung auf den Punkt, war hellwach und sorgte für eine glänzende Integration der Ergebnisse. Fast hatte man das Gefühl, als laufe er unter Druck zu seiner großen Form auf.

Trotzdem musste auch er nach einer halben Stunde zum Schluss kommen, dass wir nichts wussten. Keine Zeugen, aber mit hoher Wahrscheinlichkeit wieder ein langes Messer mit glatter, langer Klinge, das mit beträchtlicher Geschicklichkeit gehandhabt wurde. Aber bei Auswertung verborgener Einzelheiten hätten wir ja jetzt fachkundige Unterstützung. Dann gab er weiter an den Gast aus Hamburg.

Professor Horst Wille war mit seinen einsfünfundneunzig kaum zu übersehen, als er in Jeans und zerknautschtem Leinen-Sakko sich neben Bernd erhob und selbstbewusst das Wort ergriff. Er war schlaksig, etwas Bodybuilding hätte ihm vermutlich nicht geschadet, aber seine sparsamen Bewegungen und sein jungenhaftes Lächeln verdeutlichten, dass ihm dies ziemlich egal war.

Nicht immer sind Psychologen bei uns gut angesehen. Viele ihrer Wahrheiten sind Binsenwahrheiten, vielfach ist alles auch nur gesunder Menschenverstand, manches modernes Schamanentum. Professor Wille war anders. Ihm fehlte die joviale Aufgesetztheit ebenso wie der verständnisvoll innige Blick, den andere Mitglieder seiner Zunft wohl als Statusaccessoire zu brauchen glauben. Er wirkte einfach nur sachlich und auf eine ganz altmodische Weise kompetent.

»Sie haben mich eingeladen, weil Sie einen Serienmörder suchen, und ich bin gekommen, weil ich hoffe, Ihnen einige Antworten geben zu können.«

Vermutlich hatte auch das Kabinett Druck gemacht und diese länderübergreifende Kooperation ermöglicht.

»Sie gehen von einem Serientäter aus. Bei zwei Morden ist dies zunächst einmal ungewöhnlich. Zwei Morde sind zwar zwei zu viel, aber keine Serie. Dennoch aber gibt es einige Indizien, die diese Vermutung bereits zu diesem Zeitpunkt als wahrscheinlich erscheinen lassen. Wie einer Ihrer Kolleginnen aufgefallen ist (obwohl er nicht in meine Richtung blickte, musste ich zugeben, dass mich diese Bemerkung mächtig stolz machte. Wir sind eben alle auch ein bisschen eitel.), lag bei jeder Toten eine sorgfältig gereinigte Kugel in der Haarfarbe des Opfers. Es ist dies ein Indiz, das keinem außerhalb dieses Kreises von Ermittlern bekannt war, es stand nicht in der Presse, weder Rundfunk noch Fernsehen berichteten darüber. Und diese Kugel kann kein Zufall sein, sondern sie ist das Markenzeichen unseres Täters. Der zweite Mord wurde mit Sicherheit nicht von einem Nachahmer oder Trittbrettfahrer begangen.

Wie müssen wir uns überhaupt einen Serienmörder vorstellen? Ich will Sie nicht mit Erkenntnissen langweilen, die Sie bereits aus der Polizeischule kennen. Genetische Disposition, vor allem aber lang anhaltende Erfahrungen von Unterdrückung, geringe Stabilität von Beziehungen und Werten im familiären oder engeren sozialen Umfeld spielen eine ausschlaggebende Rolle. Das alles ist tausendmal beschrieben und Ihnen mit Sicherheit bekannt. Vielleicht weniger bekannt ist, dass ein Serientäter mit hoher Wahrscheinlichkeit männlich, jünger als fünfundvierzig und mit an Sicherheit grenzender Wahrscheinlichkeit vorher bereits einschlägig aufgefallen ist. Alle Serienmörder weisen bereits in ihrer Kindheit und Jugend schwere und schwerste Verhaltensanomalien auf, sie sind gestört, fast immer beziehungsunfähig. Der Fall, dass ein Mann ein normales Leben führt und dann auf einmal sozusagen aus heiterem Himmel zu einem Serienmörder wird, existiert nicht. Nicht alle psychopathologischen oder asozialen Handlungen werden von den Behörden – Jugendamt, Sozialamt, Schule, Polizei – erfasst, aber doch der größte Teil. Vertrauen Sie darauf, dass die Schlüssel zu diesem Täter mit hoher Wahrscheinlichkeit in den Akten oder in den Datenbanken entweder von der Polizei oder von anderen Institutionen gespeichert sind. Dieser Mann (oder vielleicht, wenngleich sehr unwahrscheinlich, auch diese Frau) ist bereits auffällig geworden. Eventuell sogar bereits wegen eines ähnlichen Deliktes verurteilt oder vernommen worden.

Können wir genauere Einzelaussagen zu diesem Täter machen? Ich meine: ja. Damit ist zunächst der banale Umstand gemeint, dass der Täter genau mit Messern oder Stangen oder ähnlichen Waffen umgehen können muss. Er muss mindestens sportlich, mit hoher Wahrscheinlichkeit auch trainiert sein. Die sorgfältige Planung lässt auf Intelligenz und vielleicht auch Routine bei der Durchführung schließen.

Aber zu diesen Erkenntnissen brauchen Sie keinen Psychologen. Interessanter ist, dass er uns eine Kugel als Zeichen hinterlässt und diese der Haarfarbe des Opfers entsprechend aussucht. Warum eine Kugel? Die Kugel ist tiefenpsychologisch das Symbol für Vollkommenheit, allerdings auch für Weiblichkeit. Mit diesem Gegenstand hat uns der Täter ein Zeichen gegeben. Er hasst vollkommene weibliche Wesen und sucht sie zu zerstören. Dazu passt, dass beide Frauen zwar sehr unterschiedlich aussahen, beide allerdings sehr attraktiv waren. Gehen Sie also davon aus, dass der Mann ein gestörtes Verhältnis zu Frauen, speziell attraktiven Frauen hat. Warum ein Bezug zur Haarfarbe: Als psychologisches Symbol steht das Haar für Sexualität. Frauen werden in archaischen Gesellschaften bei sexuellem Fehlverhalten häufig mit Verlust des Haupthaares bestraft. Hierauf könnte dieser Hinweis anspielen, eine Anspielung auf die als bedrohlich empfundene Sexualität einer erwachsenen Frau. Bei beiden Frauen erinnert die Art des Todes überdies an eine ritualisierte Hinrichtung oder ein Opfer. Es kommt dem Täter nicht nur auf eine individuelle Rache an, um sich gewissermaßen abzureagieren, sondern er will einen Ritualmord in aller Öffentlichkeit. Die Zurschaustellung des Todes ist ihm genauso viel wert wie die Tötung selbst. Dies lässt auf einen Persönlichkeitstypus schließen, der narzisstische Allmachtsfantasien ausleben möchte. Ein Täter – vermutlich ein Mann –, dessen gegenwärtige persönliche und auch gesellschaftliche Stellung nicht entfernt dem entspricht, was er sein könnte und auf was er meint ein Anrecht zu haben. Vermutlich introvertiert, sportlich, voll von Minderwertigkeitskomplexen und Überlegenheitsfantasien. Und vielleicht hat er den Schuldigen für eine Lage in dem ausgemacht, was er am meisten hasst: Frauen.«

Horst Wille machte eine Pause und nahm einen Schluck Wasser. »Gibt es Fragen?«

Einer vom LKA, den ich nicht kannte, meldete sich. Mit einem Kopfnicken erteilte Bernd ihm das Wort.

»Wie wahrscheinlich ist es, dass der Täter in den nächsten Tagen abermals zuschlagen wird, und könnte das nächste Opfer blond sein?«

Horst Wille zögerte einen Moment.

»Das sind zwei Fragen. Erstens: die nächsten Tage? Ich weiß es nicht. Die Wahrscheinlichkeit spricht allerdings dagegen. Die meisten Serientäter verüben ihre Taten im Laufe von Jahren. Manche von Jahrzehnten. Dass zwei Morde in so kurzer Zeit hintereinander erfolgen wie hier, ist äußert selten. Es gibt zwar Fälle wie Anatoli Onopriyenko. Er hat 52 Menschen in der ganzen Ukraine ermordet, davon allein in den vier Monaten vor seiner Verhaftung 42. Das wären immerhin zweieinhalb pro Woche. Aber dies sind Ausnahmen. Anatoli Onopriyenko war unterdurchschnittlich intelligent, und seine Morde zeugten weniger von Überlegung als von Brutalität. Unser Täter mag zwar auch unter erheblichem psychischem Druck gestanden haben, aber seine Taten zeugen von genauer Vorbereitung und sorgfältiger Planung, was allein schon daran abzulesen ist, dass wir wenig konkrete Spuren finden können. Wenn Sie also eine klare Antwort haben wollen, ob der Täter in den nächsten Tagen zuschlagen könnte, gebe ich Ihnen eine typische Psychologenantwort: Ich weiß es nicht. Aus meiner Sicht ist es unwahrscheinlich, aber immerhin möglich. Die Schlussfolgerungen liegen bei Ihnen.

Die nächste Frage, ob das Opfer blond sein wird? Man hat mir gesagt, hier mache die Formulierung »Schwarz-Rot-Gold« die Runde. Ein Spiel mit den Farben, Haarfarbe als Symbol für verschiedene Frauengruppen und -typen? Diese Reihe ist möglich, aber keineswegs sicher. Ich halte dies – zum jetzigen Zeitpunkt – für reine Spekulation.«

Es gab noch einige weitere Fragen, aber auch hier wurde deutlich, dass wir uns alle im Bereich ungesicherter Mutmaßungen bewegten. Es war schließlich Bernd, der das Ergebnis in einer Frage wohl am besten zusammenfasste:

»Ist es richtig, Herr Professor Wille, dass wir einen intelligenten Psychopathen suchen, der Minderwertigkeitskomplexe und eine eher niedrige soziale Stellung hat, vermutlich vorbestraft ist und keine Beziehung zu Frauen aufbauen kann?«

Professor Wille verzog den Mund zu einem schmalen Lächeln mit einer leichten Andeutung von Spott.

»Etwas platt formuliert, aber so könnte man es ausdrücken.«

Zwanzig Minuten später war es zu Ende. Ich blickte zu Matthias, Matthias blickte zu Bernd, und Bernd blickte zu mir. Uns bewegte nur eine Frage: Hatte es uns weitergebracht?

❖

Während Professor Wille wieder nach Hamburg zurückkehrte und es sich schon in seinem ICE bequem machte, saßen wir zu fünft als Leitungsteam in Bernds Büro. Matthias, ich und rechts und links von uns zwei Kollegen vom LKA. Walter Marx und Sylvia Thomas, beide kannte ich nicht. Sie hatten während der Sitzung nichts gesagt, ihrem Range nach waren sie Hauptkommissare. Walter Marx war so ziemlich das Gegenteil von Bernd. Bernd war zwar sportlich, trainiert, aber von filigranem Körperbau, feingliedrig und machte einen eher intellektuellen Eindruck. Leichtathlet. Tennisspieler. Walter Marx war ein richtiger Bulle. Einen halben Kopf größer als Bernd, knapp einsneunzig, muskelbepackt, massig. So einer, der beim Rugby immer die gegnerischen Stürmer zu Fall bringen musste. Ich hatte eine tiefe Stimme erwartet, aber sie klang hell, und wahrscheinlich steckte hinter dem etwas prolligen Äußeren ein heller Kopf.

Bernd blätterte missmutig die neuen Auswertungen der Labors durch und reichte sie uns.

Auch wenn er es vor den beiden anderen zu verbergen suchte, konnte man ihm eine gewisse Ratlosigkeit an der Nasenspitze ablesen.

»Wie fandest du unseren Professor?«, fragte ich, nur um etwas zu sagen. Als keiner antwortete, legte Bernd den Laborbericht auf den Tisch und zuckte die Achseln.

»Klang doch ganz plausibel. Fand ich. Minderwertigkeitskomplexe, Angst vor Sexualität, Geltungsdrang. Ich weiß nur nicht, ob uns das im Augenblick weiterhilft. Die Spurenanalyse war bisher völlig negativ. Schaut her.«

Ich überflog die dünnen Seiten, die uns das Labor geschickt hatte. Bei der geringen Menge an verwertbaren Spuren war es ein Wunder, dass die überhaupt etwas gefunden hatten. DNA-Spuren negativ, soweit man es bereits jetzt beurteilen konnte, die gefundene Glaskugel ebenfalls klinisch gereinigt, vermutlich mit dem gleichen Lösungsmittel wie die beim letzten Mord. Das einzig Überraschende fand sich bei der Untersuchung des Fahrrades. Es gab auf der Lauffläche des Hinterreifens einen Einstich, ganz wie ich es vermutet hatte. Ich gab den Bericht weiter.

»Kein Zufall übrigens«, versetzte Bernd. »Das Loch war groß genug, dass innerhalb von einer Minute der Reifen platt war. Sehr unwahrscheinlich, dass sie damit noch bis zum Fahrradkeller fahren konnte.«

Ich beugte mich über seine Schulter und für einen Moment spürte ich den Stoff seines Polohemdes.

»Das mit dem Schloss stimmte nicht«, fasste ich den Inhalt zusammen. »Die Platzanweiserin hat uns die Unwahrheit gesagt.«

»Was stimmte nicht?«, fragte Matthias.

»Das Schloss des Fahrradkellers war nur ein ganz normales Sicherheitsschloss, kein besonders gesichertes oder gar ein codierter Schlüssel.«

»Also konnte jeder rein, der sich einen Nachschlüssel besorgen konnte?«

»Sieht so aus.«

»Zwei Frauen«, fasste Bernd zusammen. »In beiden Fällen sorgfältig recherchiert. Mindestens die zweite ist kein Zufallsopfer.«

»Die erste auch nicht«, warf ich ein. »Die ist die Strecke tausendmal gelaufen. Sie muss beobachtet worden sein. Die Gegend um den Leibniztempel liegt zwar nicht neben dem Hauptbahnhof, aber so ganz einsam ist es da auch nicht. Ich halte es für unwahrscheinlich, dass er sie beim ersten Mal gleich abgefangen hat.«

»Verrennt euch nicht.« Matthias stand auf. »Es kann auch ein Zufall sein. Der wartet einfach auf die nächste Joggerin, die allein ist, und dann ... Ebenso bei Celine Dreyer. Vielleicht ist das Loch im Reifen wirklich nur Zufall – und sie hat einfach Pech gehabt.«

»Gehen wir mal davon aus, dass nicht alles Zufall ist.« Auch Bernd stand jetzt auf und ging in seinem Zimmer auf und ab. »Wenn es nicht Zufall ist, dann muss es eine gemeinsame Beziehung zwischen den beiden Frauen gegeben haben. Einen gemeinsamen Bekannten. Irgendeine Verbindung.«

»Ich denke, es war ein Psychopath«, warf ich ein.

»Vielleicht, aber Psychopathen kann es auch im näheren oder weiteren Umfeld geben. Jemand, der sie beobachtet, der sie genau studiert.«

Ich hatte das Gefühl, dass wir alle nicht an die Theorie eines blindlings mordenden Psychopathen glauben wollten. Es war ein Selbstschutz. Psychologie hin, Psychologen her. Soweit ich die Literatur kannte, waren derartige Psychopathen erst nach vielen Toten und aufgrund von Zufällen entdeckt worden. Keine angenehmen Aussichten. Beziehungsmorde waren zwar auch nicht gerade schön, aber doch deutlich einfacher aufzuklären.

»Ist Herr Dreyer schon befragt worden?«, mischte sich Marx ein.

»Schon Freitagabend«, sagte Matthias. »Kam um 18.04 Uhr aus Kuala Lumpur. Er war in der vergangenen Woche dort für seine Firma tätig. Hat da irgendeine Kunststoff-Produktionsanlage in Malaysia abgenommen. Hat anscheinend keinen Flug früher bekommen. Er ist Verfahrens-Ingenieur. Weiß nichts, ist ziemlich verstört.«

Unwahrscheinlich, dass er als Täter in Frage kam.

Bernd griff einen neuen dicken Hefter.

»Das hat uns Mikado geschickt.«

Mikado war das polizeiinterne Suchsystem, in dem alle Straftaten gespeichert wurden, alle Verdächtigen, alle einschlägig Vorbestraften. Wer dort einmal gelandet war, der kam nicht wieder heraus. Bei jedem Vorfall, der sich auch nur entfernt in das ehemalige Verdachtsprofil einordnen ließ, tauchte der Name wieder auf. Es war eine wirkungsvolle Waffe, die allerdings einen Haken hatte: Sie ergab eine Fülle von Personen, die möglicherweise verdächtig sein konnten, aber mit Sicherheit zum großen Teil nichts mit dem jeweiligen Fall zu tun hatten.

Ich weiß nicht, ob irgendein Polizist das Abarbeiten ganzer Listen auf blauen Dunst hin als Lieblingsbeschäftigung erkoren hatte, meine war es mit Sicherheit nicht. Und das Zögern von Bernd, in eine uferlose Rasterfahndung einzusteigen, konnte jeder von uns nachvollziehen. Andererseits: Hatten wir eine realistische Chance, es anders zu machen?

1648 Namen enthielt die Liste. Vergewaltiger, Spanner, Pornofreaks, Männer, die von ihren Frauen beschuldigt worden waren, sie geschlagen zu haben, Männer, die verurteilt waren, Männer, deren Namen in diesem Zusammenhang irgendwann einmal genannt worden waren, Jugendliche mit Hang zur Gewalt. Erwachsene, die als Jugendliche gewalttätig gewesen waren. Und dies waren nur Zahlen aus Niedersachsen. Und wenn es einer aus Berlin war? Oder Sachsen-Anhalt? Wenn es wenigstens einen konkreten Namen eines Verdächtigen gegeben hätte. Wir hätten abgleichen, aussortieren, eingrenzen können. So war es die sprichwörtliche Nadel im Heuhaufen.

Draußen lief einer herum. Unwahrscheinlich, dass er in den nächsten Tagen zuschlagen würde. Und wenn doch? Unwahrscheinlich, dass das nächste Opfer blond sein würde. Wir wussten nichts, alles war auf dem Treibsand von Vermutungen aufgebaut.

»Wenn ich einen Vorschlag machen darf«, sagte Marx. »Wir haben dreißig Mann. Behalten wir sieben für die normalen Ermittlungen. Umfeld, Freundeskreis usw. usw. Diese 1600 lassen wir noch mal durchlaufen. Keine siebzigjährigen Tattergreise, und den jugendlichen Supermarktüberfall lassen wir erst einmal außen vor. Und den Rest mit zwanzig Mann. Erster Routinescan. Und dann weitersehen.«

Ein weiterer Durchlauf reduzierte die Anzahl der Personen, die in unser Abfrageprofil passten, um 1000. Trotzdem blieben noch 600. Eine viel zu große Anzahl, um sie über eine Rasterfahndung zu erfassen. Dann stimmten wir über jeden einzelnen Fall ab. Rein oder raus?

Eine halbe Stunde später hatten wir die Anzahl der in Frage kommenden Personen in unserer Datenbank endlich auf zweihundert reduziert. Übrig geblieben waren nur die harten Sexualdelikte von Personen, die zum jetzigen Zeitpunkt zwischen zwanzig und fünfzig Jahren alt waren. Immer noch eine stolze Liste, aber mit zwanzig Mann zur Not bearbeitbar. Wir würden sie abfragen. Alibis. Wo waren sie zur Tatzeit? Gab es Verdachtsmomente? Was sagten Kollegen, Bekannte, Nachbarn?

Es war ziemlich nahe am Schnüffelstaat. Und ich glaube, auch die Kollegen vom LKA hatten Bedenken, so weit in die Privatsphäre Unschuldiger einzudringen. Denn jede Befragung, jedes Auftauchen der Polizei in der Familie, am Arbeitsplatz provozierte Fragen. Warum gerade Sie? Wie kommen Sie in diese Datei? Ach ja, damals … Wenn wir Wert auf Resozialisierung von Tätern legten, dann war dies vermutlich nicht die produktivste Weise.

Ende des Tages, wir hatten schon gar nicht einmal zu hoffen gewagt, gelang uns dann doch noch einmal ein kleiner Erfolg. Ein Pärchen, Studenten, das den lauen Abend und die beginnende Nacht zu einem kleinen Tête-à-Tête genutzt hatte, meldete sich und gab einem unserer Kollegen an, zur fraglichen Tatzeit in der Nähe des alten Turmes einen Mann gesehen zu haben. Er habe längere Zeit im Schatten gewartet und Richtung Innenstadt geblickt, dort, wo der Ballhof lag und Celine Dreyer kommen musste. Genauere Angaben zum Tathergang konnten sie freilich nicht machen, denn sie seien anschließend gleich nach Hause gegangen. Wie der Mann ausgesehen habe? Die Personenbeschreibung war zwar nicht gerade berauschend, gab aber einen ersten Hinweis. Ein Mann, da waren sie sich sicher, eher größer als kleiner, was immer das heißen mochte. Von den Bewegungen eher jung und sportlich als alt und verbraucht. Eher kein Obdachloser. Es waren sehr viele ehers und viele vielleichts. Dass sie kein Phantombild zeichnen konnten, überraschte uns natürlich auch nicht. Es war dunkel, die Person stand im Schatten. Es war ein Wunder, dass sie überhaupt so viel gesehen hatten – falls es sich bei der Person um unseren Mann handelte.

Wir stellten die Personen zu Gruppen zusammen, hauptsächlich nach ihrem Wohnort. Wir, d. h. Bernd und ich, nahmen zehn, die alle im Bereich der Innenstadt wohnten, unsere Kollegen durften zum Teil etwas weiterfahren. Es war Abend geworden und außer dem Sichten eines großen Materialberges war bisher wenig erfolgt. Manchmal gingen wir bei solchen Gelegenheiten noch einmal in die Kneipe. In der Calenberger Neustadt, ganz in der Nähe unseres Präsidiums, gibt es eine Reihe netter Altstadtkneipen, es wäre ein Anlass gewesen, den Kollegen vom LKA etwas näher zu kommen. Aber entweder waren auch die ziemlich fertig oder aber privat genug eingespannt, jedenfalls ging jeder allein nach Hause.

Für einen Moment hatte ich gehofft, dass Bernd noch kurz einen entsprechenden Vorschlag machen würde, aber beim großen Abschied aller hielt er nur meine Hand eine Winzigkeit länger als nötig, was meinen Puls beschleunigte, legte seine Hand auf meine Schulter, ebenfalls eine Sekunde länger als nötig, und wünschte mir noch einen schönen Abend. Tiefer Augenkontakt. Er spielt auf mir wie auf einem Klavier. Und ich wusste nicht, ob ich mich darüber freuen oder ihn verabscheuen sollte. Aber ich glaube, ich freute mich eher. Schlawiner, dachte ich. Aber ein netter. Morgen würde ich bei den Recherchen mit ihm ganz alleine sein. Und vielleicht brauchten Männer, verheiratete zumal, einfach mal einen Anstoß.

Zu Hause empfing mich gewohnt eine leere Wohnung, aufgeräumt. Und nur das Flackern des Anrufbeantworters brachte etwas Leben. Zwei Nachrichten lagen vor. Endlich schien ich eine neue Heiztherme zu bekommen. Sie war seit drei Jahren unzuverlässig und seit zwei Jahren Gegenstand eines intensiven Schriftwechsels mit meinem Hauswirt. Das Problem war mitten im Sommer zwar nicht gerade dringlich, aber der nächste Winter mit seinen hohen Gaspreisen nahte mit Sicherheit.

Der zweite Anruf.

»Hallo Schwesterherz. Wir treffen uns nächsten Sonntag. Wir hatten gedacht so gegen elf, aber wenn du erst gegen zwölf kommst, ist auch kein Problem. Ich weiß ja, wie sehr du beschäftigt bist. (Leichtes Lachen) Ich hoffe, dass es dir gut geht, und ich freu mich auf dich. Bring bitte ordentlich Hunger mit.«

In drei Tagen hatte meine Mutter Geburtstag, und meine Schwester ließ es sich nicht nehmen, dieses Ereignis jedes Jahr immer aufs Neue zu feiern. Als ob sie nicht schon so genügend zusammenhingen. Denn immerhin war meine Schwester in Zersen, meinem Heimatort am Rande des Weserberglandes, geblieben und lebte dort mit Mann, drei Kindern, drei Katzen und zwei Hunden am Ende des Dorfes. Bezeichnenderweise wurde ich gar nicht gefragt, ob ich kommen wollte, denn natürlich stand es für alle fest, dass ich kommen würde. Es würde ein über viele Jahre erprobtes Ritual ablaufen, Essen, Reden, ihr Mann und vielleicht ein Nachbar würden wieder einmal etwas zu viel trinken … Das ganze Programm. Vielleicht war es gar nicht einmal so schlecht. Eine Wahl hatte ich ja sowieso nicht.

❖

Frage: Wie findet man eine Stecknadel im Heuhaufen? Antwort: gar nicht. Die Frage ist nämlich falsch gestellt. Stecknadeln findet man nicht in Heuhaufen, sondern in Nähkästchen, Schreibtischschubladen, in Schneiderresten und frisch eingepackten Oberhemden.

Als ich die Liste unserer Verdächtigen – oder besser gesagt: unserer potenziell Verdächtigen – in der Hand hielt, hatte ich den Eindruck, dass ich es mit einem prall gefüllten Nähkästchen zu tun hatte, das vor Stecknadeln überquoll. Es war sicherlich kein Zufall. Nach dem mehrfachen Sichten der möglichen Kandidaten waren nur harte Fälle übrig geblieben. Sexualverbrecher, Vergewaltiger, sexuell Abweichende. Von daher war das Ergebnis nicht überraschend. Überraschend allerdings war die Ballung der entsprechend hoch verdächtigen Personen trotzdem. Ich hatte das Gefühl, dass hier nicht nur der Wohnort – Zentrum bzw. der Stadtteil Linden – eine Rolle spielte, sondern auch – subtiler – etwas anderes.

Ich bin kein guter Witzeerzähler und behalte auch keine. Einer, den Bernd noch zu unserer Zeit auf der Polizeischule erzählt hatte, ist mir allerdings in Erinnerung geblieben: Ein katholischer Priester und ein evangelischer Pfarrer beschließen, ein gemeinsames Picknick auf einer kleinen Insel in der Nähe der Dorfkirche zu machen. Sie müssen um den ganzen kleinen See herumlaufen, bis sie schließlich vis-à-vis der Kirche und des katholischen Pfarrhauses ein lauschiges Plätzchen finden, nur getrennt durch eine breite Wasserfläche. Die erste Flasche Wein ist rasch getrunken. Wer holt Nachschub? Noch einmal den weiten Weg zurück? Der katholische Priester, in etwas alkoholisierter Laune, verkündet, dass er wie weiland Jesus über das Wasser gehen könne – und in der Tat, er kommt trockenen Fußes an Land und erscheint wenig später mit einer zweiten Flasche. Nachdem diese ebenfalls geleert ist (inzwischen müssen die beiden sicherlich ganz schön einen im Tee haben, aber das interessiert in Witzen ohnehin nicht so sehr), bietet der evangelische Pfarrer an, eine dritte Flasche auf dem gleichen Wege zu holen. Zu Fuß über das Wasser. Gesagt, getan – und zwei Sekunden später liegt er nass im Teich. Der katholische Priester lächelt feinsinnig: »Man muss eben wissen, wo die Steine liegen.«

Ich hatte den Eindruck, dass Bernd zwar nicht genau wusste, wo die Steine lagen, aber ein gutes Gespür dafür hatte, was sich lohnte und was nicht. Er hatte zur Recherche ein paar besonders heiße Kandidaten unserer Liste – scheinbar zufällig – hinzugefügt. Natürlich war nichts sicher, selbstverständlich nicht, aber ich hatte den Eindruck, dass, wenn es ein Wettkampf mit den anderen war, wir mit einem Startvorteil ins Rennen gingen. Wenn sein Händchen bei der Auswahl sich, wie so oft in seiner Karriere, als richtig erweisen sollte, dann war der Sprung zum Kriminalrat nicht mehr weit. Und ich – auf dem Wege zur Hauptkommissarin. Es ist sicher für Außenstehende unschön, dass Polizeibeamte bei ihrer Tätigkeit auch an so profane Sachen wie Beförderungen denken, aber so ist die Welt nun einmal.

Der Erste, den wir aufsuchten, war Igor. Igor Müller. Kind deutschstämmiger Immigranten aus Kasachstan, inzwischen achtundzwanzig Jahre alt. Die erste Erwähnung in seiner langen Akte stammte vom Jugendamt. Seine Lehrerin hatte angegeben, dass Igor, damals in der sechsten Klasse, dreiundzwanzig Frösche in der großen Pause mit einem Strohhalm bis zum Zerplatzen aufgeblasen und dann auf dem Tisch der Lehrerin deponiert hatte. Nach ähnlichen Vorfällen – und zwei Schulwechseln – der nächste nun wirklich strafrechtlich relevante Eintrag. Zusammen mit zwei weiteren Mitschülern hatte Igor – nun glücklich in der neunten Klasse und inzwischen 16 Jahre und einsachtundsiebzig groß – eine Mitschülerin vergewaltigt. Äußerst brutal in einem Nebenraum der Sporthalle. Zur Verurteilung kam es nicht, weil das Mädchen die anfängliche Beschuldigung zurückzog. Sie hätte sich freiwillig und ohne Zwang mit den dreien eingelassen. Sie musste diese Aussage wohl schriftlich gemacht haben, denn bei einem angebrochenen Kiefer und einem ausgerenkten Arm, unglückliche Folge eines Sturzes im Treppenhaus, war sie wohl zu einem längeren Statement nicht mehr in der Lage. Ein vernünftiger Richter schickte Igor dann doch noch einige Monate später und in Kenntnis der Aktenlage für zwei Jahre in die Jugendstrafanstalt Hameln, fortgesetzter Automatendiebstahl und versuchter Kreditkartenbetrug. Dabei war Igor alles andere als dumm. Die beiden IQ-Tests, die gemacht worden waren, einmal während seines Prozesses, der andere während der Haft, gaben bei ihm einen Wert von 120 bzw. 122, lagen also deutlich über dem Durchschnitt. Nach der Verbüßung der Haftstrafe tauchte Igor zwar mehrfach als Verdächtiger bei Verstößen gegen die sexuelle Selbstbestimmung und Körperverletzung auf, aber zu einer Verurteilung langte es nie. Wie gesagt, er war recht schlau und hatte dazugelernt.

Er wohnte in der Escherstraße. Sie lag am Rande der City, eine nicht einmal allzu schlechte Adresse, Nachkriegsbauten aus den fünfziger und sechziger Jahren, Arbeitsamt und Bordellviertel gleich in der Nähe. Irgendwie schien es zu passen. Ich hatte mir kein Bild von Igor Müller gemacht, die Fotos in den Akten waren allesamt nicht aktuell. Ohnehin sehen auch unbescholtene Bürger darin aus wie Gewohnheitsverbrecher. Aber ich war doch verblüfft, dass uns ein sympathisch aussehender Mann ohne langes Fragen die Tür aufmachte. Er hatte etwa die gleiche Größe wie Bernd, also etwas über eins-achtzig, trug kurze, sehr gepflegte Haare, und obwohl er unseren Besuch nicht erwartet hatte, waren sein schwarzes T-Shirt und Jeans von penibler Sauberkeit. Nur die sehr muskulösen Oberarme und eine verblichene, ungeschickte Tätowierung am Handgelenk, die wohl einen Adler darstellen sollte, deuteten einen Aufenthalt in einer JVA sowie beträchtliche Körperkräfte an.

»Sie wollen?«, fragte er.

Ich hatte einen harten ausländischen Akzent erwartet, sah mich aber enttäuscht.

»Kriminalpolizei«, sagte Bernd und hielt seinen Ausweis hoch. »Wir würden uns ganz gerne ein wenig mit Ihnen unterhalten.«

Igor Müller schien einen Augenblick zu schwanken, ob er uns die Tür weisen sollte, entschloss sich aber anscheinend, es nicht auf eine Kraftprobe im Treppenhaus ankommen zu lassen, sondern gab wortlos den Weg frei.

Der gepflegte Eindruck, den Igor Müller an der Tür vermittelte, schwand rasch in der Wohnung. Das Mobiliar war lieblos zusammengestellt, Kaufhausqualität, eine Sitzgarnitur, der man Spuren des Gebrauchs und den geringen Preis ansah. Selbstverständlich fehlte ein überdimensionierter Fernseher nicht. Auf den Polstern und auf dem Wohnzimmertisch lagen Pizzakartons mit einigen abgebissenen Resten – vermutlich schon einige Tage. Durch die geöffnete Wohnzimmertür konnte ich erkennen, dass es in der Küche nicht besser aussah. Dort stapelte sich das Geschirr.

Igor Müller schien mit sich zu kämpfen, ob er uns mit gezielter Unverschämtheit provozieren oder aber sich kooperativ freundlich verhalten sollte. Er entschied sich wohl für einen mittleren Weg, denn er fläzte sich in einen Sessel, zog die Brauen zusammen und sagte nur: »Und was wollen Sie?«

»Nur ein paar Auskünfte«, sagte Bernd sachlich. »Wir möchten nur wissen, was Sie am vorletzten Freitag und am letzten Dienstag gemacht haben. Weiter nichts.«

»Muss ich darauf antworten?«

»Herr Müller, Sie kennen doch das Spiel. Wir können Sie vorladen – oder wir können es hier klären. Und irgendwann sagen Sie es uns doch, was wir wissen wollen. Also ersparen Sie uns den ganzen Zirkus.«

Die Zurechtweisung perlte an Igor Müller ab wie Regentropfen an einer Wachsjacke.

»Vorletzten Freitag? Letzten Dienstag?«, fragte er. »Gleich zweimal?«

»Gleich zweimal.«

Igor grinste komplizenhaft, unterdrückte dies aber rasch.

»Wo war ich denn da nur, wo war ich denn da nur?«, fragte er mit gespielter Fassungslosigkeit.

Mir ging er einfach auf den Geist. Aber dieses Verhalten war nicht ganz untypisch. Entweder Aggression, Angst und Anpassung oder aber Schmierentheater. Das war so ziemlich die ganze Palette, die unsere Spezies drauf hatten.

Bernd schaute demonstrativ auf seine Uhr.

»Ja wo war ich denn, ja wo war ich denn …«

»Geht's auch ein bisschen schneller?«

Igor rollte mit den Augen und streckte den Zeigefinger nach oben.

»Ich hab's«, sagte er. »Vorletzten Freitag … Große Geburtstagsfeier bei einem Kumpel. Echt Spitze. Wein, Weib, Gesang. Russische Seele. Sie verstehen, Herr Kommissar.«

»Und von wann bis wann ging diese russische Seelenfeier?«, fragte Bernd zurück und zückte seinen Notizblock.

Igor wurde sachlicher.

»Weiß nicht. Angefangen vielleicht gegen drei Uhr, vielleicht war ich aber auch erst um vier da. Ende? Abends. Sind vielleicht gegen zwei Uhr zu Bett gegangen. Nachts natürlich. War 'ne tolle Party, hätte Ihnen auch gefallen.«

»Und Sie sind die ganze Zeit dageblieben?«

»Na ja, waren mal kurz Bier holen. Irgendwann am Nachmittag. Fünf? Sechs? Irgendwann in dieser Zeit. Und abends: Ich hab dort übernachtet. Können Sie fragen: Dmitroff Timotschenko, Vahrenwalder Straße 266.«

»Und Dienstag?«

»Gearbeitet. Was denken Sie denn?«

»Bis wann?«

»Sechzehn Uhr, war so gegen fünf zu Hause.«

»Und den Abend haben Sie wie verbracht?«

»Zu Hause. Hatte keinen Bock wegzugehen. Also keinen Zeugen, kein Alibi für die Zeit nach fünf. Pech, nicht wahr?«

»Für Sie schon.«

Igor stand auf.

»Wollen Sie sonst noch etwas wissen?«

»Im Moment nicht«, versetzte Bernd. Wir erhoben uns und gingen.

»Was hältst du von ihm?«, fragte ich, als wir wieder draußen waren.

Bernd zuckte die Achseln. »War sich seiner Sache ja ziemlich sicher und spuckte große Töne. Das Alibi können wir überprüfen, aber ich habe das Gefühl, dass er mindestens für den Freitag tausend Zeugen hat, die bestätigen, dass er da war. Gut, Bier holen gegen fünf, das könnte die Tatzeit sein ...«

»Für Dienstag hatte er kein Alibi. Gar keines«, fügte ich an.

»Wer hat das denn schon immer«, gab Bernd zurück und ging ein paar Schritte. Und im Nachklapp, mehr verwundert als wirklich interessiert: »Er hat nicht einmal gefragt, weswegen wir gekommen sind. Ist doch komisch, nicht wahr?«

Wir klärten per Anruf, ob Igor Müller auf der von ihm angesprochenen Geburtstagsfeier tatsächlich anwesend gewesen war. Bei einem geringeren Kreis der Verdächtigen hätten wir vermutlich einen persönlichen Besuch gemacht, aber zunächst einmal zogen wir mit einem grobmaschigen Netz durch diesen trüben Teich. Die Aussagen seines Freundes deckten sich. Eine Feier am Freitagnachmittag kurz nach der Arbeit bis in den frühen Morgen. Irgendwann seien einige Kumpels Bier holen gegangen. Ja, es sei möglich, dass Igor dabei gewesen war, doch wahrscheinlich. Es war nicht gerade das beste Alibi, das man sich denken konnte, aber wenigstens war es etwas. Dass eine derartig kaltblütige Tat von einem alkoholisierten Teilnehmer einer Geburtstagsfeier ausgeführt werden konnte, erschien uns mehr als fraglich, zumal das Zeitfenster auch nicht gerade lange geöffnet war. Igor Müller besaß sicherlich die Intelligenz für einen solchen Mord, wahrscheinlich auch die Bereitschaft und Veranlagung dazu, aber die Gelegenheit war mehr als dürftig.

»Für den letzten Mord hat er kein Alibi«, meinte Bernd noch, als wir im Auto auf dem Weg zu unserem nächsten Kandidaten waren. »Angeblich war er zu Hause.«

Aber er sagte es auch nur so, wie man Verdächtige bedauernd zu den Akten legt und aus dem Kreis möglicher Täter ausschließt. Und ich fühlte mich bemüßigt hinzuzufügen: »Wer hat denn immer nachts ein Alibi? Du? Ich?«

Es war anzüglich gemeint, und es kam auch so rüber. Bernd langte von seinem Lenkrad zu mir herüber und kniff mich ins Bein.

Sexuelle Belästigung am Arbeitsplatz, hätte mir einfallen sollen, irgendein Spruch in dieser Richtung, aber eigentlich freute ich mich nur und begnügte mich, ihm einfach einen kleinen Seitenhieb mit dem Ellenbogen zu geben.

Peter Klausen, der Nächste auf unserer Liste, war bereits dreimal wegen gefährlicher Körperverletzung an Frauen, einmal in Verbindung mit einer versuchten Vergewaltigung, verurteilt worden. Fast immer hatten Messer eine Rolle gespielt. Bei seiner letzten Straftat hatte er einer Nachbarin aufgelauert, sie mit einem Messer bedroht, ihr schließlich mehrere Stiche in den Oberkörper versetzt, bevor die gellenden Hilferufe Passanten aufmerksam machten, die schließlich die Polizei alarmierten. Peter Klausen wanderte dieses Mal für sieben Jahre in Gefängnis, wurde allerdings nach fünf Jahren entlassen. Seit mehr als zehn Monaten war er auf freiem Fuß. Im Moment lag nichts gegen ihn vor. Peter Klausen wohnte in Hainholz. Der Stadtteil war eine alte Arbeitergegend, im Krieg stark zerstört und vielfach durch gedankenlose Legobauten wieder aufgebaut. Die alten Arbeitgeber der früheren Bewohner hatten inzwischen die Tore geschlossen, der Zuzug von Immigranten hatte die soziale Zusammensetzung stark verändert, und in einzelnen Straßen ballten sich erheblich die Hartz-IV-Empfänger und lungerten auf den wenigen öffentlichen Grünanlagen herum. Eine Gegend, die man am besten rasch durchfuhr. Inmitten eines trostlosen Stadtteils war der Wohnsitz von Peter Klausen vermutlich eine der deprimierendsten Ecken. Sterile Hochhäuser von siebzehn Etagen ragten in den Himmel und wurden umgrenzt von heruntergekommenen 50er-Jahre-Bauten, deren seelenlose Fenster nicht nur die mangelnde Fantasie ihrer Architekten verrieten, sondern auch Einblicke in die Hoffnungslosigkeit ihrer Bewohner gaben. Wer hier einmal gelandet war, blieb hier. Peter Klausen lebte nicht in einem Hochhaus, sondern in einem kleinen Einzimmerappartement im Parterre eines Sechs-Parteien-Mietshauses. Laut Aktenlage arbeite er bei einem Getränkedienst, hatte heute allerdings frei, wie uns sein Vorgesetzter desinteressiert mitgeteilt hatte. Er schien zu kommen, wann es ihm passte, und zu gehen, wann er wollte. Nein, am fraglichen Freitag sei er auch nicht da gewesen. Bei der Firma schien man eine derartige Arbeitsmoral wohl gewohnt zu sein, denn sie wurde ohne sonderliche Empörung erwähnt.

Nach mehrfachem Klingeln öffnete uns Peter Klausen. Nach Aktenlage war er 41 Jahre alt, wirkte aufgrund seines von vielen Falten zerfurchten Gesichtes deutlich älter. Seine langen Haare hätten eine Wäsche sicher nicht übel genommen. Er warf nur einen flüchtigen Blick auf Bernds Ausweis, gab den Weg frei und ging voran.

Den Grund für seine heutige Abwesenheit vom Arbeitsplatz war auch ohne große Hellsehergabe unschwer an seinem unsicheren Gang und der durchdringenden Bierfahne zu erkennen. Er führte uns durch den kleinen Flur in sein Wohnzimmer, Zeit genug, um einen Einblick zu bekommen.

Ich kannte solche Wohnungen aus der Zeit, als ich noch verstärkt Selbsttötungen bearbeitet hatte. Eine Küche, angefüllt mit blauen, vielfach zerrissenen Mülltüten, ein Gasherd, dessen Kochfläche, ehemals weiße Emaille, sich inzwischen in eine bräunlich-schwarze Schlackefläche verwandelt hatte. Angebrochene Tüten, Essensreste auf dem Fußboden. Zeitungen. In der Ecke unter der Garderobe eine Bohrmaschine. Eine Katze mit ungewöhnlich langem, flauschigem Haar musterte uns unverwandt vom Fensterbrett. Ein eleganter Fremdkörper.

Es war eine Wohnung, die nach Tod und aufgegebenem Leben roch. In solche Wohnungen war ich vor drei, vier Jahren eingedrungen, weil die Nachbarn irgendwann über den merkwürdigen Geruch geklagt hatten, weil der Hausmeister den Heizkostenzähler ablesen wollte oder aber ein guter Kumpel den Wohnungsinhaber seit Wochen nicht mehr gesehen hatte. Fast immer fanden wir den Mieter vor. Meistens in der Küche an einem Haken, gelegentlich im Flur an der Garderobe oder im Badezimmer. Manchmal auch nur an einer Türklinke. Selten in der Stube. Ich hatte schließlich Bernd gebeten, mir andere Aufgaben zuzuteilen.

Dies war nun ein gefährlicher Sexualverbrecher. Man konnte es kaum glauben. Aber der erste Eindruck mochte täuschen. Er war nicht nur das Wrack, das wir sahen. Er war zwar kein Schwarzenegger, aber die täglichen Fitnesseinheiten in der JVA hatten immer noch Spuren hinterlassen. Sein Gesicht war alt, aber sein beschlabberter Jogging-Anzug verdeckte einen trainierten Körper.

Zu einem großen Plasma-Bildschirm hatte es nicht gereicht, der kleine No-Name-Fernseher war wohl eher Ergebnis einer Sperrmüllsuche. Allerdings zeigten eine Reihe von liebevoll und sorgfältig aufgehängten kleineren und größeren Messern an den Wänden, verbunden mit einigen eindeutigen Postern aus Men's Health und Penthouse sowie etlichen einschlägigen DVDs auf dem Boden, von einem durchaus regen Interesse an den über Alkohol und Fastfood hinausgehenden Dingen des Lebens.

Er starrte uns an, als ob wir vom Mars kämen. Sein Blick hatte etwas Starres, was vermutlich vom Alkohol kam.

»Was wollt ihr denn schon wieder?«, fragte er, kaum dass wir Platz genommen hatten. Es lag eine latente Aggressivität in der Stimme, aufgeputscht durch Alkohol, Angst und nur gezähmt von den Erfahrungen, die er mit der Polizei gemacht hatte. Er war auf Bewährung draußen, und das wusste er. Er musste einiges vertragen können, denn er sprach zwar langsam, aber keineswegs angetrunken.

»Schöne Sammlung da«, meinte Bernd und deutete auf die Messer. »Und mit dem da«, er wies mit einer wegwerfenden Bewegung auf die Poster und die DVDs, »da denkt man sich so seinen Teil. Passt gut, nicht wahr?«

»Hey,« sagte Peter. »Was willst du mir denn anhängen?«

»Das weißte selber ganz genau. Stell dich nicht so dumm. Konntste mal wieder nicht lassen. Gelegenheit war ja auch nur zu gut, um deine schönen Messer einmal auszuprobieren.«

»Hey«, stöhnte Peter Klausen. »Ich war's nicht. Wirklich.«

»Komisch nur«, Bernd stand auf und sah ihn von oben an, »dass du ganz genau weißt, worum es geht. Na ja, der Hellste warste noch nie.«

»Ich weiß nicht, wovon du redest …«

Bernd schaute nur spöttisch auf ihn herab.

»Ich hab wirklich nichts mit den beiden zu tun, wirklich nicht!«

Peter Klausen hatte die Hände zu Fäusten angedeutet, bewegte rhythmisch die Unterarme und schrie es fast. Seinen Körper presste er fest an die Lehne seines Stuhles. So als ob er aufstehen wollte und es nicht konnte, zuschlagen, aber es sich nicht traute. Ein Mensch, ein Mann, der selbst nicht wusste, was eigentlich ablief. Unvermittelt fing er an zu schreien.

»Mensch, ich hab nichts gemacht!! Gar nichts, seitdem ich raus bin. GAR NICHTS!!«

»Du weißt genau Bescheid, weswegen wir kommen. Ist doch merkwürdig.«

Seine Augen flackerten. Mochte ihn anfangs noch der Alkohol betäubt haben, jetzt fing er an, nüchtern zu werden. Und er wurde geschüttelt vor Angst.

»Und woher wusstest du, weswegen wir hier sind?«, schaltete ich mich ein. Ich fragte es sachlich, ohne die spöttische Herablassung und ohne die unterschwellige Drohung, die Bernd verkörperte.

Er warf mir einen Hilfe suchenden Blick zu, mit dem er um Verständnis bat. Er bettelte um Vertrauen.

Ich spielte meine Rolle und gab den Blick ernst zurück.

»Woher weißt du, weswegen wir kommen?«

Seine Hände öffneten sich.

»Ich kann es mir denken«, sagte er auf einmal ganz sachlich.

Ich neigte auffordernd meinen Kopf.

»Wegen der Morde. Wegen der Morde an den beiden Frauen. Da sind sie jetzt ja doch alle ganz verrückt. Und jetzt klappert ihr alle ab. Alle.«

Bernd wollte etwas sagen, aber ich machte ihm mit der Hand ein abwehrendes Zeichen.

»Das ist nur eine Routinebefragung«, sagte ich. »Also: Wo warst du zur Tatzeit?«

»Tatzeit?«

»Du kennst doch die Tatzeit?«

»Freitag vor einer Woche und letzten Dienstag?«

Ich nickte.

Er gab sich Mühe nachzudenken, so deutlich, dass er bei jedem Laientheater schon beim Vorspielen durchgefallen wäre.

»Also Freitag … da habe ich gearbeitet. Kisten geschleppt.«

»Stimmt nicht«, sagte ich. »Du warst nicht bei der Arbeit.«

»Nicht bei der Arbeit?«

Ich schüttelte den Kopf.

»Nein.«

»Wirklich nicht? Mann, dann war ich wohl wieder voll. Ich war blau, einfach blau.«

Etwas Trostloses lag in seinem Blick. Kaum vorstellbar, dass Peter Klauser noch eine andere Seite hatte, die eine Reihe von Frauen schmerzlich erfahren hatten. Ein armes Würstchen, mit Allmachtsfantasien, die er manchmal brutal ausleben konnte. Die Frage war nur, ob er es diesmal getan hatte.

»Und Dienstagabend?«, fragte ich.

»Zu Hause«, flüsterte er. »Auch Dienstag war ich zu Hause.«

»Keine Zeugen?«

»Mein Kumpel Peter war da.«

»Peter?«

»Peter Tschoche. Heißt auch Peter, wie ich. Wir haben uns vor Jahren mal im Knast kennengelernt. Wohnt in Misburg. Der war da. Ist aber um halb neun gegangen. So ungefähr wenigstens.«

Wir schrieben noch die Adresse und die Telefonnummer von Peter Tschoche auf, dann gingen wir.

Ich misstraue Rasterfahndungen. Und ich glaube, Bernd ging es genauso. Dieser Teich war trübe, ganz trübe. Schon Igor Müller hat kein vernünftiges Alibi beibringen können, dies hier war ganz schwach. Traute man diesem alkoholisierten Wrack einen doppelten Mord zu? Einen Mord, wie er begangen war, kaltblütig, geplant?

»Ich traue ihm zu«, sagte Bernd, als wir uns darüber unterhielten, mit einer Entschiedenheit, die davon zeugte, dass auch ihm diese Gedanken während der Befragung durch den Kopf gegangen waren, »ich traue ihm zu, dass er wieder eine Frau überfällt, ich traue ihm auch zu, dass er eine umbringt, und ich kann mir ebenfalls vorstellen, dass er ihr die Kehle durchschneidet. Aber ...«

Er ließ eine Pause.

»Du meinst, dass er zu einer derartigen Planung nicht in der Lage ist?«

Er nickte. »Schau ihn dir doch an. Alkoholisiert. Und nicht erst seit gestern. Pegeltrinker. Stellt der sich hin und wartet Stunden auf ein Opfer, kundschaftet aus, macht ein Fahrrad unbrauchbar? Passt das zu ihm?«

Ich wollte etwas sagen, aber Bernd redete weiter.

»Und seine anderen Opfer. Eine Nachbarin. Gut, er hatte sich maskiert, aber sie hat ihn trotzdem wiedererkannt. Früher irgendwann eine Zufallsbegegnung … Das ist doch alles spontan, unüberlegt. Der Kerl ist eine wandelnde Zeitbombe, der reagiert doch völlig aus dem Augenblick heraus wie es ihm in den Sinn kommt. Das passt doch alles nicht.«

In unseren Gedanken machten wir einen großen Strich durch diesen Verdächtigen. Ich war zwar ziemlich sicher, dass er in ein, zwei Jahren wieder eine Frau anfallen würde, sie bedrohen würde, sie vielleicht sogar töten würde. Und es jagte mir einen Schauder ein. Solche Kerle musste man einfach wegsperren. Aber diese Tat traute ich ihm einfach nicht zu. Es war nicht nur die ausgefeilte Planung, die nicht in sein Schema passte, sondern etwas anderes, worüber ich mir noch nicht klar war. Ich ging in Gedanken noch einmal die Tatorte durch. Die durchschnittene Kehle, das Blut, die Kugel. Was hatte Professor Wille noch gesagt?

»Es fehlt das sakrale Element«, platzte ich einfach heraus.

Bernd schaute mich aufmerksam an.

»Dieses Opfer, von dem Professor Wille gesprochen hatte. Dieses Ritual, diese ritualisierte Rache. Und die Kugel. Kannst du dir unseren Freak mit einer Glaskugel vorstellen?«

Bernd lachte. Es war das erste Mal, dass er heute lachte.

Ich weiß nicht, ob er mit mir anbändeln wollte, etwas flirten, die Nähe, die wir einige Abende zuvor hergestellt hatten, noch einmal auskosten und vertiefen. Aber weder er noch ich machten Anstalten dazu. Ich war etwas gehemmt, wenn ich ehrlich bin, möglicherweise erging es Bernd ebenfalls so, und ganz sicher war die Beschäftigung mit einem abartigen, sexuell perversen Serienmörder nicht das gerade antörnende Aphrodisiakum.

So mampften wir in einem Stehimbiss wieder einen Hamburger und schwiegen.

»Wer ist denn der Nächste auf der Liste?«, fragte Bernd und wischte sich den roten Ketchup vom Mundwinkel.

»Du hast da noch etwas Gurke«, sagte ich.

»Hm?«

»Etwas Gurke am Bart.«

Er griff ungeschickt an seinen Mund und wischte mit seiner Hand herum. Natürlich ohne Erfolg.

»Besser?«

Ich schüttelte belustigt den Kopf. Wie bei Loriot.

»Darf ich?«, fragte ich.

»Nur, wenn du ganz vorsichtig bist.«

Ich wischte mit leichter Hand die Gurkenscheibe aus seinem Bart. Plötzlich schnappte er zu und hielt meinen Finger mit seinen Zähnen fest. Dann ließ er los.

»Tut mir leid«, sagte er mit allen sichtbaren Anzeichen der gespielten Schüchternheit. »Musste einfach sein.«

Mein Gott, wie war die Welt damals einfach. Ich spürte plötzlich die Nähe zu Bernd wie eine Welle in mir hochsteigen. Mein einziger Gedanke war eigentlich nur der, ob wir zu mir oder zu ihm gehen würden. Und in der Art, wie er mich ansah, merkte ich, dass er das Gleiche dachte. Aber es war Mittag, und wir hatten noch etwas zu tun. Außerdem befanden wir uns in einer McDonald's-Niederlassung, in der sich gerade eine Horde Schulkinder in der Nachbarschaft um ein paar freie Sitzplätze balgten. Hatten die denn keine Schule? Es war jedenfalls nicht der Ort für romantische Geständnisse. Bernd musste es wohl auch gemerkt haben, denn er verzog die Lippen zu einem bedauernd spöttischen Lächeln und hob resigniert die Hände.

»Wen haben wir denn als Nächstes auf der Liste?«, fragte ich um Sachlichkeit bemüht.

Bernd zog seine Unterlagen aus der Brusttasche und faltete den Computerausdruck auseinander.

»Michael Gärtner, Marienstraße 36.«

Wir hatten Michael Gärtner nur mit einigen Vorbehalten auf die Liste unserer Top-Favoriten gesetzt. Er hatte Abitur gemacht, eine kaufmännische Lehre absolviert und sogar einen ganz guten Job bei der Allianz-Versicherung gehabt. Verurteilt war er wegen Vergewaltigung und versuchten Mordes. Lediglich das Einschreiten der Polizei hatte buchstäblich in letzter Sekunde das Opfer gerettet. Bekommen hatte er acht Jahre, eigentlich eine recht geringe Strafe für eine derartige Tat.

Diese lag allerdings mehr als zehn Jahre zurück, seit vier Jahren war er wieder auf freiem Fuß, ohne dass gegen ihn etwas vorlag. Die Kurzfassung der Aktenlage, die uns unser System ausgespuckt hatte, war naturgemäß knapp, wer hatte denn auch die Zeit, die ganzen sich immer ähnelnden Vernehmungsprotokolle durchzugehen. Das Gespinst der Lügen noch einmal durchzulesen, der Beschönigungen, falschen Alibis, die dann doch nachher in einem Schuldspruch des Richters endeten. Wie gesagt, es war nicht der heiße Kandidat, aber andererseits hätte ich von der Aktenlage her auch die beiden heute Vormittag als bessere Tipps gehandelt.

Die Marienstraße war eine große Ausfallstraße, eigentlich eine Geschäftsstraße mit vier- bis fünfgeschossigen Häusern aus den fünfziger Jahren. Unten befanden sich Geschäfte, oben Wohnungen, in denen die Mittelschicht lebte. Etwas anderes als unser Freund Peter. Verrottenden Müll würden wir hier wohl nicht antreffen. Wahrscheinlich jedenfalls.

Trotzdem wurde unsere Geduld auf eine Probe gestellt. Natürlich befand sich unter der Nummer 36 kein Türschild mit dem Namen Gärtner. Entweder wohnte er in einer WG, oder aber er hatte einfach den Wohnsitz gewechselt, ohne sich abzumelden. Wir ließen uns noch einmal aus dem Register des Einwohnermeldeamtes die Adresse bestätigen. Gärtner, Marienstraße 36, 4. Etage.

Es gab nur zwei Wohnungen in der vierten Etage, und wir klingelten bei beiden. Jemand machte uns auf.

Das Treppenhaus war steril, Terrazzoimitat mit eingelegten Gummistreifen, frisch gestrichenen Wänden, ein bläuliches Grau, das Ganze machte einen etwas langweiligen, aber ordentlichen Eindruck. Oben erwartete uns eine vielleicht sechzigjährige gepflegte Frau. Sie trug einen knielangen Rock und eine blassrosa Bluse mit offenem Kragen. Wilkenburg stand auf dem Türschild. Bernd zeigte seinen Ausweis, die Frau streifte ihn nur mit einem gleichgültigen Blick.

»Wir suchen einen Michael Gärtner«, sagte Bernd. »Nach unseren Unterlagen soll er hier wohnen.«

»Gärtner? Den Michael?«

»Sie kennen ihn?«

»Natürlich, von klein auf. Ich wohne hier seit fast vierzig Jahren. Sie wohnten gegenüber.«

»Wohnten?«

»Seine Mutter ist vor einem Jahr gestorben, und dann ist Michael auch ausgezogen. Jetzt wohnt dort ein junges Ehepaar. Kirchhoff.«

»Also hat Michael Gärtner bis zum Tode seiner Mutter in seiner elterlichen Wohnung gelebt?«

Frau Wilkenburg strich den Kragen ihrer Bluse glatt. Eine Verlegenheitsgeste.

»Na ja, Sie wissen doch ... Als Michael damals wieder aus dem ...«. Es schien ihr Mühe zu machen, das schreckliche Wort auszusprechen, »... Gefängnis kam. Da ist er wieder zu seiner Mutter gezogen. Der arme Kerl. Schreckliche Sache damals.«

Der arme Kerl – warum die Menschen eher Mitleid mit dem Täter haben, den sie kennen, als mit den Opfern, die sie nicht kennen, weiß ich auch nicht. Fast immer werden dann Kindergeschichten erzählt. Wie nett, klein und süß sie damals waren. Unglaublich, dass sie dann irgendeinen Rentner niederstechen, ein Mädchen überfallen oder einer Frau die Kehle durchschneiden.

Frau Wilkenburg sah jedenfalls so aus, als ob sie das kleine unschuldige Kind wieder vor Augen hatte.

»Es war ja alles auch ein bisschen umstritten«, sagte sie noch. »Er hat es ja bis zum Schluss alles abgestritten.«

Eine Entgegnung lag mir auf der Zunge, aber wir untersuchten hier nicht einen zehn Jahre alten Tötungsversuch, sondern zwei Serienmorde. Allerdings glaubte ich nicht, dass uns die Nachbarin mit einer korrekten Charakterbeschreibung helfen würde oder könnte. Auch Bernd schien Ähnliches zu vermuten, denn er stellte keine diesbezügliche Frage.

»Kennen Sie den aktuellen Wohnort von Michael Gärtner?«

Ich hatte fast eine negative Antwort erwartet, aber Frau Wilkenburg nickte nur.

»Er hat sie mir aufgeschrieben. Ich gebe Sie Ihnen gleich.«

Sie verschwand für einen Moment, dann kam sie mit einem kleinen Zettel wieder. »Wilhelm-Bluhm-Straße 25b, bei Wohlers. Telefonnummer ist auch dabei.«

Wir bedankten uns und wollten gehen, als Frau Wilkenburg noch einmal das Wort an uns richtete: »Möglicherweise finden Sie ihn auch in seinem Geschäft.«

»Geschäft?«

»Er hat einen Laden für ..., also Sie kennen doch diese Geisterfiguren, solche Plastikfiguren für Herrn der Ringe, und Schwerter und Zauberstäbe, so etwas verkauft Michael in seinem Laden. Der Laden befindet sich in der Nähe seiner Wohnung. Ich glaube sogar in der gleichen Straße.«

Wir bedankten uns und fuhren los.

»Ein Muttersöhnchen«, sagte Bernd. Neben der Verachtung schwang etwas anderes in seiner Stimme mit. War es die frohe Aussicht, endlich einmal fündig zu werden?

Die Wilhelm-Bluhm-Straße war eine lange kopfsteingepflasterte Straße am Rande des Stadtteiles Linden. Linden war altes Arbeitergebiet und heute Zentrum von allem möglichen Multikulti. Gut situierte Akademiker – vorzugsweise Lehrer – wohnten neben den Illegalen aus dem Kosovo, der freundliche Messerstecher aus Anatolien unkompliziert neben den übriggebliebenen Ökofreaks aus der Anti-AKW-Bewegung. Die Straße recht lang, zugeparkt mit einer Reihe von Fahrzeugen, bei denen der TÜV mal hätte genauer hinschauen müssen, die Häuser mit Graffiti und arabisch-iranisch-türkischen Plakaten bepflastert, ansonsten allerdings weitgehend in Ordnung. Dazwischen dekorative Müllsäcke, Linden eben, und ein ausgeweidetes Fahrrad, von dem nur noch der verrostete Rahmen an dem Laternenpfahl hing, von einer ebenfalls verrosteten Kette gehalten.

Wir sahen den Laden früher als das Wohnhaus. Er lag unübersehbar in einem Ecklokal, das vor langer Zeit wohl mal ein Gemüsegeschäft beherbergt hatte, einen Tante-Emma-Laden mit großen Fensterflächen und schmiedeeisernen Befestigungen für die Gemüseauslagen an der Straßenfront. Jetzt hingegen zierten keine unschuldigen Äpfel, Birnen oder Mohrrüben die Fenster.

Blickfang war eine lebensgroße Darstellung eines Gothic-Kämpfers. Schwarzer Umhang, ein dunkel schimmerndes Schwert mit schwarzem Griff, den Lederhandschuhe umfassten, auf denen metallische Stachelnoppen jeden Angreifer abschreckten. Daneben alle möglichen Figuren aus Star Wars, Herr der Ringe, groß, klein, ein reines Panoptikum spätpubertären Kitsches.

Wir traten ein. Obwohl der Laden nun wirklich ziemlich weitab vom Schuss lag, registrierte ich mit Erstaunen, dass sogar drei Kunden anwesend waren. Ein bleiches, durchsichtiges Mädchen (natürlich schwarzhaarig), der man ohne weiteres eine tragende Rolle in einem Vampirfilm hätte anbieten können, probierte einen Umhang aus, mit dem sie wohl bei nächster Gelegenheit durch die Nacht fliegen wollte. Flugpulver gab es in diesem Laden wahrscheinlich auch zu kaufen. Ein junger Mann, allem Anschein nach ihr Freund, gepierct mit hochgeschnürten, metallspitzenbewehrten Springerstiefeln, gab seinen fachkundigen Kommentar ab. Ein Halbwüchsiger schwankte zwischen einem Ork, der gerade eine Keule schwang, und einem weißen Zauberer. Er musste wohl selbstleuchtend sein, denn der Junge verdeckte den Zauberer mit seinen Händen und wollte sich dieser Eigenschaft richtig versichern. Allerdings war es im Laden zu hell.

»Leuchtet der wirklich?«, fragte er kritisch, aber hoffnungsvoll.

Der Verkäufer nickte. »Ja, ja, tut er. Muss aber ziemlich dunkel sein. Am besten, du stellst ihn vorher unter eine Lampe.«

Der Laden roch vor allem nach Leder, aber auch nach irgendeinem Öl, Waffenöl vielleicht, daneben verströmten Bündel undefinierbarer getrockneter Blätter den Geruch nach halblegalen Drogen und Zauberpilzen. Vielleicht kam er aber auch von dem rötlichen Pulver, das zu kleinen Briketts gepresst war, die sich an den Seiten schon auflösten. Daneben: Kleider, Kettenhemden, Schuhe.

Neben einigen magischen Würfeln, die beim Anfassen klingende Geräusche von sich gaben, fand ich auch mehrere Schüsseln von Glasmurmeln in unterschiedlichen Farben, drapiert auf einem schwarzen Tuch zwischen silbernen, mit Drachenköpfen verzierten Kerzenständern.

Der Junge hatte sich doch für den Ork entschieden und den Zauberer wieder zurückgestellt, das Mädchen bzw. die junge Frau zog mit wehendem Umhang und Freund durch die Tür ab. Der Verkäufer wandte sich uns zu.

Er war etwa einsachtzig groß, schlank, wirkte trainiert. Seine schwarzen Haare fielen in einer langen Aragon-Frisur auf seine Schulter. Er hatte ziemlich viele Schuppen, wie mir auffiel, weiße Punkte, die auf seinem schwarzen T-Shirt gut zu erkennen waren. Als besonderes Modeaccessoire trug er Jeans. Ganz normale blaue Jeans.

»Kann ich euch irgendwie helfen?«, fragte er.

»Sind die echt?«, fragte ich und deutete auf ein paar Schwerter.

»Natürlich sind die echt«, gab er zurück.

Ich fasste eines an und hob es aus dem Ständer. Es hatte einen langen Griff, der mit einer Reihe von roten Edelstein-Imitaten besetzt war. Der Handschutz war sehr lang und lief stark gebogen in zwei Köpfen von Fabelwesen aus. Eine sehr schwere Waffe, die meinen Arm nach unten zog. Recht unhandlich. Mit dem Finger fuhr ich über die Schneide.

»Ist nicht scharf«, erklärte er. »Sind zwar aus Metall, aber nicht geschärft. Verletzungsgefahr.«

»Kann man die nachschleifen?«, fragte ich. Er schien uns nicht als Polizeibeamte identifiziert zu haben. Bernd schaute sich bei den T-Shirts und Umhängen um, beobachtete uns aber aus den Augenwinkeln genau.

»Wozu willst du denn das machen? Ist doch ziemlich gefährlich. Aber wenn es dir Spaß macht ... natürlich kannst du die schleifen. Du musst dann aber bei dem Rost aufpassen und das Schwert gut fetten oder ölen. Die Schneide rostet am schnellsten, weil dann die Schutzschicht ab ist.«

Ich schlug das Schwert ein paarmal durch die Luft.

»Du hast nicht zum ersten Mal so ein Ding in der Hand«, sagte er anerkennend. »Ist für dich aber zu schwer. Ich würde dir ein leichteres empfehlen, wenn du wirklich eines haben willst. Dieses Kurzschwert zum Beispiel.« Er griff nach einem deutlich kleineren Schwert. Die Verzierungen waren zurückhaltend, es fehlten die zahlreichen Drachenköpfe, es war einfach nur ein kleines, handliches, formschönes Schwert.

»Das gefällt mir«, sagte ich.

»Ist auch ein gutes. Kommt zwar aus Taiwan, aber es ist gut. Damit kannst du auch schon mal einen Kampf auf einem Festival mitmachen, ohne dass sich das Ding gleich verbiegt.«

Ich stellte das andere Schwert zurück in den Ständer und ergriff das Kurzschwert. Es lag deutlich besser in der Hand. Meine Fechterfahrungen lagen zwar nun schon einige Zeit zurück, aber dass dies eine schön ausbalancierte Waffe war, fühlte ich trotzdem. Von Waffen ging schon eine eigenartige Faszination aus. Ich bemerkte den prüfenden Blick des Verkäufers, er hatte ein sympathisches, aufforderndes Lächeln auf den Lippen. Ein Experte. Ich legte das Schwert aus der Hand.

Bernd trat heran.

»Wir sind eigentlich wegen etwas anderem da«, sagte er und hielt seinen Ausweis hoch. »Kriminalpolizei. Wir haben ein paar Fragen.«

Schlagartig gefror die Atmosphäre.

Die Gesichtszüge erstarrten und wurden maskenhaft.

»Ja?«, fragte er nur. Es klang beherrscht und kühl. Er musterte Bernd unverwandt.

»Wir hätten nur ein paar Auskünfte«, wiederholte Bernd.

»Ja?«, wiederholte er nur fragend.

»Ein kurzes Alibi, wo waren Sie vorletzten Freitag, so gegen 17 Uhr, und letzten Dienstag, gegen 23 Uhr? Das ist eigentlich alles.«

Er kniff die Augen zusammen.

»Warum kommt ihr Typen eigentlich immer zu mir?«, fragte er. In seinem Ton klangen Verachtung, Unverständnis und auch Resignation in einer seltsamen Mischung mit. Unterlegt war das Ganze mit einer aggressiven Grundstimmung.

»Ganz einfach«, stellte Bernd fest. »Das nennt man einschlägig vorbestraft.«

»Und dann taucht ihr immer wieder auf. Immer wieder. Obwohl ich meine Zeit abgesessen habe, zu Unrecht, diese ganzen Jahre für nichts, zu Unrecht ... und jedes Mal, wenn es irgendwo etwas gibt, taucht ihr auf ...«

»Liegt doch nahe, oder nicht?«

Bernd ging ganz schön ran.

Michael Gärtner kniff die Augen zusammen.

»Ich kenne Sie«, sagte er plötzlich. »Sie waren doch derjenige, der mich damals festgenommen hatte, das waren Sie doch? Sie hatten einen Bart und etwas andere Haare, aber das waren Sie. Kommissar Kühne, so heißen Sie doch?«

»Mein Name ist Kühne. Hauptkommissar Kühne«, versetzte Bernd kühl. »In der Tat.«

Michael Gärtner zog eine Winzigkeit die Augenbrauen zusammen und trat einen Schritt zurück. Er schien Bernd mit den Augen verschlingen zu wollen.

»Sie haben mich reingebracht«, wiederholte er. »Sie waren das, und obwohl sie wussten, dass ich unschuldig war.«

Er sprach leise, beherrscht, aber zum ersten Mal seit langer Zeit meiner Tätigkeit als Polizeibeamtin nahm ich abgrundtiefen Hass wahr, einen Hass, der das Innerste der Seele erreichte.

Bei einer Festnahme machen die Machos die wenigsten Probleme, sie poltern, schreien, drohen, meistens aber sind sie, wenn man ihnen energisch entgegentritt, recht friedlich. Zu einem erheblichen Teil sind sie – jedenfalls gegenüber der Polizei – Maulhelden und ungefährlich. Auf die Stillen musste man achten. Die ruhig die Augen zusammenkniffen, leise und höflich blieben. Die hatten auf einmal ein Messer in der Hand und stachen zu. Oder griffen zu einer Pistole. Unwillkürlich machte ich eine Bewegung zu meiner Dienstwaffe.

Er schien es aus den Augenwinkeln zu bemerken, denn seine Lippen verzogen sich zu einem freudlosen Lächeln.

»Keine Angst«, sagte er sachlich. »Ich flippe hier schon nicht aus.«

Bernd beobachtete ihn sorgfältig. Seine Körperspannung ließ nach. Genau wie ich, war auch er auf einen plötzlichen Angriff vorbereitet. Es war nur ein Eindruck gewesen. Nichts Greifbares. Und vor Gericht hätte uns jeder Strafverteidiger, ja sogar der Staatsanwalt eine diesbezügliche Aussage um die Ohren gehauen. Was verbarg sich hinter diesem Verhalten? Die meisten – eigentlich fast alle – Kriminellen, die irgendwann einmal verhaftet und verurteilt wurden, hatten zwar hinterher kein geradezu herzliches Verhältnis zu »ihrem« Kommissar, aber sie akzeptierten ihn als Figur ihres Spiels. Und die ganz wenigen wüsten Drohungen, die ausgestoßen wurden, wurden praktisch nie eingelöst. Was war hier vorgefallen?

Michael Gärtner schien sich wieder absolut in der Gewalt zu haben. Er schaute uns distanziert an, abweisend. Aber als ob er einen inneren Schalter umgelegt hätte, wirkte sein Verhalten völlig normal. Unfreundlich, aber die Form wahrend. Abweisend, aber nicht ausfallend. Der ganze Vorgang hatte vielleicht zehn Sekunden gedauert, wenn überhaupt.

»Was wollen Sie von mir?«, fragte er sachlich.

»Habe ich mich vorhin nicht so klar ausgedrückt?«, antwortete Bernd. »Es geht einfach um eine Terminfrage: Wo waren Sie am vorletzten Freitag zwischen 16 und 18 Uhr und letzten Dienstag gegen 22 bis 23 Uhr?«

»Die beiden Messermorde an den Frauen?«, gab er zurück. »Da klappert ihr jetzt wohl alle ab. Und ich bin wieder auf der Liste.«

Bernd schien etwas sagen zu wollen, aber was immer es war, er schluckte es wohl hinunter und schwieg auffordernd.

»Das Alibi«, redete Michael Gärtner fast munter weiter. »Also Freitag, den fraglichen Freitag hatte ich den Laden früher schließen müssen, weil sie hier direkt vor der Haustür eine Gasleitung repariert haben, und die Baustelle versperrte den Eingang. Ich war also zu Hause in meiner Wohnung, zusammen mit meiner Freundin Gabriele Wohlers. Wir waren bis zum späten Abend zusammen und haben das Haus nicht verlassen.«

»Und was haben Sie gemacht?«

»Ich weiß zwar nicht, ob Sie das etwas angeht. Aber wenn es Sie ruhig schlafen lässt: Wir waren im Bett und haben die Dinge betrieben, die Mann und Frau dort normalerweise zu tun pflegen. Und Dienstagabend: Auch da war ich zu Hause.«

»Zusammen mit Ihrer Freundin?«, fragte Bernd mit einem Anflug von Spott.

»So ist es. Sonst noch etwas?«

»Ihre Freundin wird dies auch gerne bestätigen?«

»Sie müssen Sie nur fragen. Sie arbeitet bis 16 Uhr bei der TUI-Hauptverwaltung und müsste gegen 17 Uhr wohl wieder zu Hause sein.«

Wir gingen, und er sah uns grußlos hinterher.

Es war inzwischen halb drei, und die Aussicht, bis um fünf hier herumzuhängen, beflügelte uns nicht. So schien es uns besser zu sein, gleich zur TUI-Hauptverwaltung zu fahren. Sie lag zwar am anderen Ende der Stadt, aber so hatten wir wenigstens die Möglichkeit, seine Freundin vor ihrem Eintreffen in der Wohnung zu befragen, ohne dass die beiden sich absprechen konnten. Ich glaubte nicht, dass sie dieses schon gemacht hatten, denn Michael Gärtner schien von unserem Kommen wirklich überrascht worden zu sein. Außerdem werden kaum Alibis, mindestens nicht Alibis für Sexualmorde, vorsorglich abgesprochen. Hallo, Liebste, ich brauche ein Alibi für letzten Freitag, hab da gerade eine Frau aufgeschlitzt. Musst aber keine Angst haben, bei dir mache ich das nicht ... Natürlich bestand die Möglichkeit, solche Absprachen über das Telefon zu tätigen. Unwahrscheinlich, bei einem Alibi für einen Mord, aber immerhin möglich. Wenn unsere Rasterfahndung jedenfalls einen Sinn haben sollte, dann durften wir nicht allzu sehr trödeln.

Wir hoppelten also das Kopfsteinpflaster der Wilhelm-Bluhm-Straße entlang, als Bernd plötzlich auf die Bremse stieg.

»Da wohnt er«, sagte er und deutete auf einen roten Backsteinbau aus dem frühen zwanzigsten Jahrhundert.

Ich begriff.

»Du meinst, wir sollten da mal vorbeischauen. Für den Fall, dass sie früher Schluss gemacht hat?«

»Bingo«, meinte er, parkte den Wagen in der zweiten Reihe und stieg aus.

Die Haustür war nur angelehnt. Wir drückten sie einfach auf. Das Treppenhaus war so, wie man es in dieser Gegend erwarten konnte, ein wenig verwohnt, zerschlissenes Linoleum auf den Stufen, der letzte Anstrich lag vermutlich auch schon mehr als zehn Jahre zurück, ein Kinderfahrrad stand auf einem der Absätze und gelegentlich schaute sogar das graue Grün einer Topfpflanze von einer Fensterbank herab.

»Gärtner/Wohlers« wohnten in der vierten Etage. Wir klingelten einmal, dann noch einmal und machten uns eigentlich darauf gefasst, wieder unverrichteter Dinge abzuziehen, als plötzlich die Tür geöffnet wurde.

Eine etwas mollige Frau in der Mitte der Dreißiger machte auf. Sie hatte die Haare unter einem Handtuch hochgesteckt und ihr T-Shirt zeigte Wasserflecken. Offenbar hatte sie gerade ihre Haare gewaschen, als wir geklingelt hatten. Sie wirkte etwas gehetzt, was auch daran liegen konnte, dass aus der Wohnung anhaltend das Telefon klingelte. So schien sie hin- und hergerissen.

»Ja?«, fragte sie.

»Kriminalpolizei.« Bernd hob seinen Ausweis hoch. »Dürfen wir einen Moment hereinkommen?«

Schlagartig hatte sie einen besorgten Gesichtsausdruck.

»Sicher«, murmelte sie und gab den Weg frei.

Das Telefon klingelte noch immer und brach dann auf einmal ab.

Die Wohnung war aufgeräumt und, abgesehen von einem überdimensionierten Gothic-Poster im Flur, erstaunlich konventionell. Sitzecke, Couchtisch, Kaufhausware, ein Fernseher moderater Größe, zahlreiche Bücher, größtenteils Romane. Ein Strauß Gerbera auf dem Esstisch.

Sie setzte sich in den Sessel und schaute uns fragend an. Sie war auch beim besten Willen nicht als gut aussehend zu bezeichnen, ihr Gesicht war zu breit, eine Reihe von kleinen Akne-Narben und einige rote Stellen zeugten von einem nach wie vor bestehenden Hautproblem, sie hatte wenig Busen, aber den Ansatz eines Bauches. Alles nicht direkt hässlich, nicht ungepflegt, eine Frau, die sich anstrengte und die es vermutlich bei Männern nicht leicht hatte. Unwillkürlich fühlte ich Sympathie mit ihr.

Was ist los? schien ihr Blick zu signalisieren. Ist irgendetwas?

Bernd setzte ein charmantes Lächeln auf.

»Nichts Weltbewegendes«, sagte er. »Wir brauchen einfach nur die Bestätigung von ein paar Angaben.«

»Es geht um Michael?«, fragte sie bang. »Geht es um Michael?«

»Es geht einfach nur um eine Bestätigung seiner Angaben, ein Alibi, wenn Sie so wollen.« Bernd lächelte beruhigend.

»Gut«, gab sie zurück und setzte sich aufrecht hin.

»Vorletzten Donnerstag, gegen 17 Uhr. Können Sie sich daran erinnern?«

Donnerstag? dachte ich. Hast du dich wohl mal im Datum vertan? Nett zu sehen, dass auch mein angebeteter Vorgesetzter nicht unfehlbar war.

»Donnerstag«, wiederholte sie. »Donnerstag …«

»Lassen Sie sich ruhig Zeit«, meinte Bernd einfühlend. »Es ist ja immer etwas schwierig, sich an zurückliegende Zeiträume zu erinnern.«

»Ich hab's«, sagte sie auf einmal erleichtert. »Also Donnerstag …, ich bin so gegen 15.30 Uhr aus der Firma gekommen. Ich habe eine Reihe von Überstunden, ich muss die irgendwie abbummeln, deswegen bin auch heute früher da, normalerweise bin ich ja erst gegen fünf da. Ich bin dann zu Michael gegangen, habe ein bisschen im Geschäft ausgeholfen. Geschlossen haben wir wie immer gegen sechs Uhr und dann sind wir noch ins Kino gegangen. Sie wissen ja, Donnerstag sind die Filme etwas billiger. Und dann sind wir schlafen gegangen. So gegen halb zwölf. Ich war die ganze Zeit bei Michael.«

Sie strahlte förmlich.

Bernd nickte vertrauenerweckend. Wieder klingelte das Telefon. Anhaltend. Sie ignorierte es.

»Sind Sie sich ganz sicher?«, fragte Bernd. »Es ist wirklich wichtig. Man irrt sich manchmal in den Tagen. Ich wüsste aus dem Stegreif auch nicht genau, was ich vorletzten Mittwoch gemacht habe.« Seine Stimme war verständnisvoll.

»Nein, nein«, lachte sie befreit. »Das geht mir normalerweise auch so, aber diesmal weiß ich es ganz genau. Den darauf folgenden Freitag hatte meine Cousine 30. Geburtstag und ich bin so gegen drei mit dem Zug nach Lüneburg gefahren. Ich erinnere mich wirklich an den Donnerstag noch ganz genau. Wirklich. Sie können ganz sicher sein. Michael war den ganzen Donnerstag, jedenfalls Donnerstagnachmittag mit mir zusammen.«

Bernd nickte ihr freundlich zu. »Freitag waren Sie in Lüneburg, und wann sind Sie wieder zurückgekommen?«

»Sonntagmittag. Ich hatte Michael gedrängt, doch diesmal mitzukommen, aber Melanie – so heißt meine Cousine – und er verstehen sich nicht besonders.«

Das Telefon schwieg.

»Ist jetzt alles gut?«, fragte sie.

Bernd nickte ihr freundlich zu.

»Klar«, versicherte er ihr. »Nur noch eine – beiläufige – Frage. Ist auch nicht furchtbar wichtig. Letzten Dienstag, so gegen 18 Uhr?«

»18 Uhr ist kein Problem«, erklärte sie. »Ich war so gegen halb sechs noch im Geschäft, anschließend haben wir gemeinsam Abendbrot gegessen.«

»Und dann?«

»Und dann bin ich zu meiner Nachbarin, Birgit Röders, da …«

Sie verhielt plötzlich.

»Welchen Vorfall untersuchen Sie denn?«, fragte sie zögernd. »Den Mord an den beiden Frauen?«

»Wir sind von der Mordkommission, das ist richtig.«

Sie schwieg.

»Wann sind Sie denn von Ihrer Nachbarin wiedergekommen?«, fragte Bernd. Der freundlich-verbindliche Tonfall war in seiner Stimme nicht mehr so gegenwärtig. Nun war er der sachliche Polizist, der Widersprüche aufdeckte. Der den Meißel in die kleinen Spalten der Ungereimtheiten trieb.

»Ich weiß es nicht ganz genau«, wich sie aus. »Es war aber keineswegs lang. Und ich bin dann sofort nach Hause gekommen. Michael war die ganze Zeit da, das kann ich bezeugen!«

»Obwohl Sie nicht da waren?« Bernd verzog die Lippen zu einem dünnen Lächeln. »Möglicherweise erinnert sich Frau Röders etwas genauer. Können wir die Adresse haben?«

Nach einigem Zögern brachte sie »Sie wohnt ein Stockwerk über mir« heraus.

Ihre Munterkeit war von ihr abgefallen. Nach wie vor versuchte sie das Alibi ihres Freundes zu decken, wie immer es auch aussehen mochte, aber die Angst, etwas Falsches zu sagen oder gesagt zu haben, lähmte sie.

Auf einmal tat mir diese Frau leid. Tief im Innern mochte sie erkennen, dass wieder einmal eine Beziehung, eine Freundschaft am Zerbrechen war. Und am Ende stand Einsamkeit. Ich konnte es nachfühlen.

Frau Röders, die wir anschließend gleich aufsuchten, erklärte uns, dass Frau Wohlers am Dienstag »ein Glas Wein nach der Talkshow« gegangen war, so gegen 0.15 Uhr.

Michael Gärtner hatte uns bezüglich seines Alibis angelogen. Seiner beiden Alibis, um genau zu sein.

Bernd schien befriedigt zu sein, er fuhr beschwingt, drehte sogar das Radio an, was er normalerweise gänzlich vermied. Der große Kommissar mit seinem Riecher. Endlich einen

Schritt weiter. Ich dachte an die Frau, an ihre Beziehungen, und mein Triumphgefühl war verhaltener.

»Du kanntest Michael Gärtner?«, fragte ich Bernd. Ich fragte es beiläufig, aber, um ehrlich zu sein, die Vorstellung, die Michael Gärtner da in seinem Laden gegeben hatte, war schon merkwürdig gewesen.

»Du meinst, weil er so einen Zirkus gemacht hat?«

»Zum Beispiel.«

Bernd spähte in den Rückspiegel und fädelte sich in die Linksabbiegerspur ein.

»Also um ehrlich zu sein, nicht so direkt. Vor etlichen Jahren, ganz genau weiß ich es nicht, habe ich ihn festgenommen. Ich war damals beim KDD, wir bekamen irgendwann abends einen Anruf von einer Frau, völlig aufgelöst in Panik, wir sofort hin, die Frau schwer blutend, blaues Auge, Schnittverletzungen, Kleidung zerrissen usw. Das ganze Programm. Der Ehemann natürlich unschuldig, du weißt das ja. Das war eigentlich alles.«

»Ich hatte gar nicht gewusst, dass du einen unserer potenziellen Kandidaten kanntest?«

Bernd warf mir einen genervten Blick zu.

»Was soll das?«, fragte er zurück. »Natürlich ›kannte‹ ich ihn nicht. Ich habe ihn festgenommen, dann die Aussagen aufgenommen, das war's. Der Name kam mir gestern bekannt vor. Und ich hatte auch so ein Gefühl, dies könnte eine Spur sein. Du kennst das doch …«

Natürlich kannte ich das. Außerdem hatte ich keine Lust, mich mit Bernd zu streiten. Dennoch fand ich es merkwürdig. Welcher festgenommene Täter, dessen Frau die Polizei alarmiert hatte, empfand einen geradezu körperlich spürbaren Hass auf den Polizisten, der ihn festnahm? Oder war Michael

Gärtner – gleichgültig, was seine Freundin von ihm dachte, und dem eher sympathischen Auftreten, das ich anfangs bemerkt hatte – einfach durchgeknallt?

Obwohl es nach vier war, waren die wesentlichen Ermittlungsbeamten bei der abschließenden Besprechung des ersten Tages alle anwesend. Bei den meisten war es wie bei uns: Jede Menge Typen, denen wir es zutrauen würden, viele hatten nur äußerst dürftige Alibis, lediglich der Umstand, dass wir nur einen ersten Check vornahmen, verhinderte, dass einige sofort als Lügner entlarvt wurden. Aber selbst wenn, was bewies das schon?

Sogar Bernd hielt sich bei der Darstellung unserer Kandidaten stärker zurück, als ich erwartet hatte. Igor Müller kam vom Alibi her nicht in Frage, Peter Klausen hatte nicht das Persönlichkeitsprofil, außerdem warf sein Alkoholkonsum die ernsthafte Frage auf, inwieweit er zu einer derartigen Tat überhaupt in der Lage war.

»Kommen wir zu Michael Gärtner«, fügte Bernd schließlich hinzu. »Keine bzw. falsche Alibis. Ich bin kein Psychologe und kann zu Persönlichkeitsprofilen und Rückfälligkeitsprognosen nichts beisteuern als meinen gesunden Menschenverstand. Und ich bin mit meinem Urteil zurückhaltend. Trotzdem halte ich ihn für einen vielversprechenden Kandidaten, wenn ich das einmal so salopp formulieren darf«, er warf einen schelmischen Blick auf unsere Kollegen vom LKA, aber Marx machte eine wegschiebende Handbewegung, »Er ist einschlägig vorbestraft, hinreichend aggressiv, Intelligenz und sozialer Status passen nicht zusammen, vor allem ist er geübt in Waffen. Ich könnte mir vorstellen, dass er eine solche Tat auch technisch durchführen könnte. Ich empfehle, dass wir ihn uns einmal vorladen sollten, sein Verbleiben zur Tatzeit klären usw. usw.«

»Reichen denn die Verdachtsmomente aus?«, wollte Matthias wissen.

»Natürlich nicht«, gab Bernd ungehalten zurück. »Es haben vermutlich tausend Leute in Hannover zu dieser Zeit kein Alibi. Vielleicht hat er einen Bruch gemacht oder war im Puff oder hat 'ne andere Frau gevögelt und wollte das seiner Freundin und uns nicht auf die Nase binden. Ich kann mir vieles denken. Aber: Es lohnt die Nachfrage. Jemand dagegen?«

Es war keiner dagegen. Morgen würde für Michael Gärtner ein schwerer Tag anbrechen.

»Sonst noch was?«, fragte Bernd.

Klaus gab nur knapp und inzwischen schon resigniert zum Besten, dass seine Ermittlungen in der Joggerszene zu keinem greifbaren Ergebnis gekommen seien. Er bat uns, ihm eine andere Aufgabe zuzuweisen.

Bernd schaute Marx kurz an, dann nickte dieser. »Okay, ich glaube, jetzt kommt wirklich nichts mehr dabei heraus. Matthias, hast du noch etwas?«

Matthias hatte sich in seinen Sessel ziemlich zurückgelehnt, seine langen Beine weit von sich gestreckt und brauchte einen Augenblick, um eine angemessene Sitzposition wieder einzunehmen.

»Zwar gehen wir alle von einem Serienmörder aus, und was ich jetzt sage, hat vermutlich keine große Relevanz. Trotzdem: Celine Dreyer hatte ein Verhältnis, und die Ehe mit ihrem Mann lief in letzter Zeit nicht besonders.«

»Ich denke, der war in Kuala Lumpur?«, fragte Marx.

»Sicher war er das, von daher hat er für die Zeit auch ein perfektes Alibi, übrigens auch für den ersten Mord, da war er nämlich auch schon da, nur für den Fall, dass ihn jemand damit in Beziehung bringen will. Aber erstens ließe sich ein Täter möglicherweise anheuern. Und zweitens gibt es noch einen weiteren Grund …«

Jetzt hatte Matthias all die Aufmerksamkeit, die er immer brauchte.

»Der zweite Grund oder ein mögliches Motiv liegt darin, dass sich Celine Dreyer auch von ihrem Freund trennen wollte. Sie war sowieso auf dem Sprung nach Berlin – und bei dieser Gelegenheit schien sie wohl vorzuhaben, gleich gänzlich reinen Tisch zu machen. Wäre immerhin ein Motiv.«

»Und wer ist der Glückliche bzw. nicht so Glückliche?«, fragte Marx interessiert.

»Du wirst lachen: der Regisseur. Er war am Abend anwesend, ich habe ihn aber noch nicht befragt …«

»Und woher weißt du das alles?«, warf Bernd interessiert ein.

»Schien ein offenes Geheimnis zu sein. Ich nahm mir ihre beste Freundin vor. Carola Lachmann, ebenfalls Schauspielerin, allerdings zwei, drei Tage nicht da. Deswegen habt ihr sie auch nicht interviewen können. Die rückte ziemlich schnell mit der Information heraus. Und als ich das denn einigen Schauspielkollegen auf den Kopf zusagte, da gaben sie auch alle bereitwillig zu, dass sie davon gewusst hätten …«

Unser Professor hatte ein Motiv, Ehemann und Freund hatten ein Motiv, eine merkwürdige Verbindung der Fälle.

»Du vergisst die Kugel«, gab ich zu bedenken. »Es war ein Täter, ein Täter mit einem Motiv. Und außer uns kennt keiner dieses Detail. Es ist nie an die Presse gelangt.«

Jeder äußerte noch ein paar Hypothesen, mehr oder weniger fürs Protokoll, und weil es so einen guten Eindruck macht, vor den Augen des LKA zu zeigen, was für ein schlauer Kriminalist man ist. (Ich beteiligte mich nicht daran, denn ich hatte es ja schon gezeigt.) Bernd brauchte sich nicht zu beteiligen und Marx fungierte sozusagen als Schiedsrichter und Publikum. Aber die Luft war raus und der Feierabend nahe. Gegen halb sechs verließen wir das Gebäude in der Hardenbergstraße.

»Hast du noch Lust auf ein Bier?«, fragte mich Matthias beim Hinausgehen. Manchmal gehe ich mit ihm oder Klaus noch ein Bier trinken, aber heute hatte ich keine Lust.

So sah ich nur allen hinterher, wie sie entweder mit ihren Autos durch die Sperre fuhren oder aber zu Fuß zu der U-Bahn-Haltestelle an der Waterloostraße gingen. Warum ich abgelehnt hatte, wusste ich selber nicht. Donnerstagabend ist immer ein Scheiß-Tag. In den Kneipen ist nichts los, die Discos ziemlich leer (außerdem kann man sich auch ernsthaft fragen, was ich eigentlich noch in meinem Alter in einer Disco suche), alles wartet aufs Wochenende. Gut, ich habe vergessen zu erwähnen, dass die neuen Kinofilme anlaufen und es an diesem Abend ermäßigten Eintritt gibt. Angesichts meines Kontostandes auch so eine verlockende Idee. Fast genauso gut wie Fernsehen. Die U-Bahn war ganz praktisch. Sie würde mich ohne umzusteigen nach Hause bringen. Na toll.

Aus den Augenwinkeln nahm ich wahr, dass der schwarze Audi-Quattro von Bernd aus der Tiefgarage heraufschoss und vor der Absperrung wartete. Er wechselte noch einige Worte mit dem Pförtner, beide lachten, dann schwenkte die rot-weiße Schranke nach oben. Er beschleunigte und schoss aus der Einfahrt. Aus dem Wageninneren hämmerten Bässe. Ich schaute ihn von der Seite an. Es war Halbstarkengetue, es war pubertär, aber trotzdem imponierte es mir. Die Lässigkeit, sicherlich auch die Gleichgültigkeit gegenüber den anderen. Allein schon der Wagen. Gut, es war kein Maserati, aber sechzig, siebzigtausend Euro kostete der Schlitten auch. Mindestens. Obwohl er nur schlappe dreihundert Euro im Monat mehr verdiente als ich, trennten uns finanziell Welten. Ich warf ihm einen Blick zu, in dem Bewunderung, Neid, Freundschaft wohl zu einem merkwürdigen Gemisch verschmolzen. Vielleicht hatte er es mit seiner ungetreuen, aber reichen Ehefrau doch nicht so schlecht getroffen. Plötzlich hielt er mit quietschenden Reifen. Die Fensterscheibe der Beifahrertür drehte sich elektronisch herunter, die Bässe klangen verhaltener.

»Soll ich dich nach Hause fahren?«, fragte er.

Baby, will you drive my car … Die uralte Masche.

Für einen Augenblick lag mir eine Absage auf den Lippen, aber fast reflexhaft hatte ich schon ein »lieb von dir« von mir gegeben und mich hineingesetzt. Tief im Auto rumorten noch irgendwelche Heavy-Metal-Bässe. Ich mag diese Musik nicht besonders, ich stehe eher auf melodischere Gruppen, aber die Töne erzeugten eine angenehme Schwingung im Bauchbereich.

»Wohin geht's, schöne Frau?«, fragte er mit südländischem Akzent, unbeholfen einen Taxifahrer imitierend.

»Stormstraße«, erwiderte ich. »Du wissen wo ist?«

»Dies Nebenstraße von Podbi sein?«

Derartige Gespräche waren natürlich krass ausländerfeindlich. Ich hätte sie auch nicht mit jedem Kollegen geführt. Mit Klaus konnte man es machen, mit Matthias schon nicht, irgendwie stand er nicht darauf, sich über andere lustig zu machen, vielleicht weil er schwul war und bei Vorurteilen gegenüber Minderheiten etwas sensibler als die meisten von uns.

Dennoch blödelten wir noch eine Weile herum. Bernd war aufgekratzt. Offensichtlich war dieser Tag, bei dem wir das LKA im Hause hatten, nach seinen Vorstellungen verlaufen.

Einige Verdächtige überprüft, einige äußerst wackelige Alibis enttarnt, eine gute Auswertung. Er hatte gezeigt, dass er den Laden im Griff hatte. Und kein Mensch konnte von ihm erwarten, dass er heute bereits den Täter präsentieren würde. Ich glaube, er konnte ganz zufrieden sein.

Wir schoben uns durch den Verkehr. Wir mussten einmal quer durch die Stadt. Mit der U-Bahn wäre ich sicherlich schneller gewesen. Und während wir blödelten, gemeinsam lachten, wurde mir deutlich, dass ich wieder nicht die Sachen sagen würde, die mir auf der Seele lagen, sondern dass auch diese gemeinsame Fahrt in den Feierabend in belanglosen Späßen enden würde. Oder war es nicht nur meine Ungeschicklichkeit, sondern Bernds Art, der ganz nach Belieben Nähe erzeugen oder verweigern konnte?

Nach einer knappen halben Stunde befanden wir uns vor meiner Wohnung. Es war das einzige Nachkriegshaus inmitten einer Reihe schöner Gründerzeithäuser. Sein Putz war grau, wie mir auf einmal auffiel. Nur nichts anmerken lassen.

»Danke schön«, sagte ich und machte Anzeichen auszusteigen. »Dann bis morgen.«

Bernd wandte langsam den Kopf. Es war eine verzögerte Bewegung, die sie selten eindringlich machte. Und auch aus seinen Augen war aller Schalk verschwunden. Er blickte einfach nur ganz ernst.

»Wollen wir eine Pizza essen?«, fragte er.

❖

Ich weiß auch heute nicht mehr, wie die Pizza geschmeckt hatte. Vermutlich nach Pizza. Oder doch so ähnlich. Ich glaube, Salamischeiben waren darauf. Auch an den Rotwein, den wir weitgehend stehen ließen, erinnere ich mich nicht. Vermutlich war er trinkbar, denn Bernd hatte eine ziemlich teure Flasche bestellt, und er ist ein guter Weinkenner. Aber in diesen Augenblicken zählte das alles nicht. Was zählte, waren seine Augen, seine Hände, leise Worte, die er flüsterte. Irgendwie kamen wir zusammen nach Hause. Erstaunlicherweise war meine Wohnung sogar aufgeräumt, was sie sonst seltener ist. Aber ich glaube, es hätte mich auch nicht gestört.

Bis heute weiß ich noch genau, mit welch aufreizender Langsamkeit Bernd mir das T-Shirt über den Kopf zog, meinen BH aufhakte und mich Stück für Stück entkleidete. Nie in meinem Leben, weder vorher noch nachher, habe ich mich schöner gefühlt. Wie mit einer Kamera hielt ich alles fest: Die tief stehende Abendsonne, die sich in dem Glas der Bilderrahmen spiegelte, sogar meine zerzauste Zimmer-Palme schien auf einmal mit Gold übergossen ein neues Leben begonnen zu haben. Der Raum war warm, aber nicht stickig, oben in der vierten Etage strich ein leichter Wind durch die geöffnete Balkontür. Eine Andeutung von Kühle lag in der Luft. Kinderstimmen unten im Hof. Spielen vor dem Zubettgehen. Helle Kinderstimmen, unterbrochen nur von dem anhaltenden Klingeln eines Fahrrades.

Wie war es mit einem Mann, den ich vor Jahren einmal geliebt hatte, den ich seit Jahren begehrte? Es war neu und vertraut zugleich. Sein Duft, seine kleinen Worte, ja sogar seine Gesten und Liebkosungen schienen mir aus der Erinnerung zu kommen, aus einer Zeit, in der ich meinte, dass alles in Ordnung war und die Welt mir nur Gutes zugedacht hatte. Alles in archaischer Weise vertraut. Und das Fremde, das ich auf die vielen Jahre dazwischen schob, Frauen, Männer, die sich zwischen uns gedrängt hatten, oder die wir eingeladen hatten, zwischen uns zu treten? Ich glaube, es schuf die winzige Distanz, die ein neues Verlieben erst möglich machte.

Nachdem wir uns zweimal geliebt hatten, erst zärtlich, dann hastig, öffnete Bernd noch eine Flasche, die ich seit Wochen im Kühlschrank hatte. Ich habe immer eine Flasche Sekt oder Prosecco oder etwas Ähnliches im Kühlschrank, es ist eine Gewohnheit von mir, aber heute erschien es mir, als ob ich sie nur für diesen einzigen Zweck gekauft hätte. Dieser Abend war so perfekt. Wir hatten das Telefon aus dem Stecker gezogen, die Handys abgestellt, Haustürklingel ausgeschaltet. Wir waren ganz für uns allein.

Ich habe immer wieder gehört, dass sich Liebende in der ersten Nacht ihr Herz ausschütten, ihre Geschichte erzählen und ihre Geschichten, kleine, große, bedeutsame und Nichtigkeiten. Auch ich hatte das Gefühl, reden zu müssen, sprechen, sich meiner neuen, alten Liebe auch über Worte wieder zu vergewissern, aber Liebe und Sekt machten mich schläfrig. Und so lehnte ich mich nur an Bernd, sah den Sonnenschein sich in den aufsteigenden Perlen des Sektglases brechen, ein goldener Ton, passend zur Stimmung. Und das Letzte, was ich neben Bernds gleichmäßigen Atemzügen wahrnahm, war der Zeiger meines Nachttischweckers, der sich im Sekundentakt langsam voranschob. Unermüdlich. Einer wunderschönen Zukunft entgegen.

❖

Als ich aufwachte, war es dunkel. Die Balkontür stand noch offen, ein Lufthauch strich durchs Zimmer und brachte die Gerüche der Nacht. Laub, geschnittenes Grün, ein undefinierbarer Blumenduft, eine Spur von Grillfeuer. Die Kinderstimmen waren verstummt, von irgendwoher verhaltener Partylärm. Ein anderer Geruch, den ich zunächst nicht einordnen konnte, zog durch die Wohnung.

Langsam tauchte ich aus der Welt des Schlafes in das Halbdunkel der Nacht. Die Leuchtziffern meines Weckers zeigten 22.18 Uhr. So früh erst?, dachte ich. Ich glaubte, länger geschlafen zu haben. Der Schlaf, Traumfetzen und eine Benommenheit hatten mich noch im Griff. War es so, wenn man aus dem Himmel wieder in der Wirklichkeit aufwachte? Dabei war es nur die tiefe Benommenheit, die man häufig spürt, wenn man nur kurz geschlafen hat.

Normalerweise hätte ich mich wohlig umgedreht, mich kurz an Bernd geschmiegt und einfach weitergeschlafen. Aber der Platz neben mir war leer. Ich lag allein in meinem großen Bett. Wieder einmal. Das machte mich vollends wach. Für einen Moment war ich trotz aller Freude enttäuscht. Er war gegangen, ohne sich zu verabschieden. Gegangen nach einem solchen Wiedersehen. Vielleicht, weil er mich nicht wecken wollte. Oder war ich nur eine Trophäe gewesen? Mal sehen, ob es mit der Ex noch klappt? Ob ich sie noch mal rumkriege?

Aus der Küche kam ein Geräusch. Ein Scheppern, Klappern. Und jetzt konnte ich auch den merkwürdigen Geruch identifizieren: Spiegeleier. Bernd briet Speck und Spiegeleier. Und es dauerte keine dreißig Sekunden, bis er mit einem .leisen »Aufwachen, es ist schon zehn!« hereinkam. Der Strahl von Helligkeit, der aus der Flurtür fiel, zauberte einen Lichtsaum um seine Gestalt. Groß, aber nicht massig, sportlich, aber kein Bodybuilder, ein Leuchten um seine Haare, aber kein Weichei.

»Lust auf ein kleines Abendessen?«, fragte er und stellte das Tablett mit den beiden Tellern neben uns. Nicht einmal das Toastbrot und die Tomatenhälften für die Dekoration hatte er vergessen. Dann goss er in unsere Gläser noch die Flasche Rotwein, die ich neben dem Kühlschrank deponiert hatte. Wann war ich das letzte Mal so verwöhnt worden?

Nicht lange, nachdem wir unsere Spiegeleier gegessen hatten, fanden wir uns im Bett wieder. Danach redeten wir. Von uns, der Vergangenheit, der Zukunft, gemeinsamen Urlauben, Freunden, Erfahrungen. Ich hatte eine Kerze angezündet, sie schuf ein behütetes Licht inmitten der sommerlichen Dunkelheit.

Die Uhr zeigte inzwischen halb zwölf. Und auf einmal hatte ich das Gefühl, dass dies alles geborgte Zeit war, Zeit, die einer anderen gehörte. Ich wollte mir nichts anmerken lassen, aber ein Schatten musste dennoch wohl über mein Gesicht geflogen sein.

»Was hast du?«, fragte Bernd sanft. Er hatte ein ausgesprochenes Feingefühl.

»Nichts«, erwiderte ich und lächelte meine Traurigkeit hinweg. »Es ist gar nichts. Ich fragte mich nur, ob du nicht zu Hause Ärger kriegst?«

Bernd schaute mich nicht an. Er blickte an der Kerze vorbei auf die offene Balkontür, weiter hinaus auf die gegenüberliegende Fassade der anderen Häuser auf der Rückseite des Innenhofes. Ein Dachfenster leuchtete uns gegenüber noch in der Dunkelheit.

»Nein«, antwortete er nach einer Weile. »Ich glaube, ich werde keinen Ärger kriegen. Es ist sowieso schon ziemlich zu Ende.«

»Wie meinst du das?«

»Sie hat einen Freund, jedenfalls was Festes, wie man so schön sagt. Ich weiß gar nicht, ob sie heute Abend gemerkt hat, dass ich nicht zu Hause war.«

Es lag ein merkwürdiger Ton in seiner Stimme, eine Art sachliche Traurigkeit, wenn es so etwas gibt. So als ob er abgeschlossen hatte, aber es im Herzen bedauerte. Ich kannte das Gefühl, wenn bei mir wieder mal eine kleine Liebe, eine kurze Beziehung, zu mehr hatte es ja leider nicht mehr gereicht, zu Ende gegangen war, etwas gestorben war vor der Zeit, was keine Hoffnung hatte, keine Chance sich weiterzuentwickeln. Angesichts der unvermittelten Traurigkeit, die Bernd verströmte, die im seltsamen Gegensatz zu unserer Liebesnacht stand, forderte ich ihn nicht auf weiterzumachen, wo wir aufgehört hatten, sondern lehnte mich nur an ihn und schwieg. Unser Gespräch, das eben noch so überquellend geflossen war, war verstummt. Wir saßen einfach nur da, schauten aus unserem Kerzenlicht in die Nacht da draußen, lauschten den Geräuschen einer nächtlichen Großstadt, Autos, Katzen, ein paar Betrunkene, irgendwo ein Polizeiwagen.

Kurz vor Mitternacht verlosch das Dachfenster des anderen Hauses. Aneinandergekuschelt schliefen wir ein.

❖

Den Wecker, der mich am Morgen aus dem Schlaf riss, habe ich noch nie gemocht. Er hat ein nervtötendes Summen, seltsam unmelodisch, das sich zu allem Überfluss auch noch in Halbminutenabständen steigert. Warum ich ihn nicht längst auf den Müll geworfen und gegen ein anderes Modell eingetauscht habe, weiß ich nicht. Vermutlich ist es eine heimliche Sehnsucht nach einer Art Masochismus. Hässlichkeit schon am Morgen mit dem Aufstehen. Psychologisch lässt dies auf eine eher negative Weltsicht schließen, wie mir meine Schwester mal eingeredet hat. Vielleicht hat sie sogar recht.

Verschlafen griff ich nach dem Ausstellknopf. Aber in dem Augenblick, als ich nicht nur den leidigen Wecker, sondern auch den Mann neben mir berührte, war ich hellwach. Die gestrige Nacht stand vor mir. Unsere Nacht. Die Nacht, nach der nun alles anders werden konnte. Besser. Ich war endlich am Ziel meiner Sehnsucht angelangt.

Eigentlich sollte ich mich euphorisch fühlen, überschwemmt von Endorphinen, Glückshormonen, ausgelassen, scherzend, versessen, ja süchtig nach einem neuen Liebesspiel … aber ich fühlte mich bang. So als ob ich meinem Glück noch nicht trauen mochte, dass es sozusagen nur der Überschwang einer einzigen Nacht gewesen sei, in der Dunkelheit, wenn alle Katzen grau waren. Und, wie ich auf einmal mit einem Anflug von Argwohn vermutete, die Ehefrau gerade mal nicht zur Hand. Vielleicht wollte er es ihr auch nur einmal zeigen, sie ein bisschen eifersüchtig machen, vielleicht … Es waren negative Gedanken.

Vielleicht lag es auch daran, dass ich mich benommen fühlte, ein dumpfer Druck lastete auf meinem Hirn, meine Wahrnehmungen waren wie durch einen Gazevorhang gedämpft. Außerdem hatte ich einen metallischen Geschmack auf den Lippen, und im Hintergrund meines Schädels lauerten die ersten Ansätze von Kopfschmerzen. Kein Zweifel, ich hatte einen ausgewachsenen Kater.

Über die Bettkante hinweg sah ich zwei Rotweinflaschen. In einer war noch etwas drin, etwa ein Viertel, hinzu kam noch der Prosecco und vielleicht zwei, drei Gläser im Restaurant, alles in allem machte das drei Flaschen zu zweit. Nicht gerade wenig. Und eine gute Erklärung für meine trübe Stimmung. Postkoitale Depression.

Ich richtete mich auf. Bernd neben mir schlief ungerührt von meinem Wecker, meinen Bewegungen den Schlaf des Gerechten. Sein normalerweise markanter Gesichtsausdruck, der tagsüber eine gewisse Härte ausstrahlte, war gewichen. Ein weiches, verträumtes Gesicht, völlig entspannt. Lediglich die Bartstoppeln erinnerten an den anderen. Ich bemerkte sein leises Schnarchen. Auch eine Folge des Alkoholkonsums? Wenn ich mich recht entsann, hatte er früher nie geschnarcht. Oder war das schon das Alter?

Eine Minute oder länger musste ich ihn wohl so betrachtet haben, dann schlug er die Augen auf. Einen kurzen Augenblick hing noch ein verträumter Vorhang vor seinem Blick, aber dann wurde er klar. Sein bartstoppeliges Gesicht verzog sich zu einem breiten Lächeln.

»Hallo, Liebes«, sagte er. »Gut geschlafen?«

Es war sicher nicht die intelligenteste Bemerkung, aber wann sagen Liebende etwas Intelligentes und Ausgefallenes? Ich drückte ihm einen Kuss auf die Lippen. Seine Arme packten mich mit sanfter Macht und zogen mich an ihn. Für einen kurzen Moment sah ich auf die Uhr, zehn nach sieben, so langsam wurde es eng, aber war heute nicht alles anders?

Um halb acht standen wir schließlich auf.

»Soll ich Brötchen holen?«, fragte ich.

Er schüttelte abwehrend den Kopf.

»Ich möchte nicht zu spät kommen«, erwiderte er. »Das gemütliche Frühstück holen wir nach, nicht wahr?«

Nicht gerade romantisch, aber ich konnte ihn verstehen, als Leiter unseres Dezernats achtete er sowieso sehr auf seine Pünktlichkeit, und da wir das LKA im Hause hatten, wollte er sich mit Sicherheit keine Blöße geben. Und so verdrückten wir einfach nur ein paar Brotscheiben mit Marmelade und Streichkäse und tranken hastig unseren zu heißen Kaffee. Wir waren kurz vor acht fertig, Bernd drängte nicht direkt, im Gegenteil, er suchte den Eindruck zu vermitteln, dass er alle Zeit der Welt habe, aber diesmal war er ein schlechter Schauspieler, ich merkte ihm an, dass er wie auf Kohlen saß.

Um acht verließen wir die Wohnung. In einer Viertelstunde würden wir im Büro sein. Während Bernd sich durch den Berufsverkehr schob, schaltete ich mein Handy an.

Eine Fülle von Anrufen war eingegangen. Dreizehn oder vierzehn, wie ich zählte. Leider zeigt mein Handy nicht an, wer angerufen hatte, sondern informierte mich nur, dass es keine neue Rufnummer war. Eine geradezu schwachsinnige Anzeige. Aber wer um alles in der Welt hatte mich in der Nacht so häufig sprechen wollen?

»Du, ich bin angerufen worden«, sagte ich verwundert zu Bernd, der sich bei Orange gerade über die große Kreuzung des Klagesmarktes mogelte. »Vierzehn Mal.«

»Gut, dass wir die Handys abgeschaltet hatten«, grinste er und warf mir einen verschmitzten Blick zu. Ich grinste zurück. Aber ganz wohl war mir auf einmal nicht mehr. Ob es etwas Dienstliches gewesen war?

»Haben sie auch versucht, dich anzurufen?«, fragte ich.

»Keine Ahnung, ich habe meins noch nicht an.« Bernd langte in seine Seitentasche und kramte seines heraus. »Versuch's mal. Die Pinnummer ist 3376.«

Auch bei ihm waren zahlreiche Anrufe eingegangen. Sein Handy hatte eine intelligentere Anzeige. KDD. Kriminaldauerdienst allein zwölfmal. Die anderen Nummern waren aufgelistet, ich kannte sie nicht, aber sie fingen alle mit 106 an, es waren Nummern unserer Dienststelle.

»Du hast über fünfundzwanzig Anrufe.«

Mich wollte jemand vierzehnmal sprechen, Bernd fünfundzwanzigmal. Es gehörte nicht viel Fantasie dazu, dass auch bei mir die Kollegen am Apparat gewesen waren. Und ganz plötzlich wusste ich, dass es wieder eine Tote gegeben hatte. Während wir unsere Liebesnacht verbracht hatten, war irgendwo wieder eine junge Frau ums Leben gekommen.

Bernd war eine Spur bleicher geworden. Er presste seine Lippen zusammen. Für einen Moment hatte ich den Eindruck, als ob er beschleunigen wollte, aber dann beherrschte er sich.

»Scheiße!«, murmelte er leise.

Das war es in der Tat. Der Leiter der Einsatzkommission und seine Stellvertreterin nachts nicht erreichbar. Hoffentlich hatten sie wenigstens unseren Kollegen vom LKA erwischt. Sonst würde es einige peinliche Fragen der Presse geben.

Der Pförtner am Eingang in der Hardenbergstraße grüßte freundlich wie immer, wir stellten den Wagen in der Tiefgarage ab, dann hasteten wir nach oben.

Es war nicht die ganze Mannschaft versammelt, aber doch einige. Matthias war da, Klaus, Marx vom LKA und einige seiner Kollegen, deren Namen ich mir nicht hatte merken können. Die Gesichter waren ernst.

»Wir hatten versucht, dich zu erreichen in der Nacht«, begann Marx. Er stockte und schien nach Worten zu suchen. Die anderen blickten weg. Ich hatte Gefeixe erwartet, endlich der überkorrekte Chef selbst einmal in der Klemme, auch mal zu spät. Sieh mal an … Aber es war still wie bei einer Beerdigung.

»Ich hatte mein Handy abgeschaltet.«

Marx nickte geistesabwesend.

»Ja, das haben wir gemerkt. Die Kollegen vom KDD hatten erst dich versucht zu erreichen, dann schließlich mich.« Er sagte es beiläufig, als ob er Zeit gewinnen wollte. Für einen Moment war ich erleichtert, dass er mich nicht erwähnte.

»Hat es wieder einen neuen Fall gegeben?«, fragte Bernd.

Marx nickte.

Blond, dachte ich. Die nächste Frau war blond. So musste es sein.

»Wo?«, fragte Bernd sachlich. »Tatzeit? Kennen wir schon den Namen des Opfers?«

Marx schwieg und wandte den Blick ab.

Ich schluckte. Was ging hier vor?

»Bernd, pass auf«, versetzte Matthias auf einmal mit belegter Stimme. »Was der Kollege Marx dir eben sagen wollte, ist dieses: Ja, es hat ein neues Opfer gegeben. Gleicher Tathergang. Tatzeit? Wissen wir noch nicht genau, gefunden wurde sie gegen 2 Uhr morgens, aber die Tat ist vermutlich zwischen 22 Uhr und Mitternacht verübt worden. Genaueres erst mit der Obduktion.«

Er machte eine Pause.

»Bernd, es tut uns unheimlich leid. Wir kennen das Opfer. Und du kennst es auch.«

Bernd starrte ihn ausdruckslos an.

»Es ist deine Frau. Birgit.«

»Es tut uns unheimlich leid«, wiederholte er.

Aus Bernds Gesicht war alle Farbe gewichen. Zu einer Maske erstarrt. Er stand einige Sekunden nur einfach regungslos dar, dann blickte er aus dem Fenster.

»Ich möchte einen Moment allein sein«, sagte er unvermittelt. Er sah keinen direkt an, dann drehte er sich einfach um und ging. Wir hörten seine Schritte auf dem Flur, dann das Klappen einer Tür. Er war in sein Büro gegangen. Bei uns hätte man eine Stecknadel fallen hören können.

»Er kann jetzt nicht allein bleiben«, knurrte Klaus. »Geht nicht. Los, geh hinterher.« Dabei wies er mit einer Kopfbewegung auf mich.

In mir krampfte sich alles zusammen.

»Meinst du?«, fragte ich unsicher.

»Los«, Matthias mischte sich ein und unterstrich seine Stimme mit einer deutlichen Handbewegung. »Los, geh hinterher. Er kann jetzt nicht allein bleiben.«

Auch Marx nickte mir zu.

Es waren zehn Schritte bis zu Bernds Tür. Was ging mir durch den Kopf? Dass wir zur Tatzeit munter zusammen im Bett gewesen waren? Nichts ahnend, vergnügt, ausgelassen? Trauer? Entsetzen? Oder gar klammheimliche Freude? Ich weiß es nicht mehr. Doch ich vermute, dass ich einfach nur leer war. Man handelt unter Schock nach einem festgelegten Programm. Beileidsbekundung, Aufmuntern, Hilfestellung. Floskeln ohne nachzudenken.

Ich öffnete die Tür, ohne anzuklopfen, einen Spaltbreit.

»Kann ich reinkommen?«, fragte ich.

Bernd stand am Fenster und schaute geistesabwesend aus dem Fenster. Es ging auf den Schützenplatz, und man konnte gerade sehen, wie die ersten Karussells und Imbissbuden für das in den nächsten Wochen stattfindende Oktoberfest aufgebaut wurden. Ein Gewimmel von Menschen, Maschinen, Fertigteilen. Buntes Leben.

Ich wollte nicht schon wieder dieses unsägliche »es tut mir leid« sagen, diese Standardfloskel, die uns immer bei solchen Gelegenheiten von den Lippen geht. Außerdem weiß ich gar nicht einmal, ob es mir wirklich leid tat. Die meiste Zeit hätte ich Birgit die Pest an den Hals gewünscht. Undeutlich ahnte ich aber, dass der Weg für uns beide zwar frei war, dass es aber sehr darauf ankam, wie ich mich in den nächsten Minuten verhielt. Und so sagte ich doch nach einer halben Minute des Schweigens diese unsägliche Floskel.

»Es tut mir leid.«

Bernd drehte sich um. Er wirkte ausdruckslos, aber voll konzentriert.

»Wir müssen uns etwas überlegen«, stellte er unvermittelt fest. »Tatzeit so zwischen zehn und zwölf, nicht? Und wir beide munter zusammen im Bett. Macht sich gut als Alibi, nicht wahr?«

»Alibi?«, fragte ich erschüttert. Daran hatte ich nun wirklich nicht gedacht.

»Natürlich«, versetzte er heftig. »Die erste Frage: Wo war der Ehemann? Bei seiner Geliebten, soso. Die kann das natürlich auch bezeugen, und ein halbes Jahr später findet die Hochzeit statt. Weißt du, was das ist? Tatverdacht. Dringender Tatverdacht. Eine Scheißehe, eine Geliebte, ein Mord …«

Ich schluckte. Ein dunkles Gefühl von Bedrohung erfasste mich. Unbehagen, Angst, in etwas hineingezogen zu werden. Mochten sich so Unschuldige fühlen, die auf einmal in die Maschen des Netzes wiederfanden, das wir auswarfen?

»Du warst bei mir«, sagte ich bestimmt und mit größerer Betonung, als ich eigentlich vorhatte.

»Wenn wir das sagen, sind wir geliefert«, versetzte er knapp. »Dann stehen wir ganz oben auf der Liste der Verdächtigen.«

»Ich hab auf den Wecker geschaut«, betonte ich. »Als du mir das Essen in der Nacht gemacht hast. Da war es zehn. Und bis zwölf haben wir allemal geredet. Und auch dann sind wir nicht gleich eingeschlafen. Du warst es nicht, ich war es nicht. Man kann nicht an zwei Orten zur gleichen Zeit sein.«

Bernd schien mir gar nicht zuzuhören.

»Verdächtig«, murmelte er mehr für sich als für uns beide. »Das Alibi kannst du knicken. Die älteste Sache der Welt. Gemeinschaftlich begangener Mord. Und auch das älteste Motiv … Es hat uns keiner zusammen gesehen. Keiner. Ich habe dich nach Hause gebracht, abgesetzt, und das war's. Und dann bin ich in mein Wochenendhaus am Steinhuder Meer gefahren. Das liegt abseits, Naturschutzgebiet, keiner kann mir das Gegenteil beweisen …«

Die Freundin von Michael Gärtner stand mir vor Augen. Aus Panik Alibis fabrizieren. Und fast immer fliegen die sofort auf. Diese schwachsinnigen Spontanideen. Undurchdacht, unausgegoren.

»Quatsch«, sagte ich. »Bernd, du spinnst. Wir waren es nicht. Du nicht, ich nicht. Lass uns bei der Wahrheit bleiben. Außerdem hat dich jemand gesehen. Die Bedienung im Restaurant hat dich gesehen. Möglicherweise eine Nachbarin, was weiß ich.«

Aber Bernd war auf einmal nicht mehr ansprechbar. Ich merkte richtig, wie sein analytischer Verstand arbeitete.

»O. K.«, sagte er. »Stimmt. Stimmt, du hast recht. Aber nur dann, wenn nachgefragt wird. Solange kein Verdacht besteht, wird diese Spur nicht verfolgt. Kein Mensch verdächtigt dich.«

Ich hab auch nichts gemacht, dachte ich. Ich habe es auch nicht getan, genauso wenig wie du. Aber Bernds Angst schuf eine suggestive Atmosphäre. Was war, wenn er recht hatte? Ich kannte die Logik unserer Kollegen wirklich gut. Cui bono? Wem nützte es? – diese Frage stellten wir uns immer zuerst. Ganz von der Hand zu weisen waren die Befürchtungen nicht. Es wäre weitaus einfacher gewesen, wenn wir zu dritt oder viert mit einigen Kollegen eine nächtliche Sauftour gemacht hätten. Angesichts der Morde vielleicht etwas peinlich. Aber mehr auch nicht.

»Du warst allein zu Haus«, dozierte Bernd. Er spann seinen Faden einfach fort. »Kopfschmerzen, müde, was weiß ich. Telefonstecker raus. Endlich mal durchschlafen. Jeder glaubt dir. Keiner fragt nach. Ich am Steinhuder Meer. Einsame Ecke, vielleicht ein bisschen verdächtig, aber ich war vor zwei, drei Tagen da, es ist alles noch ein wenig unaufgeräumt. Und ich habe es schon häufiger gemacht. Vielleicht ein paar Fragen, aber mehr nicht. That's it. Ich werde den Fall natürlich abgeben müssen, klar, ich kann ja nicht im Falle meiner eigenen Ehefrau ermitteln, geht ja nicht, aber wir sind beide aus dem Schneider.«

Es klang logisch. Trotzdem blieb mein Unbehagen.

»Und wenn es doch herauskommt?«, fragte ich. »Dann haben wir das einzige Alibi aus der Hand gegeben, das wir haben. Und das zufälligerweise auch noch stimmt. Weil es die Wahrheit ist.«

Ich hörte Gemurmel im Gang. Die Kollegen kamen.

Wenn man liebt, findet man viele positive Eigenschaften am anderen. Das ist keine Kunst. Aber die Fähigkeit von Bernd, in Stresssituationen und in Krisenzeiten einen klaren Kopf zu behalten, habe ich schon immer bewundert.

»Wir haben nicht mehr viel Zeit«, stellte er fest. »Wir machen Folgendes: Wir einigen uns auf diese Geschichte. Ich hoffe, dass sie wasserdicht ist. Es ist der Tanz auf einem Seil. Für den Fall, dass es reißt oder dass wir abstürzen, schaffen wir uns ein Netz. Wir hinterlegen, jeder für sich, bei einem Notar eine eidesstattliche Erklärung, was wirklich passierte. Mit genauen Uhrzeiten, alles, was wir gemacht haben. Das Restaurant, wie viele Male wir miteinander geschlafen haben, was wir gegessen haben, alles. Und wenn dein oder mein Alibi platzt, was ich nicht glaube, denn wer sollte uns schon verdächtigen, dann haben wir immer noch diese Aussage. Etwas unglaubwürdiger, als wenn wir sie gleich machen, aber viel schlechter als jetzt geht es uns auch nicht.«

Die Tür ging auf, und Matthias schaute zögernd herein.

»Wie geht es?«, fragte er leise.

Bernd schaute mich fragend an.

Mir war nicht wohl, aber ich nickte unmerklich.

»O. K.«, willigte ich fast unhörbar ein. »Machen wir es so.«

Bernd wandte sich Matthias zu. Seine Miene war ausdruckslos.

»Danke«, sagte er. »Es geht so.«

Dann ging er zielstrebig zu den anderen zurück.

»Entschuldigung«, wandte er sich an Marx. »Aber ich hoffe, du verstehst.«

Marx macht eine abwehrende Handbewegung.

»Ist doch klar«, versetzte er einfühlsam.

»Was – wann – wo?«, fragte Bernd. Er klang sachlich, seine Stimme war klar, ein ganz normaler Fall. Zu klar, zu cool, zu unbeteiligt. Ich hatte Angst, dass er durchdrehte. Würde jetzt der große Zusammenbruch kommen?

»Was?«, antwortete Marx. »Gegen zwei Uhr entdeckten ein paar angetrunkene Jugendliche eine Leiche am Rand der Eilenriede. In der Nähe der Hohenzollernstraße. Durchschnittene Kehle, das gleiche Bild wie bei den anderen. Wir fanden sogar eine Kugel. Gold bzw. gelb. Unser Täter bleibt seinem Strickmuster treu. Einer der Kollegen vom KDD, die den Fall aufnahmen, war Hilpert Wolfram. Und der …«

»… kannte Birgit persönlich. Klar. Von meinen Geburtstagsfeiern und auch sonst.«

»Weiteres müssen wir abwarten. Spurensicherung, Obduktion. Wir haben jedenfalls jeden Stein umgedreht. Mag sein, dass wir diesmal etwas finden. Es war ja dunkel, vielleicht hat unser Mann diesmal einen Fehler gemacht. Das ist eigentlich alles. Wir haben dann natürlich versucht, dich zu erreichen. Aber dein Handy war ausgeschaltet, und bei deinem Festnetztelefon ging nur der Anrufbeantworter ran.«

Marx macht eine Pause. Offensichtlich suchte er nach geeigneten Worten zur Überleitung.

»Wenn du nach Worten suchst, um mir schonend beizubringen, dass du mich jetzt interviewen willst – ich hab dafür Verständnis. Fang an. So machen wir das doch alle.«

Hinter seiner sachlichen Stimme klang Bernd müde.

Marx nickte dankbar.

Wie eine Traube hatten sich alle um uns versammelt. Auch Polizisten sind neugierig.

»Sagt mal, habt ihr alle nichts zu tun?«, fragte Marx unwirsch. Schweigend verzogen sie sich. Als ich auch gehen wollte, hielt er mich zurück. »Du bleibst da und Matthias auch. Und Günther«, er wandte sich an einen seiner Kollegen vom LKA, den ich kaum kannte, »du bleibst auch hier.«

So waren wir zu fünft.

»Bist du überhaupt in der Lage, dies durchzustehen?«, fragte er noch einmal Bernd. »Wir können auch warten.«

Bernd schüttelte den Kopf. »Ist besser so.«

»Also erstens: Weißt du, was deine Frau zu so nächtlicher Stunde in der Eilenriede macht?«

»Was sie in der Eilenriede gemacht hat, weiß ich nicht. Aber in der Walderseestraße hat sie ihr Büro. Sie arbeitet manchmal bis spätabends.«

Die Walderseestraße war die Verlängerung der Hohenzollernstraße. Beide führten an dem Stadtwald, der Eilenriede, entlang. Früher eine Topwohnlage mit zahlreichen prachtvollen Gründerzeit-Villen, heute allerdings aufgrund des tagsüber starken Verkehrs fast ausschließlich Bürogebäude. Rechtsanwälte, Makler, Werbeagenturen, Spezialversicherungen. Ich kannte die Ecke gut, lag sie doch nur fünf Minuten zu Fuß von meiner Wohnung.

»Sie war doch vermutlich mit dem Auto dort?«

»Ich weiß nicht, ich vermute es. Sie hat einen silbernen Porsche. Und normalerweise parkt sie direkt vor dem Büro. Ich bin ziemlich sicher, dass da sogar ein Parkplatz für sie reserviert ist. Vielleicht hat sie aber auch ein Taxi genommen. Glaub ich aber nicht.«

»O. K., sie kommt aus ihrem Büro, so gegen 22 Uhr oder vielleicht auch ein bisschen später um elf, so genau wissen wir es ja nicht, und dann geht sie zu Fuß durch den Stadtwald. Komisch, nicht?«

»Sie ging nicht durch den Stadtwald, sondern nahm einen Fußweg in der Eilenriede parallel zur Straße«, korrigierte Matthias.

»Gut«, meinte Marx. »Sie nimmt nicht ihr Auto, sondern geht vielleicht hundert, zweihundert Meter zu Fuß im dunklen Wald, sie nimmt nicht einmal den beleuchteten Fußweg … Irgendeine Idee?«

Bernd schüttelte den Kopf.

»Sie ging ganz gerne nach der Arbeit noch etwas zu Fuß, aber es kommt mir trotzdem zu dieser Zeit etwas merkwürdig vor.«

Marx machte eine Notiz.

»Feinde, Morddrohungen, Konkurrenten?«

»Nun mach mal einen Punkt«, mischte ich mich ein. »Wir suchen einen psychopathischen Serienmörder, der bereits zwei weitere Frauen auf dem Gewissen hat, keine Feinde oder Konkurrenten.«

Marx wollte etwas erwidern, aber Bernd kam ihm zuvor.

»Lass mal«, sagte er. »Die Frage liegt doch auf der Hand. Es ist schon ein ziemlicher Zufall, dass die Ehefrau des ermittelnden Kommissars dem Täter zum Opfer fällt. Es kann Zufall sein, aber ich würde nicht drauf bauen. Wie viele Einwohner hat die Region Hannover? Eine Million? Die Hälfte davon Frauen und davon sicherlich ein Drittel im passenden Alter. Die Chancen stehen eins zu hunderttausend. Es ist ein bisschen zu viel Zufall.«

»Das eine schließt das andere nicht aus«, gab Matthias zu bedenken.

»Malt einen Schlussstrich, Leute.« Marx riss die Wortführung an sich. »Können wir alles nachher noch diskutieren. Bernd, noch ein paar Fragen, drei um genau zu sein, aber ich mache es kurz. Erstens noch einmal: Feinde, Konkurrenten usw.?«

»Konkurrenten jede Menge, Feinde dieser Art? Ich glaub nicht. Nein.«

»Vermögensverhältnisse, wer erbt? Tut mir leid, dass ich so brutal frage, aber du kennst das ja.«

»Wir haben kein Testament gemacht, haben keine Kinder, also wenn du so willst, ich erbe alles.«

»Viel?«

Matthias und ich warfen Marx, der ungerührt seine Fragen herunterbetete, einen bösen Blick zu. Hatte der denn überhaupt kein Feingefühl?

»Viel«, erwiderte Bernd. »Aber den genauen Betrag kenne ich nicht. Verbindlichkeiten, Schulden … Was nach Abwicklungen und Liquidation der Firma übrig bleibt, weiß ich nicht.«

»Wie war eure Ehe?«

Jetzt schnappte sogar sein Kollege Günther nach Luft.

Bernd schaute in die Runde. Er wirkte müde, betroffen, aber zum ersten Mal heute hatte ich das Gefühl, dass er schauspielerte. Seine Ehe war ein Witz, Birgit ein Miststück, das ihn betrog, wo sie nur konnte. Ich hatte es gesehen, er hatte es gewusst, gestern hatten wir noch darüber gesprochen. Und zum ersten Mal stellte ich mir heute die Frage, die vermutlich jedem Verdächtigen in dieser Situation durch den Kopf ging: Was wussten die anderen? Ich war nicht sicher, was ich anstelle von Bernd geantwortet hätte.

»Meine Ehe?«, wiederholte er. Er schaute starr ein Telefon auf dem Schreibtisch an, als ob von da eine leuchtende Idee kommen würde.

»Komisch, so plötzlich zu Ende, ohne Abschied nehmen, ohne Bilanz, ohne Aussprache … Ist schon ein seltsames Gefühl, unsere Ehe jetzt auf die Schnelle bewerten zu müssen … Aber zu deiner Frage. Wir waren dieses Jahr neun Jahre verheiratet, du kennst das selbst, Honeymoon ist vorbei, und vielleicht schleicht sich manchmal mehr Routine ein als notwendig. Aber wir waren ein gutes Team. Ich glaube ein ziemlich gutes. Und da ich diese Fragen kenne und selber stelle: Ich glaube, dass wir eine ganz normale und auch gute Ehe geführt haben.«

Gut gemacht, Bernd. Nicht direkt gelogen, aber die Polizei braucht auch nicht alles zu wissen.

Auch Marx schien zufrieden, er bewegte seinen Kopf verständnisvoll.

»Die letzte Frage«, sagte er einfühlsam. »Wo warst du gestern Nacht, so gegen 22 Uhr bis Mitternacht?«

»Mein Alibi.« Bernd lachte trocken.

Ich war gespannt, was er sagen würde. Der Tatort kaum fünfhundert Meter von meiner Wohnung entfernt. Ich spürte ein Kribbeln in meinem Rücken. Fünfhundert Meter, das war nicht viel. Und wenn wir zusammen gemeinsame Sache gemacht hätten, hätten wir es ohne Probleme tun können. Der Geliebte und die Geliebte geben sich gegenseitig ein Alibi. Auf einmal kamen mir Bernds Befürchtungen überhaupt nicht mehr so weit hergeholt vor.

»Mein Alibi«, wiederholte Bernd. »Tut mir leid, ich habe keins. Bin gestern so gegen sechs aus der Firma raus, habe dann noch Barbara nach Hause gebracht und bin dann in unser Ferienhaus am Steinhuder Meer gefahren. Es liegt in der Nähe von Mardorf im Naturschutzgebiet. Da bin ich die Nacht geblieben. Zeugen? Weiß ich nicht. Der nächste Nachbar ist fast einen Kilometer weit weg. Keine Ahnung. Hab so ein bisschen im Garten gesessen bis die Mücken kamen, ein paar Bier, dann habe ich noch einen Film angesehen. Ich glaube auf ZDF, jedenfalls ein staatlicher Sender, war jedenfalls keine Werbung, *French Connection*, so ein alter Streifen, und dann bin ich irgendwann eingeschlafen. Ich wollte einfach mal raus aus allem. War ein bisschen viel in letzter Zeit.«

Marx nickte verstehend.

»Ach ja, mein Handy. Akku leer. Ich habe es heute Morgen gemerkt und im Auto wieder aufgeladen.«

»Gut«, meinte Marx. »Dann sind wir ja mit der Pflichtübung durch. Der Film war übrigens auf ARD, ich habe ihn selbst gesehen. War ganz in Ordnung. Und jetzt schlage ich vor, dass du nach Hause gehst, dich hinlegst oder Verwandte oder Freunde anrufst. Am besten, du nimmst dir eine Woche Auszeit.«

Bernd zog die Füße an. Er klang teilnahmslos.

»Vielleicht ist es mit der Auszeit keine schlechte Idee, vielleicht stehe ich aber auch morgen wieder auf der Matte. Weiß ich noch nicht. Jedenfalls die Leitung des Falles lege ich hiermit natürlich nieder. Ist ja klar.«

Er stand unschlüssig auf. Unsicher. So, als ob der Schock ihn erst jetzt packte.

Wir alle erhoben uns.

»Wer immer es gemacht hat«, sagte Matthias auf einmal mit einer ganz ernsten Stimme. »Wer immer es war, wir finden ihn. Das verspreche ich dir.«

Dann ging Bernd. Und das Letzte, was wir hörten, war das Zischen der Fahrstuhltüren auf dem Gang. Es klang unnatürlich laut und abschließend.

Eigentlich hätte man annehmen müssen, dass wir uns alle auf die Arbeit stürzen würden. Die Verdächtigen der letzten Tage noch einmal durchnehmen, Alibis abklopfen, den weiß Gott wenigen Spuren nachgehen. Überwachungen beantragen. Erstaunlicherweise geschah jedoch wenig. Über uns allen lastete ein Gefühl der Vergeblichkeit, jeder machte etwas, hier und da, aber der ordnende Plan war uns irgendwie abhanden gekommen. Die Presse kam natürlich sofort, Marx stand Rede und Antwort und bemühte sich nach Kräften, mit einer Reihe von Worten möglichst wenig zu sagen, und da er wohl den Schein einer gemeinsamen Ermittlung von LKA und hannoverscher Polizei aufrechterhalten wollte – eigentlich ganz kollegial von ihm –, hatte er mich zu seiner Stellvertreterin erkoren, sodass ich immer dabei war. Über die Presse und den Rundfunk baten wir die Bevölkerung um Mitarbeit. Wer hatte etwas gesehen, wem war etwas aufgefallen? Die Hinweise der ersten Stunden waren nicht gerade spärlich, aber auf den ersten Blick konnten wir nicht sagen, ob sie ergiebig sein würden. Die Erfahrungen mit den anderen Mordfällen ließen eher auf das Gegenteil schließen. Wir schwärmten aus, machten da weiter, wo wir gestern aufgehört hatten, überprüften potenziell Verdächtige, klopften ihre Alibis ab, aber jeder von uns hatte das Gefühl einer Beschäftigung, die leer lief. Klaus und Matthias übernahmen es, die Angestellten von Birgits Firma genauer zu befragen. Aber wir alle warteten auf ein erlösendes Wort der Spurenanalyse. Es war dunkel gewesen, vielleicht hatte unser Täter diesmal eine Unachtsamkeit begangen. Ein bisschen kam es mir vor wie der Glaube an ein Wunder.

Gegen Mittag lag der Obduktionsbericht vor. Er brachte nichts Neues, grenzte aber die Todeszeit genauer ein. Halb elf, plus/minus einer Viertelstunde. Zu dieser Zeit hatten wir fröhlich unsere Spiegeleier gegessen. Es lag darin schon eine perverse Ironie. Ansonsten enthielt er nichts Auffälliges, kleinere Spuren von Alkohol im Mageninhalt, die auf einen Konsum von ein, maximal zwei Gläsern Rotwein schließen ließen, Reste einer Pizza, keine Spuren von Drogen oder Betäubungsmitteln, keine Spuren eines Kampfes. Nichts.

Gegen Nachmittag fanden wir zu unserer alten Form zurück. Routine. Und das hieß zunächst einmal eine Einsatzbesprechung im kleineren Kreis.

»Du kennst Bernd von uns allen wohl am besten«, begann Marx an mich gewandt. »Wie hat er es verkraftet?«

Ich wusste es wirklich nicht, und so antwortete ich wahrheitsgemäß: »Keine Ahnung. Auf den ersten Blick ganz gut, beherrscht, sachlich, hat sich im Griff … aber das hat er ja eigentlich immer. Wie es drinnen aussieht …«

Keiner sagte etwas, aber alle schienen mir in meiner hilflosen Analyse zuzustimmen.

»Zufall?«, fragte Marx und ließ das Wort im Raum stehen. Er schien mich ganz besonders anzusehen, vielleicht bildete ich es mir auch nur ein. Denn ich fühlte mich in meiner Haut nicht ganz wohl. Einerseits war ich ganz froh, dass mich bisher keiner nach meinem »Alibi« gefragt hatte. Obwohl mich mit Sicherheit der ein oder andere gesehen hatte, wie ich gestern in Bernds Auto eingestiegen war, gab es auch dort keine Nachfragen. Bernd schien mit seiner Vermutung, uns würde keiner verdächtigen, wenn wir nur den Mund hielten, recht zu behalten. Bernd hatte etwas die Unwahrheit gesagt, nun gut, aber mich hatte noch keiner eingehend befragt. Irgendwie fühlte ich mich erleichtert. Gelogen hatte ich noch nicht. Falls ich mal vor einem Disziplinarverfahren stehen sollte, sicher keine ganz unwichtige Einzelheit. Dennoch. Wie man es drehte und wendete, mit den Buchstaben und dem Geist der Polizeidienstordnung hatte dies alles wenig zu tun. Ich fand es erst einmal besser zu schweigen.

»Ein bisschen zu viel Zufall«, meinte Matthias. »Bernd hatte vorhin schon ganz recht. Die Chancen stehen eins zu hunderttausend. Besser als beim Lottogewinn, aber keineswegs so, dass man darauf so einfach kommen würde.«

Marx merkte man an, dass ihm das schnodderige Wort Lottogewinn gar nicht passte. Er zog missbilligend den Nasenflügel nach oben und schien etwas sagen zu wollen, aber dann schluckte er die diesbezügliche Bemerkung doch herunter.

»Was meinst du?«, fragte er mich.

Konnte man einen Zufall dieser Größenordnung glauben? Immerhin gab es ja tatsächlich jede Woche einen glücklichen Lottogewinner. Unwahrscheinlich war nicht unmöglich. Dies sagte ich schließlich auch.

»Ich glaube, die Frage führt nicht weiter«, gab Matthias zu bedenken. »Zufall hin, Zufall her, das bringt alles nichts. Wir haben es mit einem Psychopathen zu tun – was aber nicht ausschließt, dass der nach einem für ihn rationalen Schema arbeitet. Vielleicht sind alle Opfer nicht so zufällig, wie es scheint, Haarfarbe, Alter, übrigens auch die soziale Stellung, alle gehören sie der gehobenen Mittelschicht an …«

»Mich verblüfft etwas anderes«, mischte sich Klaus ein. »Wir kannten alle Birgit …« Das stimmte zwar nicht, wir hatten sie alle auf ein paar Einladungen gesehen, ein wenig mit ihr gesellschaftlichen Small Talk betrieben, aber gekannt hatte sie eigentlich keiner. Aber wenn Klaus auf diese Weise seine enge Verbundenheit mit der Toten (und der gesellschaftlichen Schicht, der sie angehörte) dokumentieren wollte, na bitte.

»Sie war zwar eine recht couragierte Frau. Aber ich kann mir nicht vorstellen, dass sie nachts nach ihrer Arbeit noch durch den Wald läuft, vor allem, wenn sie weiß, dass zurzeit ein Serienmörder sein Unwesen treibt. Das macht keiner. Ich habe heute im Büro ihre Mitarbeiter befragt. Die meisten haben so gegen sieben Feierabend gemacht. Sie hatten noch einen größeren Auftrag, deswegen die Überstunden. Der Art-Direktor, der für das Erstellen der Websites zuständig ist, hat sogar noch länger gearbeitet. Bis neun, Viertel nach neun. Dann ist auch er gegangen. Sie war alles in allem etwa eine bis eineinhalb Stunden allein im Büro.«

»Gibt es einen Grund, warum sie nicht gleich nach Hause gegangen ist?«

»Der Art-Direktor, der sie als Letzter gesehen hat, meinte, dass sie noch ein paar Probleme mit der Website hatten, irgendwelche technischen Sachen, von denen ich nicht allzu viel verstehe, deswegen war er so lange geblieben, sie kriegten irgendeinen ausgefallenen Kundenwunsch nicht so richtig auf die Reihe, und seine Chefin wollte noch versuchen, mit dem Kunden Kontakt aufzunehmen.«

»Um halb zehn?«, fragte Marx misstrauisch.

»Ich kann auch nur das wiedergeben, was er mir gesagt hat. Ich war auch überrascht, aber offenbar kam dies häufiger vor. Der Art-Direktor hat übrigens ein Alibi, er ist anschließend mit seiner Frau zu einer Wohnungseinrichtungsfeier nach Laatzen gefahren und dort bis etwa eins, halb zwei geblieben.«

Laatzen war eine südlich gelegene Gemeinde, etwa dreißig bis vierzig Minuten vom Tatort entfernt.

»Sie bleibt also noch eine Stunde im Büro, möglicherweise arbeitet sie, fährt nicht nach Hause …«

»Ihr Wagen, ein silbergraue Porsche, stand übrigens vor ihrem Büro. Sie hat ihn nicht benutzt. Die Wagenschlüssel befanden sich in ihrer Handtasche.«

In diesem Stadium schien es mir geraten zu sein, auch etwas zu sagen. Immerhin wollte ich meiner Rolle als frischgebackener Stellvertreterin gerecht werden.

»Halten wir uns mal an die Fakten«, meinte ich. »Wenn wir alle Fälle vergleichen, dann fällt dieser in der Tat aus dem Rahmen, und zwar nicht nur, weil wir alle oder doch fast alle die Tote kannten, sondern auch noch aus einem anderen Grund. Die anderen Opfer handelten irgendwie logisch: Die eine war beim Joggen, die andere auf dem Weg nach Hause. Es gibt eine vernünftige Erklärung für ihr Verhalten. Hier nicht. Warum nimmt sie nicht den Wagen? Immerhin naheliegend.«

»Vielleicht ist er defekt?«

»Möglich ... ist das überprüft worden?«

Klaus murmelte etwas davon, dass er bisher noch nicht daran gedacht habe. Marx sah aus, als ob er uns alle für einen Haufen von Dilettanten hielt.

»Geschenkt«, meinte ich, »aber es ist auch nicht einmal wichtig. Wenn der Wagen nicht angesprungen wäre, dann hätte sie ein Taxi nehmen können.«

»Möglicherweise war sie auf dem Weg zum Taxistand«, warf Matthias ein.

»Quatsch«, verwarf Marx den Gedanken. »Ich kenne die Ecke, der nächste Taxistand befindet sich an der Markuskirche, das ist genau die entgegengesetzte Richtung. Außerdem, selbst wenn sie die andere Richtung nehmen sollte – wieso bitte in der Dunkelheit eines Waldweges und nicht auf dem erleuchteten Bürgersteig?«

»Und wenn sie sich mit jemandem treffen wollte?« Günther vom LKA, der bisher noch gar nichts gesagt hatte, hatte den Gedanken aufgebracht, er stand auf einmal im Raum und gab unseren Spekulationen neue Nahrung.

»Du meinst, sie kannte den Mörder?«

»Nicht zwingend«, meinte Marx nach einigem Überlegen. »Sie könnte herausgelockt worden sein, ein Telefonat zum Beispiel. Haben wir überprüft, welche Telefonate in der fraglichen Zeit geführt worden sind?«

Nein, hatten wir nicht. Wir waren wirklich schon einmal besser gewesen.

Wir sichteten Zeugenaussagen. Zur Tatzeit waren eine Reihe von Passanten unterwegs gewesen. Liebespaare. Studenten auf dem Weg zu einer neuen Feier, Betrunkene, Taxifahrer. Sie hatten eine Reihe von Täterbeschreibungen geliefert. Eine

Frau, einsfünfundsechzig groß, einen schwarzen Mann südländischen Typs ca. einsachtzig, einen verdächtig aussehenden Mann mit blondem Bart und dergleichen mehr. Möglicherweise befand sich tatsächlich unser Mann darunter. Vielleicht, vielleicht auch nicht. Es war das Problem mit den Zeugenaussagen. Zu Anfang meiner Tätigkeit als Kriminalbeamtin musste ich einmal einen Mordversuch im Stadtteil Mühlenberg aufklären. Vor einem Kiosk war ein Mann niedergeschossen worden. Der Kioskbesitzer hatte nichts gesehen. Auch als wir ihm die Einschusslöcher neben seiner Theke zeigten (immerhin nur einen Meter neben seinem Standort entfernt), blieb er bei seiner Aussage: Nichts gesehen, nichts gehört. Keine Frage, der Mann hatte Angst. Aber auch die anderen Zeugen, die bereitwillig Auskunft gaben, waren keine große Hilfe. Ja, es waren drei Männer gewesen, sie kamen von Süden zu Fuß und hatten einen Hund dabei. Nein, es waren nur zwei gewesen, aber einer hatte einen blauen Pullover angehabt. Nein, doch drei, aber in einem grünen Audi (ohne Hund). Die glaubwürdigste Zeugin, eine kultivierte, mittelalte Dame, überzeugte uns schließlich mit einer präzisen sachlichen Schilderung des Vorfalls, der sich in etwa auch mit den Ergebnissen der Spurenanalyse deckte. Sie habe auf ihrer Terrasse gesessen und alles genau beobachten können. Als wir uns schließlich, mehr um der Form Genüge zu tun als zur Überprüfung, die Terrasse zeigen ließen, stellten wir fest, dass sie mit einer zwei Meter hohen Mauer von der Straße abgeschirmt war. Unsere Hauptzeugin konnte den Tatvorgang gar nicht beobachtet haben. Soweit zur Zuverlässigkeit der Zeugenaussagen. Nur in Kriminalfilmen machen sich Zeugenaussagen gut, in Wirklichkeit sind sie für die meisten Kriminalisten ein Albtraum. Nichts geht doch über solide handfeste Spuren: ballistische Vergleichsuntersuchungen, DNA-Analysen, einen ordentlichen Fingerabdruck.

Und wie es der Teufel so wollte, jeder, den wir von unseren potenziellen Kandidaten befragten, schien ein Alibi zu haben. Stichfeste (Geburtstagsfeier mit zwanzig Gästen dreißig Kilometer entfernt) und weniger stichfeste (allein mit der Frau bzw. der Freundin zu Hause). Es war wie verhext. Wie auf ein Wunder warteten wir auf das Ergebnis der Spurenanalyse, aber die ließ auf sich warten. Jedes Papierstück war umgedreht, jede Cola-Dose eingesammelt worden. Der Körper der Toten war sorgfältig abgesaugt worden, jede Verunreinigung, jeder Stofffetzen. Der Inhalt der Fingernägel sorgfältigst herauspräpariert, alles in der Hoffnung auf eine verräterische DNA-Spur zu stoßen, die uns einen Hinweis auf den Täter geben konnte. Den Zwischenbericht hatten wir gegen 15.30 Uhr vorliegen. Direkt verwertbare Spuren waren wohl keine nachweisbar, allerdings machten uns die Kollegen Hoffnung, dass diesmal bei der DNA »wohl etwas drin sein könnte«, wie sie sich ausdrückten. Aber auch heute noch dauerten diese Untersuchungen ihre Zeit, vor morgen Mittag würde kaum mit ersten Ergebnissen zu rechnen sein.

Gegen Ende unserer Arbeitszeit, etwa um 17 Uhr, erreichten uns schließlich noch zwei Ergebnisse, die zumindest Hoffnung machten. Die Untersuchung des Porsche von Birgit hatte keine Fehlfunktionen ergeben. Der Wagen stand – immer noch – auf seinem für ihn reservierten Parkplatz vor dem Bürogebäude und sprang ohne zu murren an. Einen technischen Defekt, der Birgit am Abend hätte hindern können, den Wagen zu benutzen, gab es nicht.

Schließlich lagen auch die Ergebnisse der Anfragen bei den Telefongesellschaften vor. Birgit hatte gegen 21.30 Uhr und dann noch einmal um 21.46 Uhr zwei Telefonate geführt, die Nummer war der Privatanschluss eines Dr. Hülsch in Hildesheim. Das erste Telefonat hatte fast zehn Minuten gedauert, das zweite kaum mehr als eine.

»Es könnte sich um die vom Art-Direktor angesprochenen Kundengespräche handeln«, vermutete Klaus, und in der Tat bestätigte auf Nachfrage ein Dr. Hülsch von Dr. Hülsch GmbH und Co KG, dass er dieses Telefonat gestern geführt habe. Das erste dieser Telefonate sei »etwas konfliktbeladen« gewesen, das zweite noch einmal der Versuch einer Schadenbegrenzung, erläuterte Klaus, der die Telefonate geführt hatte.

»Inwiefern ›konfliktgeladen‹?«, fragte ich nach.

»So wie ich Herrn Dr. Hülsch verstanden habe, hat er der Toten wohl vorgeworfen, dass sie einen – so wörtlich – Saftladen leite, der unfähig sei, auch die einfachsten technischen Probleme in den Griff zu kriegen. Ein Wort habe dann das andere gegeben …«

Zu jeder anderen Zeit hätte mich dieser Wortwechsel mit klammheimlicher Freude erfüllt, aber diesmal empfand ich nur ein leises Gefühl von der Vergeblichkeit unseres Tuns. Eben noch regten sich Menschen über Dinge auf, die angesichts ihres Todes schon wenige Minuten später völlig bedeutungslos waren. Ging es uns nicht allen so?

»Was war mit den eingehenden Telefonaten?«, wollte Marx wissen. »Gibt es da schon Ergebnisse?«

Jedes Telefonat wird von den Telefongesellschaften grundsätzlich aus Abrechnungsgründen mindestens zwei Monate lang gespeichert. Wenn man herausfinden will, ob eine bestimmte Nummer zu einer bestimmen Zeit angerufen worden ist, muss man auf diesen Datenbestand zurückgreifen. Da es aber eine Reihe von Telefongesellschaften gibt, kann sich diese Untersuchung durchaus schon mal über zwei Tage hinziehen. In diesem Fall hatten wir jedoch Glück. Um 22.24 Uhr war Birgit von einem Handy aus angerufen worden. Das Gespräch war sehr kurz gewesen, 53 Sekunden, wie uns die Betreibergesellschaft O_2 in ihrem Fax mitteilte.

»Haben sie den Standort des Handys mitgeteilt?«, wollte ich wissen.

Klaus las die technische Kennung eines Sendemastes vor, der uns allen nichts sagte, fügte dann aber hinzu: »Nach Aussage der Firma befindet sich der Mast neben der Markuskirche, also nehmen wir einen Umkreis von 400 m bis 500 m Luftlinie, in diesem Gebiet finden wir ihn.«

Es war das letzte Telefonat, das sie geführt hatte, jemand hatte sie unmittelbar in der Nähe ihres Büros angerufen, kurz mit ihr gesprochen, weniger als eine halbe Stunde später war sie tot. Es fiel schwer, nicht zu glauben, dass sie in dieser Zeit mit ihrem Mörder gesprochen hatte.

Wir schwiegen einen Augenblick. Ich ließ den Ablauf des Abends noch einmal vor meinen Augen Revue passieren. Der Täter rief sie an, sie kam herunter und hatte ihre Verabredung mit dem Tod.

»Warum bringt er sie nicht vor der Haustür um?«, fragte Marx auf einmal. »Ist doch einfacher. Wieso erst dieser Spaziergang durch die Eilenriede?«

Seltsam, diese Frage hatte ich mir noch gar nicht gestellt.

»Geht nicht«, warf Klaus ein. »Die Villa, in der sich das Büro befindet, ist mit einem Gitterzaun gesichert. Tagsüber steht das Tor offen, aber abends wird abgeschlossen. Ohne elektronische Karte kommt man nicht hinein. Und direkt vor dem Haus ist eine Straßenlaterne.«

Dies erklärte den umständlichen Tathergang.

»Ist der Besitzer des Handys bereits ermittelt?«, fragte Marx.

»Stephan Schmidt, geb. 6. 4. 1979 in Hannover, wohnhaft Limmerstraße 22«, entnahm Klaus dem Vermerk der Telefongesellschaft, »es ist ein Prepaidhandy und wurde vor einem halben Jahr im T-Point in Celle zugelassen.«

Jeder von uns hätte eine Wette abgeschlossen, dass es sich bei der Adresse um eine fingierte Adresse gehandelt hätte, aber erstaunlicherweise existierte dieser Stephan Schmidt wirklich. Er war nicht vorbestraft und wohnte tatsächlich an der angegebenen Adresse.

Zwar ging es inzwischen schon auf sechs Uhr zu, eigentlich Zeit für den Feierabend, aber diesmal dachte keiner daran. Wir brachen auf.

»Hast du mit Bernd noch einmal telefoniert?«, fragte mich Marx auf einmal. Er hatte den Türgriff schon in der Hand. Wieso sie immer mich fragen, weiß ich nicht.

Ich schüttelte den Kopf. Irgendwie hatte ich es den ganzen Tag vermieden, ihn anzurufen. Außerdem war ich fast nie allein gewesen. Die Dinge, die wir ernsthaft besprechen mussten, konnten wir nur zu zweit bereden.

»Du solltest trotzdem mal fragen, wie es ihm geht«, insistierte er.

Ich griff zum Telefonhörer. Leider sind unsere Telefone so laut, dass jeder im Umkreis von einem Meter auch ohne Lautsprecheinrichtung mithören kann. Alle blieben stehen. Während ich die melodischen Rufzeichen des Verbindungsaufbaus vernahm, hoffte ich zum ersten Mal, ihn nicht anzutreffen. Was sollten wir uns sagen vor all dem Publikum? Ich hoffte nur, dass er geistesgegenwärtig war, zu erkennen, dass ich von der Dienststelle aus anrief und dass dies nicht die Zeit für private Geständnisse war.

Trotzdem war ich erfreut, als sich nach sechs Anrufen der Anrufbeantworter einschaltete. Ich sprach eine möglichst unverfängliche Nachricht auf Band, wünschte ihm Kraft und alles Gute und was man bei derartiger Gelegenheit mehr von sich gibt.

»Du könntest noch versuchen, ihn über Handy zu erreichen«, schlug Klaus vor.

Halbherzig wählte ich seine Handynummer. Nach dreimaligem Klingeln nahm er schließlich ab.

»Hallo Bernd«, sagte ich. »Wie geht es dir?«

»Wir sind hier noch im Präsidium«, fügte ich der Klarheit wegen noch hinzu.

»Danke, geht so«, erwiderte er mit einer seltsam akzentuierten Stimme.

»Wie hast du es verkraftet?«, fragte ich nach.

»Geht so«, meinte er.

»Du bist zu Hause?«

»Sitze im Wohnzimmer. Warst du das vorhin am Telefon?«

Wir führten eine absurde Unterhaltung. Frage – Antwort, Frage – Antwort. Und alles in dieser merkwürdig beherrschten Stimme.

»Der ist total blau«, flüsterte mir Klaus ins Ohr. »Brich es ab.«

»Es geht dir wirklich gut?«, hakte ich nach.

»Was soll die Frage?«, unterbrach er mich unwirsch. »Natürlich geht es mir beschissen. Was soll das? Ich habe die ganze Zeit herumtelefoniert, meinst du, mir macht das Spaß und ich stecke das so weg? Und zum ersten Mal habe ich heute eine Flasche Bier hier stehen und will von dem ganzen Scheiß nichts mehr wissen.«

Dann legte er auf.

»Das erste Bier war es bestimmt nicht«, meinte auch Marx. »Aber wenn er allein sein will, lassen wir ihn.«

Ein wenig fühlte ich mich verletzt, dass er mich so brüsk abgewiesen hatte, allerdings, wie hätte er anders handeln können? Die wesentlichen Dinge konnten wir uns ja nicht erzählen. So brachen wir zu viert auf.

Stephan Schmidts Wohnung in der Limmerstraße lag in einem leicht heruntergekommenen Gründerzeithaus mit rotem Backstein und einer Reihe von gemauerten Ornamenten. Wie viele Häuser der Gegend hätte auch hier einmal eine gründliche Fassadenreinigung Wunder bewirkt, vermutlich aber das Stadtbild gestört.

Das Treppenhaus war sauber, aber hier hätte etwas Farbe nicht geschadet. Die Wohnungen in dieser Straße waren preiswert. Und das merkte man auch. Aus der Wohnung klangen leise Klänge eines melodischen Liedes, das ich vor Jahren einmal in den Charts gehört hatte. Der Titel war mir allerdings entfallen.

Wir klingelten.

Wir klingelten nachdrücklicher.

Wir klingelten Sturm, und gleichzeitig hämmerte Klaus gegen die Tür.

»Aufmachen, Polizei!«

Schließlich ging im Flur das Licht an.

»Wer ist denn da?«, fragte eine Männerstimme durch die geschlossene Tür.

»Kriminalpolizei, öffnen Sie bitte!«

Hinter der Tür schien eine kleine Diskussion geführt zu werden, dann aber wurde nach einem hastig gemurmelten »gleich, gleich« die Wohnung geöffnet.

Der junge Mann hatte raspelkurze Haare und schien sich gerade hastig eine Jeans und ein zerknautschtes T-Shirt übergezogen zu haben. Er hatte nicht einmal seinen Gürtel geschlossen.

»Was gibt es denn?«, fragte er abweisend.

Marx zeigte seinen Ausweis.

Widerwillig gab er den Weg frei.

»Und was wollen Sie?«, fragte er unhöflich.

»Sie haben ein Handy?«, fragte Marx genauso direkt.

»Natürlich habe ich ein Handy«, gab er zurück.

»Dürften wir es einmal sehen?«

Er wandte sich zur Garderobe, an der ein Gebirge von Jacken und Pullover unordentlich aufgehängt und zusammengeknautscht auf die Haken gelegt war. Dann förderte er nach einigem Suchen aus einer Tasche ein modisches Klapphandy zutage.

»Hat das Gerät auch eine Nummer?«

Mag sein, dass unsere Befragung ein wenig unfreundlich verlief, denn nach der ersten Überraschung wurde Stefan Schmidt zunehmend kooperationsunwilliger. Aber unsere Nerven lagen blank.

»Hat es.«

Marx machte eine auffordernde Kopfbewegung.

»Ich vergesse sie immer wieder. Irgendwas mit 175 oder so ähnlich.«

»Darf ich?« Marx hielt auffordernd die Hand auf.

»Ist das überhaupt legal?«, fragte Stephan Schmidt aggressiv zurück. »Immerhin, Sie dringen in meine Wohnung ein, das ist doch fast eine Hausdurchsuchung. Da haben Sie doch sicherlich …«

»Es geht nur um eine kurze Überprüfung. Falls Sie jedoch Interesse an einer vorläufigen Festnahme oder einer intensiveren Vernehmung im Präsidium haben, könnten wir das arrangieren.«

Schmidt sagte nichts, aber ich hatte den Eindruck, dass er hinter seiner Stirn schon ein Beschwerdeschreiben formulierte.

Marx scrollte sich durch das Menü.

»Haben Sie noch ein anderes Handy?«, fragte er. »Mit einer anderen Nummer. Oder eine andere SIM-Karte.«

»Nein. Es ist das einzige.«

Marx verzog sein Gesicht zu einem kurzen Lächeln.

»Laut Unterlagen von O_2 besitzen Sie noch ein weiteres Handy.«

Schmidt schien für einen kurzen Moment ehrlich verblüfft.

»Noch ein Handy?«

»Sie haben am 5. Januar dieses Jahres ein Prepaidhandy gekauft. Von O_2.«

Für einen Moment schien der junge Mann zu überlegen.

»Ach das …«, sagte er schließlich.

»Ich hab die Karte aber nicht mehr«, fügte er hinzu. »Vor so einem halben Jahr ist sie mir geklaut worden.«

Marx zog fragend die Augenbraue nach oben.

»Muss so Anfang Februar, vielleicht 3. oder 4. Februar, gewesen sein. Ich war im Fiasko, das ist eine Kneipe hier in der Nähe, es wurde ein bisschen später, und dann wurde ich auf dem Nachhauseweg von irgend so einem Kerl überfallen. Ein Schlag auf den Kopf, dann war die Jacke weg. Und das Handy dabei. Und mein Portemonnaie, fast zweihundert Euro, mein Ausweis, Kfz-Schein, dieser ganze Kram.«

»Und Sie haben das der Polizei gemeldet?«

»Quatsch. Was soll die denn machen? Außerdem hatte ich den großen Teil den nächsten Tag auch schon wieder. Lag in meinem Briefkasten. Natürlich nicht die Jacke, aber das Portemonnaie mit Ausweis, Kfz-Schein. Hat wohl irgendjemand gefunden. Natürlich das Geld war weg, das Handy auch, die Jacke ebenfalls. Aber wenigstens die Papiere waren wieder da. Das haben die wohl weggeschmissen und dann hat es jemand gefunden und mir in den Briefkasten geworfen. Leider hat er nicht die Adresse angegeben. Ich hätte mich gerne bedankt.«

»Sie behaupten also, das Handy nach dem Verlust Anfang des Jahres nicht mehr gesehen zu haben?«

»Was heißt behaupten? Ich habe es nicht gesehen. Was haben Sie überhaupt mit dem Handy?«

»Wir ermitteln in einem Mordfall. Mit diesem Handy ist ein Gespräch geführt worden. Und wir haben Grund zu der Annahme, dass der Benutzer dieses Mobiltelefons der Mörder ist.«

Schmidt zuckte zusammen.

»Ich habe es wirklich nicht mehr gesehen«, betonte er eindringlich. Seine Aggressivität war geschwunden.

»Es ist mir wirklich geklaut worden«, fügte er noch hinzu.

»Etwas merkwürdig«, meinte Marx. »Diese Handys haben doch eine Sperre. Ohne die Geheimzahl kann es nicht benutzt werden.«

Schmidt wurde unruhig.

»Ich verstehe schon, was Sie meinen. Aber ich hatte meine Pin deaktiviert. Es war mir zu unbequem, sie immer einzugeben. Außerdem habe ich das Handy auch manchmal an meine Freundin verliehen. Und der wollte ich meine Pin nicht mitteilen.«

»Hm«, machte Marx wenig überzeugt. »Bei Ihrem jetzigen Handy haben Sie zufällig die Pin auch deaktiviert oder doch nicht?«

»Nein.« Stephan Schmidt wand sich.

»Was nein?«

»Das Handy ist durch eine Pin geschützt.«

»Ich weiß, es klingt unglaubwürdig«, brach es aus ihm hervor. »Aber nachdem mir das erste geklaut worden ist, habe ich jetzt eine Sperre. Außerdem ist es diesmal eines mit einem Vertrag. Und das andere war nur ein Prepaid. Da war es doch sowieso egal.«

»Den Kerl, der Ihnen damals eins über den Kopf gegeben hat, den können Sie nicht beschreiben?« wechselte Klaus das Thema.

Stephan Schmidt zuckte mit den Achseln. »Es war dunkel, ich hatte ziemlich einen im Tee. Ich habe ihn eigentlich nur gesehen, als er weglief. Er lief ziemlich schnell, jedenfalls kam es mir so vor.«

»An mehr erinnern Sie sich nicht?«

Stephan Schmidt sah Klaus und Marx Hilfe suchend an. »Ich habe ihn doch nur von hinten gesehen. Er lief recht locker, sportlich. Ich glaube, er war auch eher größer als kleiner. Aber wie gesagt, ich hatte ziemlich einen im Tee.«

»Und gestern Nacht?«, fragte ich. »Wo waren Sie da?«

»Zu Hause. Hier in der Wohnung.«

»Zeugen?«

»Zeugen?«, wiederholte er. »Na ja, zwei, wenn man es genau nimmt. Bis etwa um zehn Uhr war mein WG-Mitbewohner Torben Becher noch da und von etwa acht bis heute Morgen meine Freundin Melanie. Torben ist im Augenblick noch in der Uni, aber Melanie ist hier, Sie können Sie gerne fragen.«

Dann öffnete er eine Tür und wies auf eine junge Frau, ebenfalls mit Jeans und übergeworfenem T-Shirt, die still auf einem Sessel wartete und offenbar hoffte, dass wir schnell verschwinden würden.

»Klang doch ganz plausibel«, meinte Matthias, als wir schließlich wieder im Auto saßen. »Alibi, nun gut, das mit dem Handy ist ein bisschen dünn …«

Wir redeten wenig. Aber kaum einer glaubte, dass Stephan Schmidt als Täter in Frage kam. Für die anderen Tage hatte er zwar kaum glaubhaft machen können, wo er gewesen war, aber wer konnte dies schon nach so vielen Tagen?

Mich beschäftigte einfach nur die Frage, warum dieses Handy gestohlen worden war. Es war die einzige greifbare Spur, die wir bisher hatten. Ein Gelegenheitsdieb, der es irgendwann auf dem Flohmarkt vertickerte? Eigentlich unwahrscheinlich, dass er die SIM-Karte drin gelassen hatte. Oder war es von langer Hand vorbereitet? Und wenn ja, warum? Nur wegen eines einzigen Anrufs?

»Ist das Handy noch einmal benutzt worden?«, fragte ich schließlich, als wir kurz vor unserer Dienststelle waren.

»Du meinst?«

»Er könnte doch noch mehrere Anrufe getätigt haben, oder nicht? Und vielleicht hat er bei einem seiner Anrufe eine Spur hinterlassen. Oder er ist angerufen worden. Wär' doch auch möglich?«

»Wir werden das morgen checken«, meinte Marx nach einigen Momenten des Überlegens. »Die Idee ist gar nicht so dumm. Heute erreichen wir keinen mehr. Aber morgen werden wir sehen. Bis dann.«

Es war inzwischen fast acht Uhr, und irgendwie hatten wir alle das Gefühl, Feierabend machen zu müssen. Ich lehnte ab, mich von Marx nach Hause bringen zu lassen, ich wollte einfach allein sein. Für einige Zeit übte das Telefon neben meinem Bett einen fast unwiderstehlichen Zwang aus, Bernd anzurufen, seine Stimme zu hören, seinen Atem wenigstens über das Telefon zu spüren. Aber abgesehen davon, dass ich nicht wusste, ob er überhaupt ansprechbar sein würde, schien es mir auch nicht klug zu sein. Unschuldig wie wir waren – ein gewisser Tatverdacht würde schon auf uns fallen, wenn es herauskam, dass wir die letzte Nacht miteinander verbracht hatten. Und es war vermutlich klüger, nicht allzu sehr unserem Glück zu vertrauen. Der Notar, fiel mir ein. Ich sollte ohnehin zum Notar gehen, ganz wie ich es Bernd versprochen hatte. Schließlich schlief ich gegen 22 Uhr ein. Das Telefon, dachte ich noch. Das Handy. Vielleicht mochte es eine erste Spur sein. Wenn wir Glück hatten, waren noch andere Gespräche geführt worden.

❖

Am nächsten Morgen gegen zehn Uhr wussten wir, dass noch drei weitere Gespräche mit diesem Handy geführt worden waren. Das letzte in dieser Nacht und mit dem Opfer Nummer vier.

Opfer Nummer vier war eine schwarzhaarige Frau Anfang vierzig. Attraktiv, schlank, es hatte sie in der Eilenriede erwischt. Sie war – wie wir rasch herausfanden – Leiterin eines Volkshochschulkurses Yoga gewesen und auf der Rückfahrt nach Hause, vielleicht drei Kilometer entfernt. Sie musste abgestiegen sein, denn es fehlten die Spuren eines Sturzes. Auch lag das Fahrrad völlig unbeschädigt nur wenige Meter weiter am Wegrand. Es war eine dunkle Ecke, die Straßenlaternen, die diesen Teil des Stadtwaldes erhellen sollten, in großen Abständen. Auch diesmal war es schnell gegangen. Allerdings fand sich eine tiefe Schnittwunde an ihrem rechten Unterarm, offenbar hatte sie sich in letzter Sekunde noch zur Wehr zu setzen versucht.

Es war zu früh für die Zeitungen gewesen, die sich heute mit mehrspaltigen Artikeln den Tod von Bernds Frau vorgenommen hatten. Die Fragezeichen, die sie hinter die Frage nach unserer Ermittlungskompetenz setzten, waren zwar noch verhalten. Aber auch wenn sie dicker gewesen wären, unsere Stimmung grenzte an resignativer Apathie. Jemand spielte mit uns, wir wussten nicht wer, wussten nur, dass er mit Vergnügen sein Farbenspiel durchzog. Schwarz, Rot, Gold, jetzt wieder Schwarz, war die Nächste rot? Der Ehemann, ein Studienrat der Bismarck-Schule, hatte sogar ein Alibi, ein Freund hatte bis zwölf mit ihm Schach gespielt. Außerdem saß er wegen eines komplizierten Beinbruchs im Rollstuhl. Als Täter schied er aus. Ohnehin hatten wir uns alle von der Vorstellung verabschiedet, hier irgendwelche Beziehungsmorde aufzuklären. Hier herrschte eine wahrhaft perverse Lust am Töten.

»Mit dem Handy«, stellte Matthias in einer Tonlage fest, als läse er den letzten Wetterbericht vor, »sind insgesamt vier Anrufe getätigt worden. Alle mit den jeweiligen Opfern. Und alle zehn oder fünf Minuten vor der Tat. Und alle nicht länger als eine Minute. Ganz kurze Gespräche. Mehr nicht.«

»Standorte?«, fragte Marx müde. Genau wie ich war auch er seit halb drei, dem Zeitpunkt, als die Leiche gefunden worden war, auf den Beinen.

»Praktisch unmittelbar am Tatort. So genau sich jedenfalls von den Sendemasten her sagen lässt. Der Kerl muss einen unheimlichen Spaß gehabt haben, noch kurz zuvor die Stimme seiner Opfer zu hören.«

Oder er hatte sie in eine Falle gelockt, dachte ich. Aber die Joggerin wäre diesen Weg auch so oder so gelaufen. Und das letzte Opfer nahm stets diesen Weg durch die Eilenriede.

Noch immer durchkämmte eine Hundertschaft der Polizei den letzten Tatort nach Spuren. Aber irgendwie hatten wir längst den Glauben daran verloren, durch derartige Hinweise ans Ziel zu kommen. Vielleicht half uns ein Zufall? Fast alle Serienmörder waren letztlich durch derartige Zufälle geschnappt worden. Eine Autonummer von Kindern notiert, eine alte Dame auf der Parkbank mit einem sehr genauen Gedächtnis. Eine misstrauische Ehefrau. Irgendwann machten sie immer einen Fehler. Und irgendwann fühlten sie sich in ihrer Allmacht, ihrer Herrschaft über Leben und Tod, zu sicher und wurden leichtsinnig. Die Frage aber war nur: wann?

❖

Der Zufall erreichte uns genau eine halbe Stunde später in Form eines Anrufs unseres Labors.

Dr. Auster, der wissenschaftliche Leiter, ließ es sich nicht nehmen, selbst anzurufen und mit einem lakonischen »wir haben etwas für euch« die Bombe platzen zu lassen.

Eine Viertelstunde später befanden wir uns mit vier Einsatzwagen und fünfzehn Beamten und einem Haftbefehl wieder auf dem Weg nach Linden. Wir sperrten die Wilhelm-Bluhm-Straße an zwei Kreuzungen mit je einem Fahrzeug und vier Kollegen ab, postierten die Einsatzkräfte im Hausflur und beim Gartenausgang seines Wohnhauses. Schließlich näherten wir uns mit einer kleineren Gruppe unauffällig dem Gothic-Geschäft Michael Gärtners. Durch die Dekoration seines Schaufensters konnte ich seine hochgewachsene Gestalt im Verkaufsraum erkennen. Er packte wohl gerade einige Kisten aus, denn er beugte sich häufig nach unten. Er war in seine Arbeit so vertieft, dass er erst aufschaute, als wir die Tür öffneten. Für einen Moment wirkte er überrascht, dann aber fiel sein Blick auf mich.

»Ach, wieder einmal«, versetzte er resigniert und legte ein schwarzes Cape, das er in der Hand hielt, wieder zurück in einen Karton. »Um was geht es denn diesmal?«

Marx blieb stehen. Die Kollegen hatten zwar ihre Waffen nicht gezogen, aber sich so positioniert, dass sie Michael Gärtner einkreisten.

»Sind Sie Herr Michael Gärtner?«, fragte Marx.

»Derselbst in eigener Person«, versetzte Gärtner und versuchte ein spöttisches Grinsen.

Marx blieb ausdruckslos.

»Herr Gärtner, ich verhafte Sie hiermit wegen des Verdachts auf vierfachen Mord.«

Es klang theatralisch und war vermutlich auch so gemeint. Was mich jedoch überraschte, war die Reaktion von Michael Gärtner. Er protestierte nicht, er ersparte sich und uns die Beteuerung seiner Unschuld, ja, versuchte nicht einmal einen hoffnungslosen Fluchtversuch, sondern ergab sich mit einem Ausdruck von abgrundtiefer Resignation in sein Schicksal. Ich hatte ein solches Verhalten selten bei Verhaftungen erlebt. Manchmal Erleichterung, dass alles vorbei war, das Flackern der Augen auf der Suche nach einem Fluchtweg in letzter Sekunde, das ja, aber dieses Gefühl von völliger Resignation und Schicksalsergebenheit war übermächtig.

Die Kollegen legten ihm Handschellen an.

»Wir nehmen noch eine Hausdurchsuchung vor«, erklärte Marx. »Sie haben das Recht dabei zu sein, wenn Sie dies wünschen.«

Michael Gärtner zuckte gleichgültig mit den Achseln. Wir nahmen es für eine Zustimmung.

Der Laden enthielt das, was man von einem solchen Laden erwarten konnte. Klamotten, Schwerter, aber keines davon benutzt, Schuhe, Glitzerkrams und all die Kleinigkeiten, mit denen seine Kundschaft wohl den Kick für den Feierabend bekam. Zwei Dinge erregten unsere Aufmerksamkeit: ein Nokia-Handy in der Nähe der Ladenkasse sowie mehrere Schalen farbiger Glasmurmeln.

»Sie verkaufen die?«, fragte Marx und deutete auf die Glaskugeln.

»Sieht so aus«, versetzte Gärtner. Die Wortwahl aufsässig, der Ton jedoch, in dem sie gesprochen wurden, von völliger Gleichgültigkeit. Er schien in einem Film zu sein, dessen Inhalt er nicht verstand oder der ihn nicht mehr interessierte.

Mit einem dünnen Kautschuk-Handschuh fasste Marx das Handy an und hielt es Gärtner vor die Nase.

»Ist das Ihres?«

Michael Gärtner schüttelte den Kopf.

»Nein«, sagte er nur.

»Und warum liegt es hier?«

»Weiß nicht. Lag heute Morgen neben der Kasse. Ich hab es vorher nie gesehen. Vielleicht hat es ein Kunde vergessen.«

»Neben der Kasse? Vielleicht?«, spottete Marx.

Gärtner sagte nichts.

»Und die Geheimzahl kennen Sie natürlich auch nicht?«

Gärtner zuckte gleichgültig die Achseln.

»Oder hat es vielleicht gar keine Geheimnummer?«, setzte Marx nach. »Wollen wir mal sehen?«

Er drückte auf den Startknopf und beobachtete interessiert, wie das Handy ohne anzuhalten hochfuhr. Das Emblem von O_2 leuchtete auf. Wir hatten einen guten Empfang. Sogar die letzten gewählten Nummern zeigte es an. Ich habe kein gutes Gedächtnis für Zahlen, ich vergesse sie schnell, und schon bei meiner eigenen Kontonummer bin ich häufig überfordert. Aber diese Nummern hatten wir in den letzten Tagen immer wieder vor Augen gehabt. Die Liste der Anrufe bestand aus vier Nummern, und jeder Anschluss gehörte einer Toten. Mir schauderte.

Obwohl es vermutlich klüger gewesen wäre, das Telefon von Fachleuten untersuchen zu lassen, rief Marx das Adressverzeichnis auf. Eine Reihe von Nummern, die uns alle nichts sagten, eine Reihe von Namen, die wir nicht kannten, aber eine Gemeinsamkeit hatten: Es handelte sich bei allen um Frauen. Die nächsten Opfer.

Marx stellte das Handy aus. Ich kannte ihn als beherrscht, kompetent und im Wesentlichen zurückhaltend. Doch als er es ausschaltete, hatte ich den Eindruck, dass er sich ekelte. Wir hatten es – er noch mehr als wir – mit den Niederungen der Menschen zu tun. Mord, organisiertem Verbrechen, Menschenhandel, Kindesmissbrauch. Trotzdem war diese Liste von Opfern eines der widerlichsten Dinge, die auch ich in meinem Leben gesehen hatte.

»Führt ihn ab«, sagte Marx knapp.

❖

Wir hatten den Täter, und unsere Aufgabe war größtenteils getan. Es war jene kleine Spur gewesen, auf die wir immer gewartet hatten. Auf Birgits Leiche hatte ein Haar gelegen. Ein schwarzes, einzelnes Haar. Und an dem Haar klebten noch zwei Hautschuppen. Für unser DNA-Analyseprogramm war es Routine gewesen. Die DNA-Proben aller einschlägig Vorbestraften waren gespeichert – der Vergleich ein Kinderspiel. Er hatte einfach Pech gehabt. Haarausfall und Schuppen. Mangelnde Gepflegtheit. Allerdings: Es hätte auch länger dauern können. Denn immerhin lagen auf jedem Körper Dutzende von DNA-Spuren, die mit der Tat nichts zu tun hatten. Die der Haushaltshilfe beim Einräumen der Wäsche, der zufällige Kontakt in der U-Bahn, die Umarmung der Kinder und der Ehemänner, all das hinterließ natürlich auch Spuren und machte die Sache nicht einfacher. Wie immer hatten wir Dutzende von Spuren gehabt, und wir hatten Glück gehabt, diese so schnell entschlüsseln zu können. Für das letzte Opfer allerdings zu spät.

Gegen Nachmittag holten wir schließlich Gärtner zu einer ersten Vernehmung aus seiner Zelle, was unergiebig blieb, da er nur nach seinem Anwalt verlangte und außer seinem Namen und seiner Adresse nichts aussagte. Er schien sich mit seinem Los abgefunden zu haben, er tobte nicht, beteuerte nicht seine Unschuld, sondern bestand nur auf seinem Anwalt. Er wollte einen bestimmten, einen weniger bekannten Strafverteidiger aus der Innenstadt, Ernst Roloff, aber der war gerade in Hamburg und würde erst morgen wieder in Hannover sein.

Marx rief noch Bernd an, teilte ihm den Sachstand mit. Bernd nahm es unbewegt auf, sichtlich ungerührt, so als ob der Verlust seiner Frau ihn betäubt hätte. Ich weiß nicht, ob er schauspielerte, aber vielleicht ging der Verlust ihm ja auch näher, als er mir gegenüber zugeben wollte. Wenn er von möglichen Verdachtsäußerungen ablenken wollte, gelang ihm das ganz gut, denn alle stellten fest, dass es ihm sehr schlecht ging. Birgits Leiche sollte morgen freigegeben werden, die Beerdigung am Montag erfolgen.

Wir machten früh Feierabend, hundemüde wie wir waren, seit halb drei auf den Beinen, eine Pressekonferenz mit dem Polizeipräsidenten, jeder Menge Kameraleute und viele lobende Worte. Besonders für Marx, aber auch für mich fiel etwas ab.

»Ist er es denn nun?«, fragte Möller von der Hannoverschen Allgemeinen. »Können unsere Frauen wieder ruhig ausgehen?«

Marx, wie immer korrekt und vorsichtig: »Wir haben einen Verdächtigen, wir haben überwältigende Indizien. DNA-Spuren, Fingerabdrücke, ein Handy und Aufzeichnungen von Telefonaten. Ich wüsste nicht, wann wir jemals so klare Indizien gehabt hätten.«

»Gestanden hat er aber noch nicht?«

»Weder hat er gestanden, noch ist angesichts dieser Beweislage ein Geständnis notwendig.«

Wenn der Anlass nicht so pervers gewesen wäre, hätten wir durchaus stolz auf uns sein können. Und, mein Gott, wir waren es auch.

Warum ausgerechnet ich wieder die Letzte sein musste, die das Büro verließ, weiß ich nicht. Zu Bernd konnte ich nicht, aber todmüde, wie ich war, hatte ich nur noch ein Bedürfnis, mich nach Hause ins Bett zu legen.

Plötzlich kündigte der Pförtner einen Besucher an, der eine Aussage, eine wichtige Aussage zu machen hatte. Ob ich …? Natürlich hatte ich noch Zeit, was sollte ich auch sonst sagen?

Die Frau, die nach zwei Minuten in mein Büro trat, hatte ich schon einmal gesehen. Sie war korpulent, wenig attraktiv, und auch das Bemühen, sich fein zu machen, unterstrich auf eine rührend hilflose Weise diesen Eindruck nur. Es war die Freundin von Michael Gärtner. Und sie würde bereit sein, ihm jedes Alibi der Welt zu geben. Und auf einmal hatte ich keine Lust, mir dies alles heute noch anzuhören.

»Frau Wohlers«, begann ich, kaum, dass sie Platz genommen hatte. »Ich weiß, dass es für Sie ein Schock ist. Es wäre für jeden von uns so. Der Mann, den man liebt, mit dem man längere Zeit zusammengelebt hat … ein Mörder. Diese Reaktion ist ganz natürlich. Und ich verstehe auch, dass Sie ihm helfen wollen. Wohlgemerkt, ich kann das nachvollziehen. Auch als Frau. Aber denken Sie auch an die Opfer und ihre Angehörigen …«

»Er war es nicht«, unterbrach sie mich einfach. »Er war es einfach nicht.«

»So«, versetzte ich trocken. »Und woher wissen Sie das?«

»Weil er bei mir war.« Sie hob ihre Hände eindringlich. »Er war zur fraglichen Zeit bei mir. Das kann ich beschwören.«

»Frau Wohlers, noch einmal: Ich kann es subjektiv nachvollziehen, wie Sie sich fühlen. Und ich kann Ihnen auch sagen: Sie haben mein Mitgefühl. Aber Sie sagten eben etwas von ›Beschwören‹. Wissen Sie, was ein Meineid ist? Wissen Sie, dass Sie dafür für ein Jahr ins Gefängnis gehen können? Dass Sie Ihren Beruf, Ihre Stellung, ja sogar Ihr ganzes bisheriges und zukünftiges Leben gefährden? Ist Ihnen das überhaupt klar? Ich will Ihnen nichts Böses, ich werde hier kein Protokoll anfertigen, ich werde dies hier einfach vergessen, aber mehr kann ich wirklich nicht für Sie tun.«

Frau Wohler sackte in sich zusammen. Ihr Bauch wölbte sich nach vorn, sie hatte einen Rundrücken. Sie tat mir einfach leid.

Aber trotz dieses jämmerlichen Erscheinungsbildes strahlten ihre Augen Zuversicht aus.

»Michael war es nicht«, wiederholte sie eigensinnig.

»So«, wiederholte ich eine Tonlage schärfer. »Wenn ich mich recht erinnere, dann wollten Sie ihm für die ersten beiden Taten – wir waren ja schon einmal bei Ihnen – bereits ein Alibi geben. Mein Kollege hat Sie ein bisschen aufs Kreuz gelegt, nicht ganz fein, geb' ich zu, aber die Schlussfolgerung ist doch ganz klar: Bei dem ersten Mord waren Sie in Lüneburg und bei dem zweiten bei Ihrer Nachbarin. Beides zählt meines Wissens nicht als Alibi für Michael. Wollten Sie ihm ein Alibi für letzten Dienstag geben, so gegen 22.30 Uhr, das war nämlich die Tatzeit? Da waren Sie beide zusammen, nicht wahr?«

Ich musste wohl meine Stimme erhoben haben, denn sie zuckte zusammen.

»Nein«, gab sie kleinlaut zu. »Ich war mit einer Freundin im Kino, im Cinemaxx, so gegen zehn war der Film zu Ende, dann bin ich noch mit Vilma in einer Kneipe gewesen, ich war erst gegen Mitternacht zu Hause.«

»Fein«, sagte ich. »Und das soll ich als Alibi werten?«

»Nein«, gab sie zu. »Das nicht. »Der letzte Mord. Das kam im Radio. Der war doch gestern gegen 22 Uhr, nicht wahr?«

»So zwischen 22 und 22.30 Uhr, das stimmt.«

»Und da waren wir zusammen. Wir haben den ganzen Abend zusammengesessen. Das stimmt wirklich. Und da war dann noch dieser Anruf.«

»Was für ein Anruf?«, fragte ich.

»Na ja, so ein Anruf. So gegen acht, halb neun. Wir saßen auf dem Sofa, dann klingelte das Telefon. Ein Mann war dran. Michael sollte sich mit jemandem treffen. Aber Michael hat einfach nur gesagt: ›Sie haben mich einmal verarscht, mir reicht's!‹ und dann den Hörer aufgelegt.«

»Weswegen wollte er sich treffen?«, hakte ich nach.

»Ich weiß es nicht«, meinte sie. »Ich habe ihn zwar gefragt, aber es schien etwas mit seiner ersten Frau zu tun zu haben. Wegen der er im Gefängnis war. Ich frag da nicht so genau nach.«

»Hm«, machte ich. »Und wo sollten Sie sich treffen?«

»Ecke Mainzer Straße / Gustav-Brandt-Straße.«

Für einen Moment schwieg ich und dachte nach. Der Treffpunkt lag in der Nähe des letzten Tatorts, vielleicht fünf Minuten entfernt. Ein Platz wie aus einem Agentenfilm. Nicht besonders belebt, gelegentlich spielende Kinder, Jugendliche, die hinter Büschen sich ein paar Bier reinzogen. Manchmal auch ein paar Penner. Studenten, im Hintergrund die Bahn. Ein schäbiger, aber unauffälliger Treffpunkt. Allerdings ein Treffpunkt in der Nähe des Tatorts.

»Haben Sie das am Telefon mitgehört, oder hat dies Herr Gärtner Ihnen gesagt.«

»Ich habe es mitgehört«, erwiderte sie hastig. Sie schien erleichtert, dass ich wenigstens für einen Augenblick ihrer Geschichte Glauben zu schenken schien und ihr zuhörte.

»Sie erwähnten zwei Anrufe.«

»Das erste Mal war vor drei Tagen. Michael ist hingegangen, aber der andere ist nicht gekommen. War auch abends. Michael war ziemlich enttäuscht. Und sauer.«

Falls die Geschichte stimmte, war sie mindestens merkwürdig.

»Vor drei Tagen, sagten Sie?«

»Ja, aber die Verabredung war vorgestern. Als dieser dritte Mord passierte.«

»Verstehe ich Sie richtig: Gestern ein Anruf für Michael Gärtner mit einem Treffpunkt in der Nähe eines Tatortes, Ihr Freund geht aber nicht hin, und vor zwei Tagen ebenfalls eine

Verabredung – wo wissen Sie nicht –, aber ebenfalls zur Zeit eines Mordes.«

Was sie mir damit deutlich machen wollte, war mir schon klar. Es sprach für ihre Intelligenz (oder ihre Schläue), dass sie mir die Schlussfolgerung selber in den Mund legte:

»Sie meinen also, dass Ihr Freund zweimal in die Nähe des Tatortes gelockt worden ist?«

»So könnte es doch gewesen sein?«, fragte sie hoffnungsvoll.

Nur, dass es bisher keine Zeugen gegeben hatten, die Michael Gärtner identifiziert hatten. Bisher war er gar keinem aufgefallen. Aber das sagte ich Frau Wohlers natürlich nicht. Etwas anderes aber stimmte mich misstrauisch.

»Und es reicht aus, dass irgendein wildfremder Mann nachts anruft, angeblich etwas über die erste Frau von Michael Gärtner weiß, und dieser macht sich sofort auf den Weg? Er ist seit zehn Jahren geschieden. Wen interessiert das?«

»Sie kennen die Geschichte nicht.«

»Nein.«

»Die Sache mit seiner ersten Frau hat ihn sehr mitgenommen.«

Bei einer Vergewaltigung und einer Verurteilung für mehrjährige Gefängnisstrafe dürfte das auch nicht verwundern.

»Aber er war …«

Natürlich unschuldig, dachte ich. Ist ja klar.

»… unschuldig. Und seine Frau, Franziska, hat …«

… sich das alles nur eingebildet, ausgedacht und war sowieso ein hinterhältiges Biest …

»… hat sich das einfach ausgedacht. Es stimmte nichts davon. Gar nichts.«

Auf einmal war ich die Sache leid. Ich war müde. Ich hatte kaum geschlafen. Meine Gefühle hatten in den letzten achtundvierzig Stunden Achterbahn gespielt. Himmelhochjauchzend, Angst, Entsetzen, Wut, Befriedigung, Stolz auf die eigene Arbeit ... Und jetzt war ich nur noch müde und wollte einer liebeskranken oder einfach nur ängstlichen unattraktiven Frau mit Bauch und ohne Busen, die Angst hatte, keinen mehr abzukriegen, einfach nicht mehr zuhören, wie sie ihre Verschwörungstheorien entfaltete. Ich machte Anstalten mich zu erheben.

»Und, als sie es dann das zweite Mal machte, in Düsseldorf, da ist sie dann verurteilt worden«, fügte Frau Wohlers hinzu.

»Aber das interessiert Sie nicht mehr?«, fragte sie auf einmal resigniert. »Ich hab's vermasselt, ja?«

Ich setzte mich.

»Erzählen Sie«, sagte ich müde. Und dann, mit einem Seufzen, fügte ich hinzu: »Eine Chance haben Sie noch.«

Für einen Moment huschte der Anflug eines hoffnungsfrohen Lächelns über ihr Gesicht.

»Ich mach's ganz kurz«, versetzte sie. »Also, Michael und seine erste Frau, sie hieß übrigens Franziska, wurde aber fast immer Franzi genannt, hatten ziemlich früh geheiratet. So mit 22, und nach drei Jahren war die Ehe ziemlich am Ende. Die Gründe interessieren nicht, und jeder hat da wohl auch seine eigene Version. Jedenfalls dachten sie an Scheidung. Nun hatte Michael etwas Geld, nicht gerade das große Vermögen, aber doch so zwei-, dreihunderttausend, weil er überraschend geerbt hatte. Da machte Franzi folgenden Vorschlag: Sie wollte die Hälfte dieses Vermögens, auf das sie bei einer Scheidung keinen Anspruch gehabt hätte. Michael lehnte ab, und eines Abends kam es zu der Auseinandersetzung. Beide hatten etwas getrunken, aber nicht viel, da fing Franzi plötzlich an, sich mit irgendwelchen Küchengegenständen und einem Messer selbst zu verletzen und laut um Hilfe zu rufen. Die Polizei kam, sie behauptete, von ihrem Mann vergewaltigt und bedroht worden zu sein, und obwohl Michael das Gegenteil beteuerte, wurde er festgenommen. Der Arzt stellte – übrigens am nächsten Tag – dann multiple Verletzungen fest usw. usw. Eine scharfe Richterin, das ganze Gerede von Frauenpower taten ein Übriges und Michael ging für Jahre ins Gefängnis. Für seine Version hat sich nie jemand interessiert. Und seit dieser Zeit kämpft er für seine Rehabilitierung. Er war irgendwie besessen davon und versuchte auch immer alles über seine ehemalige Frau herauszufinden.«

»Sie erwähnten einen zweiten Fall …«

»Richtig. Vor vielleicht einem Jahr versuchte Franzi das Gleiche noch einmal. Es kam zur Verhandlung, die Indizien waren wieder eindeutig und ein Schuldspruch wahrscheinlich. Und da rückte ihr damaliger Mann mit einer Einzelheit heraus, die er bisher sorgfältig unter Verschluss gehalten hatte: Er hatte in seinem Schlafzimmer einige Webcams installiert und sich beim Sex filmen lassen.«

»Ist ja ekelhaft …«

»Find ich ebenfalls, und es wirft auch kein gutes Licht auf ihn. Er rückte diese Unterlagen auch erst am letzten Prozesstag heraus, in allerletzter Minute sozusagen, als er sah, dass seine Sache schlecht stand. Es war ihm wohl selber peinlich. Aber jedenfalls ging aus diesen Filmen hervor, dass sich Franzi an dem fraglichen Abend die Verletzungen wieder selbst zugefügt hatte. Er verließ noch am gleichen Tag das Gerichtsgebäude als freier Mann. Wenig später wurde sie wegen Vortäuschen einer Straftat verurteilt. Ein Monat auf Bewährung. Finden Sie das gerecht?«

Was sollte ich dazu sagen?

»Nein«, sagte ich.

Frau Wohlers warf mir einen dankbaren Blick zu.

»Sehen Sie«, sagte sie. »Er war damals unschuldig, und er kann so etwas nicht gemacht haben. Er ist sensibel und könnte keinem etwas zuleide tun. Ihm ist einfach schreckliches Unrecht widerfahren …«

Ich wollte nicht schon wieder hören, wie nett Michael schon als kleiner Junge war, sondern unterbrach sie mit einer Handbewegung.

Sie schaute mich mit einem hilflosen Blick an.

»Können Sie etwas für ihn tun?«, fragte sie.

Mir ging das alles zu schnell. Ich wusste auch nicht, was ich von dieser Geschichte zu halten hatte, aber merkwürdig war sie schon.

Ich erhob mich.

»Frau Wohlers, ich kann Ihnen nichts versprechen. Ich weiß nicht einmal, was diese Geschichte mit dem Fall zu tun hat und ob sie damit zu tun hat. Aber ich werde mich um Aufklärung bemühen. Das ist alles.«

Ich weiß nicht, ob sie mehr erwartet hatte, aber sie bedankte sich und ging gebeugt und mit hängenden Schultern weg.

❖

Nach einer diesmal fest durchschlafenen Nacht und einem guten Frühstück kamen mir am anderen Morgen die Ausführungen von Frau Wohlers vor wie Hirngespinste aus einer anderen Welt. Auch Marx und Matthias und Klaus, denen ich den Vorfall berichtete, taten ihn mit einem Achselzucken ab. Sie hätte ihrem Freund jedes Alibi der Welt gegeben, und was interessierte denn schon, welche Straftaten eine Exfrau irgendwann später einmal begangen hatte. Falls es denn überhaupt stimmte.

Zur Vernehmung von Michael Gärtner war der von ihm gewünschte Anwalt anwesend. Ich hatte Ernst Roloff noch nicht persönlich kennengelernt, aber er galt als harter Knochen, blieb allerdings immer im Bereich des Seriösen, alles andere als ein Winkeladvokat. Die beiden hatten sich vorher eine geschlagene Stunde beraten. Roloff musste Michael Gärtner wohl Mut gemacht haben, denn er machte jetzt nicht mehr den apathischen Eindruck des vergangenen Tages. Er wirkte zwar nicht kämpferisch, aber in seinem Blick, mit dem er den Anwalt musterte, lag ein Hoffnungsschimmer.

Roloff protestierte gegen die Verhaftung, stellte klar, dass er beim zuständigen Richter mindestens auf eine Freilassung gegen Kaution bestehen würde und bestritt, dass sein Mandant irgendetwas mit den Vorgängen zu tun habe. Es war genau das, was man von einem Anwalt erwartete und erwarten musste.

»Und bei allen Morden sind Sie zu Hause gewesen, teilweise haben Sie dafür auch Zeugen?«, fragte Marx.

Michael Gärtner sagte nichts, sondern schaute nur seinen Anwalt an. Der nickte ihm aufmunternd zu.

»Ich bin immer zu Hause gewesen«, bestätigte Michael Gärtner. Offenbar hatte ihm sein Anwalt geraten, alles abzustreiten.

»Und Ihre Freundin kann dies bezeugen? Oder haben Sie noch andere Zeugen?« Marx' Stimme klang amüsiert, aber kalt.

Wieder blickte Michael Gärtner zu seinem Rechtsbeistand.

»Ich habe keine anderen Zeugen, aber meine Freundin Frau Wohlers wird sicher meine Angaben bestätigen.«

Marx blieb ausdruckslos.

»Gehen wir die Fälle einzeln durch. Lassen Sie sich ruhig Zeit: vorletzten Freitag, gegen 17.30 Uhr? Sie waren noch im Geschäft?«

»Ich habe schon Ihrem Kollegen gesagt, dass unser Geschäft an diesem Tag geschlossen war. Eine Baumaßnahme der Stadt vor unserem Eingang.«

»Ach ja.«

Marx blätterte in den Unterlagen.

»Sie waren zu Hause und Ihre Freundin war ebenfalls da?«

Gärtner biss die Lippen zusammen. »Sie hat Ihnen schon gesagt, dass sie in Lüneburg war.«

Wieder machte Marx dieses enervierende »Ach, ja.«

»Und am nächsten Dienstag, so gegen 22 bis 23 Uhr?«

»Auch zu Hause.«

»Und Ihre Freundin kann das natürlich bestätigen ...«

»Sie wissen, dass meine Freundin oben bei ihrer Nachbarin war, sie hat Ihrem Kollegen aber auch gesagt, dass ich die ganze Zeit zu Hause gewesen bin ...«

»Ach ja.«

Marx blätterte.

Roloff sah so aus, als wollte er etwas sagen.

»Kommen wir zum vorletzten Mord. Vor drei Tagen. Sie waren wahrscheinlich wieder zu Hause. Und Ihre Freundin kann es diesmal bezeugen?«

Ich bemühte mich, gleichmütig zu wirken. Er war nicht zu Hause gewesen. Dies hatte mir seine Freundin gestern mitgeteilt. Ich wusste, Marx wusste es.

»So ist es«, stellte Michael Gärtner fest.

»Was heißt: So ist es?«

»So ist es heißt: Ich war zu Hause und meine Freundin kann das bezeugen.«

»Könnten Sie einfach mal diese Suggestivfragen lassen?«, mischte sich Roloff ein.

»Ihr Mandant lügt«, versetzte Marx.

Michael Gärtner sackte in sich zusammen, Roloff zog die Augenbrauen hoch.

»Sie sind in der fraglichen Nacht in der Nähe des Markusplatzes gesehen worden, außerdem hat Ihre Freundin ausgesagt, dass Sie in der fraglichen Zeit nicht zu Hause waren.«

Das mit dem Sehen stimmte zwar nicht so ganz, aber mit einiger Fantasie ließen sich die Zeugenaussagen so hinbiegen.

Roloffs Miene blieb zwar ausdruckslos, aber man konnte sehen, dass er sich ärgerte. Offenbar hatte Michael Gärtner ihm etwas anderes erzählt.

»Sie brauchen keine Aussage zu machen«, gab Roloff ihm einen Hinweis.

»Ich war zu Hause«, beharrte Michael Gärtner.

Ich sah ihn an. Er sah wieder aus, als ob er sich an einen Strohhalm klammerte, aber im Herzen wusste, dass er nicht halten würde. Die Indizien und Beweise einfach beiseiteschieben. Leugnen, leugnen, leugnen. Hartgesottene hielten dies vierundzwanzig Stunden durch, ganz Hartgesottene vielleicht achtundvierzig. Ich hielt Michael Gärtner nicht für hartgesotten.

Nun holte Marx zum letzten Schlag aus.

»Wie erklären Sie sich, Herr Gärtner, dass am Tatort drei Spuren Ihrer DNA gefunden worden sind?«

Roloff rutschte ein ungläubiges »Bitte?« heraus.

»Ein Haar, um genau zu sein«, fügte Marx hinzu.

»Ich war es nicht«, murmelte Michael Gärtner.

»Sie brauchen hier keine Aussagen zu machen«, wies ihn Roloff an. »Sagen Sie nichts.«

»Ich weiß es nicht«, flüsterte Michael Gärtner. Er war kaum zu verstehen.

»Kommen wir zum nächsten Punkt«, hakte Marx nach. »Ihr Handy.«

»Es ist nicht mein Handy.«

»Natürlich nicht. Sie haben es ja geraubt. Von einem Ihrer Kunden, nicht wahr? War ja auch ziemlich einfach …«

»Es lag einfach da. Neben der Kasse.«

»Und ihre Fingerabdrücke?«

»Ich habe es angefasst und weggelegt, das hätte doch jeder gemacht.«

»Sicher«, beruhigte ihn Marx. »Aber vorher haben Sie schön damit telefoniert. Mit den Opfern. Hat es Ihnen Spaß gemacht? Gibt es Ihnen einen besonderen Kick? Oder was ist das Besondere bei Ihnen? Wissen Sie, es gibt nur wenige wie Sie. Sie sind mein erster Fall dieser Art. Ich möchte gerne von Ihnen lernen. Wie ist es so? Und warum das Schwert?«

Normalerweise hätte Roloff einschreiten müssen, aber entweder war er zu verblüfft von den Beweisen, von denen er bisher keine Ahnung gehabt hatte, oder aber, was ich eher glaubte, er fühlte sich unterbewusst von dem Fall einfach angewidert. Vermutlich bereute er schon den Entschluss, die Verteidigung übernommen zu haben.

Plötzlich ging die Tür auf. Klaus trat ein.

»Entschuldigt die Störung, aber das solltet ihr wissen.« Dann legte er einen Zettel auf den Tisch.

Marx sah ihn an, überflog ihn kurz und reichte ihn dann an mich weiter.

Die Nachricht kam von unserem Labor. Ich verstehe von dem Fachchinesisch nicht viel, aber die Schlussfolgerung stand als Zusammenfassung ganz oben. Unter dem Fingernagel der letzten Toten waren Hautspuren von Michael Gärtner gefunden worden.

»Herr Gärtner, wo waren Sie vorletzte Nacht, wiederum so gegen 22 Uhr bis 23 Uhr?«

»Sagen Sie nichts«, warnte Roloff.

»Zu Hause«, stellte Michael Gärtner fest. »Ich war zu Hause. Und egal, was Ihr verdammter Zettel dort sagt, egal, was Sie da an Beweisen gezimmert haben, Sie nehmen ja sowieso nur das wahr, was Ihnen in den Kram passt. Ich war zu Hause, ich habe ferngesehen. Und ich war mit meiner Freundin zusammen.«

»Und Ihre Hautspuren unter dem Fingernagel des Opfers?«, fragte Marx.

Seine Stimme klang gleichgültig. Aber es war der Coup de Grace. Ich glaube, wir wussten es alle im Raum. Eine DNA-Spur hätte bereits gereicht. Die zweite entschied unser Spiel.

Michael Gärtner wirkte fassungslos und versank von Sekunde zu Sekunde mehr in Apathie, den Anwalt umgab eine Aura von eisiger Korrektheit.

Nun inzwischen fast gleichgültig.

»Mein Mandant verweigert alle weiteren Aussagen«, erklärte Roloff entschieden. Fünf Minuten später brachen wir das Verhör ab.

Der Fund der neuen DNA hatte innerhalb von Minuten in unserem Dezernat und unter den Kollegen die Runde gemacht. Wie immer nach einem publikumsträchtigen gelösten Fall ernteten wir Glückwünsche, obwohl in unserem Fall die entscheidenden Hinweise vom Labor gekommen waren.

Jemand machte eine Flasche Mumm auf. Anfänge von gelockerter Unterhaltung, Gelächter. Plötzlich wurde es still.

»Lasst euch nicht stören«, sagte Bernd.

Er war korrekt gekleidet, wie immer, vielleicht eine Spur eleganter als sonst. Ein schwarzes Hemd, Sakko, schwarze Hose, alles teurer Stoff, soweit ich das beurteilen konnte. Ein eleganter Kommissar wie aus einer Fernsehserie. Nur für uns, die wir ihn Tag für Tag gesehen hatten, waren die winzigen Kleinigkeiten sichtbar, bei denen er sich verändert hatte. Sein Blick ein wenig unstet. Die Augen verschwommen, eine geplatzte Ader. Etwas zu viel Rasierwasser.

Matthias kam als Erster auf ihn zu und umarmte ihn.

»Du bist doch noch krankgeschrieben.«

Bernd zuckte traurig die Achseln.

»Ich glaube, es ist besser für mich, wenn ich hier wieder auftauche.«

Matthias nickte verstehend und legte ihm mit einer freundschaftlichen Geste die Hand auf den Arm. Dann folgte die Begrüßung durch die anderen. Mich drückte er etwas heftiger als die Kollegen, aber es fiel, so glaube ich, keinem auf.

»Die Beerdigung ist übermorgen.«

Er stellte es nur fest, aber es war für uns klar, dass wir alle erscheinen würden. Wir wechselten nichtssagende Worte der Anteilnahme. Verlegenheit breitete sich aus.

»Falls es dich tröstet«, sagte Matthias auf einmal. »Wir haben den Täter. DNA. Wir haben ihn sicher.«

»Ich hab's schon gehört. Ziemlich wasserdicht, nicht wahr?«

»Zwei Spuren, besser geht es nicht.«

Bernd nickte. Aber er schien nicht ganz bei der Sache zu sein.

»Du hattest gleich den richtigen Riecher«, stieß Marx zu unserer kleinen Gruppe. »Den Gärtner hast du doch auf die Liste gesetzt.«

Bernd nickte. »Aber ein bisschen zu spät«, versetzte er bitter. »Für mich und einen anderen Mann ein bisschen zu spät.«

Dann, nach einer Pause, mehr zu sich selbst: »Ich hatte an dem Abend noch das Gefühl, dass ich eine Überwachung anfordern sollte. Aber was hatten wir denn in der Hand? Und dann war es ja nur ein Gefühl. Und wer konnte denn wissen, dass er bereits am nächsten Tag gleich wieder zuschlagen würde?«

Er schien ernsthaft keine Antwort zu erwarten, und wir anderen schwiegen nur.

»Ich bin nicht gerade die Stimmungskanone«, sagte er, als er das verlegene Schweigen um ihn herum wahrnahm. »Ich glaube, ich gehe mal kurz in mein Büro. Muss noch was holen.«

Was er dort holen musste, war ihm vermutlich ebenso unklar wie uns allen, aber sein Abgang löste ein wenig die Verlegenheit.

»Mann, den hat es aber schwer erwischt«, versetzte Klaus. »Der war ja richtig zu.«

»Lass ihn einfach«, verteidigte ihn Matthias. »Wer weiß, wie wir so reagieren.«

Die Feierstimmung war wie weggeblasen, jeder machte sich noch an Routineaufgaben. Zeugenaussagen wurden ausgewertet. Wir baten die drei Zeugen, die am Abend, an dem Birgit ermordet worden war, einen Mann in der Nähe des Tatortes gesehen hatten, erneut ins Präsidium und legten ihnen Bilder vor. Zwei identifizierten Michael Gärtner als die Person, die sie in der fraglichen Zeit in der Nähe des Markusplatzes gesehen hatten. Es überraschte uns nicht mehr, aber es rundete die Sache ab. Zeugen, Spuren, was wollte man mehr?

Für die nächsten zwei Stunden tauchte Bernd nur sporadisch aus seinem Büro auf. Er fragte nach Akten zu anderen, liegen gebliebenen Fällen, offenbar vertrieb er sich die Zeit mit Routineaufgaben. Nach einer angemessenen Wartezeit von zweieinhalb Stunden trat ich in sein Büro. Ich schloss die Tür.

Er saß am Schreibtisch, der Computermonitor flimmerte, vor ihm lag die Akte von dem Mord an einem Obdachlosen, einem Fall, mit dem wir seit drei Monaten nicht mehr weiterkamen.

Bernd blickte auf, lächelte unsicher.

»Setz dich«, bat er mich.

»Wie geht es dir?«, fragte ich.

Er machte eine wellenförmige Handbewegung. »So lala.«

»Du kommst zur Beerdigung?«

»Natürlich.«

Er nickte, als habe er nichts anderes erwartet. Wir schwiegen.

Was wird mit uns?, lag mir auf der Zunge. Was wird aus uns? Aber natürlich stellte man solche Fragen nicht in diesem Augenblick.

»Wir sollten uns die nächste Zeit nicht sehen«, sagte er sachlich, als habe er meine Gedanken erraten. »Wir dürfen keinen Verdacht erwecken. In ein, zwei Monaten sieht die Sache anders aus. Solange sollten wir uns vorsehen.«

Ich nickte. Es klang alles so vernünftig. Es war vernünftig. Und trotzdem tat es mir weh.

»Du fehlst mir«, versetzte er auf einmal. »Du weißt gar nicht, wie sehr du mir fehlst.« Er griff über seine Akten hinweg und berührte zart meine Hand.

Ich schluckte. »Du fehlst mir auch. Aber so habe ich es nicht gewollt. Das mit Birgit.«

»Sicher nicht. Ich auch nicht. Manchmal habe ich sie verwünscht. Aber dies ...?«

Wir schwiegen.

»Warst du beim Notar?«, fragte er unvermittelt.

»Beim Notar?«

»Wegen deiner Aussage.«

Ich hatte es leider ganz vergessen.

»Meinst du, dass es noch notwendig ist?«, fragte ich. »Immerhin, wir haben ihn doch.«

»Ich hab schon Pferde kotzen sehen«, versetzte er. »Es kann immer etwas schief laufen.«

Vielleicht hatte er recht.

»Warst du beim Anwalt?«, fragte ich.

Er nickte. »Gestern.«

»Ich werde bald hingehen«, versprach ich. »Wenn du wirklich glaubst, dass es besser ist.«

»Es ist besser«, stellte er ernst fest. »Glaub mir, es ist besser. Ich hoffe, dass wir das Schwein haben, diesen Perversen, aber ich meine, dass wir vorbereitet sein sollten.«

Im Laufe des Nachmittages löste sich langsam unsere Einsatzgruppe auf. Die Kollegen gingen ans LKA zurück, nur Marx und zwei, drei andere blieben noch da, Fragen von Journalisten mussten beantwortet werden, eine Pressekonferenz, bei der ich auch etwas sagen durfte. Marx erstattete im Innenministerium Rapport.

Es war gegen den späten Nachmittag, als ich einen Anruf aus dem Zellentrakt erhielt.

»Ihr Gefangener möchte eine Aussage machen. Jetzt gleich.«

Wollte Gärtner ein Geständnis ablegen?

Obwohl Marx nicht da war, ließ ich Gärtner nach oben bringen. Irgendwie reizte es mich schon, ihn als Frau und pro forma stellvertretende Ermittlungsleiterin zu einem Eingeständnis zu bringen und den Fall endgültig abzuschließen.

Der Michael Gärtner, den ich vor mir sah, wirkte gefasster als am Vormittag. Seine Züge hatten an Festigkeit gewonnen, irgendwie vermittelte er den Eindruck von Zielstrebigkeit.

»Ihr Anwalt ist nicht dabei«, wies ich ihn fairerweise hin. »Ich nehme Ihre Aussage gerne auf, aber bedenken Sie, ob Sie sich nicht doch vorher mit Ihrem Anwalt beraten wollen.«

»Ach was«, er wischte meinen Einwand beiseite. »Die Sache steht mit und ohne Anwalt schlecht. Sozusagen beschissen.«

Ich schwieg. Reden lassen.

Er hatte sich seine Ausführungen wohl genau überlegt, denn er fuhr ohne Zögern fort.

»Also zunächst einmal: Ich habe vorhin die Unwahrheit gesagt. Ich war zum fraglichen Zeitpunkt, also, als der dritte Mord geschah, in der Nähe des Markusplatzes. Ich habe dort etwa zwei Stunden gewartet. Allein.«

Ich verkniff mir ein: das wissen wir bereits, sondern nickte nur auffordernd.

Entschuldigend fügte er hastig hinzu: »Natürlich war es dumm, aber ich hatte einfach Angst, das verstehen Sie doch, nicht wahr? Ich wollte einfach nicht zugeben, dass ich zwei Stunden in der Nähe des Tatortes war.«

»Und warum hielten Sie sich zu so nachtschlafender Zeit in dieser Gegend auf?«

»Ich erhielt vor ein paar Tagen einen Anruf. Ein Mann, den ich nicht kannte, er versprach mir Hinweise auf meine ehemalige Frau. Wir wollten uns am Markusplatz treffen. So gegen 22 Uhr.«

»Aber er kam nicht, und da haben Sie gewartet?«

Er nickte.

Soweit deckte es sich mit den Aussagen seiner Freundin. Sie konnten sich natürlich abgesprochen haben. Allerdings glaubte ich nicht daran. Der Hinweis auf seine Anwesenheit am Markusplatz war von ihr gekommen und hatte Michael Gärtner in eine peinliche Situation gebracht. Was er dort allerdings getrieben hatte, war etwas völlig anderes.

»Und Sie haben die Tote an dem Tag oder in jener Nacht nicht gesehen? Immerhin, die Entfernung ist nicht allzu weit?«

»Nein, natürlich nicht. Ich habe zwei Stunden gewartet und bin dann nach Hause gefahren.«

»Ohne Zeugen?«

»Ich hab die Straßenbahn genommen. Wer achtet da schon auf Mitfahrende? Außerdem würde mich das entlasten. Zur Tatzeit war ich da. Punktum.«

Wo er recht hatte, hatte er recht.

»Aber ich habe sie nicht umgebracht«, insistierte er.

»Sie haben eine DNA-Spur hinterlassen. Zweimal. Einen klareren Beweis gibt es nicht«, versetzte ich.

»Ich war nicht da«, wiederholte er. »Ich weiß, es klingt komisch, aber wäre es nicht möglich, wenigstens theoretisch, dass diese Spuren getürkt sind?«

»Sie meinen, dass sich unsere Fachleute geirrt haben?«

Er schüttelte den Kopf. »Nein, dass sie bewusst gelegt worden sind. Mein Anwalt hat mir gesagt, dass Sie ein Haar von mir gefunden haben. Könnte es nicht dorthin gelegt worden sein?«

»Möglich ist alles. Es könnte morgen auch ein Asteroid auf die Erde fallen.«

»Sie glauben mir nicht.«

»Um ehrlich zu sein: nein.«

Er führte seine Hand zum Kopf und bedeckte seine Augen.

»Wenn man einmal drin ist«, sagt er leise, »kommt man nie wieder raus.«

Dann ließ er die Hand sinken.

»Wissen Sie, wie das ist? Sie sind einmal drin. Drin in diesem verdammten Computer. Und dann kommen sie immer wieder. Irgendwo eine Frau überfallen: Wo bitte waren Sie? Irgendjemand hat einen Spanner gesehen. Wo bitte haben Sie zu der Zeit gesteckt? Wissen Sie, wie das ist? Es zerstört das Leben. Kaum hast du etwas Normalität drin. Eine Wohnung, einen kleinen Job, vielleicht eine Freundin: Es dauert kein Vierteljahr, dann stehen sie wieder vor der Tür. Und dann bricht wieder alles zusammen: der Job – auf einmal geht es der Firma schlecht – deine Freundin – meine Gefühle haben sich geändert, wir passen einfach nicht zusammen, und dann auch die Wohnung. Und alles, weil es einmal eine Verurteilung gab. Ich hab es damals nicht gemacht, ich war damals so unschuldig wie heute. Aber vielleicht hätte ich mich damit abgefunden, meinen Frieden gemacht. Aber jedes Mal kommt es immer wieder: Herr Gärtner, wo waren Sie am …«

Er lachte bitter.

»Einen Vorteil hat das Ganze jetzt jedenfalls. Für mich ist es zu Ende. Das war's.«

Er schien aufstehen zu wollen, dann blieb er doch sitzen: »Und wissen Sie, warum ich hingegangen bin, zu nachtschlafender Zeit: Weil ich glaubte, Beweise zu finden, Beweise für meine Unschuld vor zehn Jahren. Meine erste Frau hat …«

»Ich weiß, was Ihre erste Frau getan haben soll«, unterbrach ich ihn. »Ihre Freundin hat es mir erzählt.«

»Ja?«

Er schien ehrlich überrascht zu sein.

»Sie war da.«

»Dann wissen Sie ja auch, dass Franzi in Düsseldorf verurteilt worden ist. Sie hat die gleiche Show noch einmal abgezogen.«

Ich nickte. »Aber was hat das mit diesem Fall zu tun?«

»Begreifen Sie denn nicht? Wenn ich es damals nicht war, dann stimmt doch diese ganze Charakteranalyse nicht, die diese Psychofritzen damals abgegeben haben. Dann kann ich es gar nicht gewesen sein.«

Die Logik leuchtete mir nicht ganz ein, und ich sagte das auch.

»Beim letzten Fall«, fuhr er eindringlich fort. »Da war ich wirklich zu Hause. Ganz ehrlich. Und meine Freundin muss das bezeugen können. Wir haben ferngesehen, wir haben eine Flasche Wein getrunken, einen italienischen Rotwein, wir waren da. Beide. Zusammen.«

»Unter dem Fingernagel des Opfers befanden sich Hautreste von Ihnen«, warf ich ein.

»Das ist doch der Beweis«, sagte er. »Das ist doch der Beweis. Ich war wirklich da. Ich hatte einen Zeugen. Da will mir jemand etwas unterschieben. Jemand hasst mich. Vielleicht ist es sogar meine ehemalige Frau.«

»Nun machen Sie mal einen Punkt. Keiner bringt vier Leute um, nur um einem etwas auszuwischen. Wenn jemand so pervers ist, dann reicht auch eine Leiche mit einer netten Spur.«

Er schwieg.

Hass hatte er gesagt.

»Warum hassen Sie unseren Kommissar Bernd Kühne?«, fragte ich einer Eingebung folgend.

»Hassen?«, fragte er zurück.

»Als wir Sie das erste Mal vernahmen, in Ihrem Geschäft, hatte ich den Eindruck, dass Sie enorm aggressiv auf meinen Kollegen reagierten.«

Für einen Moment schien er in sich hineinzuhorchen.

»Stimmt«, gab er nach einer Weile zu. »Ich hätte den Kerl umbringen können.«

»Es ist unüblich«, gab ich zu bedenken. »Der Mann tut nur seine Pflicht. Das ist alles. So, als ob er einen Falschparker aufschreibt. Die meisten Kriminellen finden sich damit ab. Sie nicht.«

»Ich bin kein Krimineller.« Er wurde heftig. »Aber warum ich ihn nicht mag: weil er mich in den Knast gebracht hat. Er hat mich gar nicht angehört. Gar nicht. Ich habe gesagt: ›Nehmen Sie doch wenigstens meine Frau auch mit, dass man sie untersuchen kann.‹ Nichts hat er gemacht. Wissen Sie, wann man sie untersucht hat? An nächsten Tag. Multiple Verletzungen. Alles selbst beigebracht. Und das meiste, nachdem ich weg war. Einfach alles nicht zur Kenntnis genommen. Und mich hat diese Nachlässigkeit zehn Jahre gekostet.«

Wenn er recht hatte, konnte ich seine Gefühle nachvollziehen. Fehler kamen vor. Bernd war jung im Dienst gewesen. Natürlich war es möglich, dass er falsch reagiert hatte. Trotzdem schien mir die Geschichte konstruiert zu sein. Wer sollte Interesse haben, einem Vorbestraften vier Morde zu unterschieben? Rache? Der Gedanke war absurd.

Michael Gärtner schien meine Gedanken erraten zu haben.

»Bitte helfen Sie mir«, sagte er müde. »Ich weiß, Sie glauben mir nicht. Ist in Ordnung. Würde ich vielleicht ja selber nicht einmal. Aber Sie sind doch verpflichtet, die Wahrheit herauszufinden. Die ganze Wahrheit. Ich bitte Sie nur: Bemühen Sie sich. Bemühen Sie sich wirklich.«

❖

Ich kann nicht sagen, dass ich ihm glaubte. Gut, er war mir sympathisch. Nur nach Sympathie geht es in unserem Beruf nicht. Allerdings erregte ein einziger Punkt meinen Argwohn. Frau Wohlers, seine Freundin, hätte ihm vermutlich jedes Alibi der Welt besorgt, aber als sie zu mir kam, war sie bereit ohne Not zuzugeben, dass am fraglichen Tag, als Birgit starb, Michael Gärtner nicht zu Hause war. Nun gut, das mit den Anrufen klang etwas wirr, aber zu dem Zeitpunkt hatten wir noch keinen klaren Beweis, dass Michael Gärtner tatsächlich außer Hauses war. Ihre Strategie lief auf Ableugnen hinaus. Eine insgesamt nachvollziehbare, wenn auch vergebliche Haltung. Warum hatte sie nicht Stein und Bein geschworen, dass er bei ihr gewesen war? Diese Ungereimtheit machte mich neugierig. Was stimmte an der Geschichte?

Bevor ich ging, rief ich schnell bei der Kripo in Düsseldorf an. Ich fragte mich durch – und obwohl ich es aufgrund des nahenden Feierabends bereits nicht mehr erwartet hatte, bekam ich einen der Kommissare an die Leitung.

»Franziska Schnabel, geschiedene Gärtner? Ein Vorwurf von versuchter Vergewaltigung in der Ehe?«, wiederholte er meine Frage. »Richtig. Wir hatten den Fall. Unangenehme Sache. Die Frau ein ziemliches Miststück, der Ehemann mit seiner Videoüberwachung auch kein Chorknabe. Wieso fragen Sie?«

»Wir haben den Ehemann Nummer eins in einem anderen Fall und er schwört Stein und Bein, dass er damals unschuldig gewesen sei.«

Mein Gegenüber seufzte. »Will er den Fall neu aufrollen?«

»Im Moment, hat er, glaube ich, andere Sorgen.«

Ich schilderte den Fall.

»Fragen, wie man sie liebt«, brummte mein Gegenüber ins Telefon. »Ist Ihnen doch klar, dass ich hier keine Ferndiagnose stellen kann. Aber wenn Sie meine Meinung hören wollen: Diese Franziska Schnabel, vormals Gärtner, ist wirklich reizend. Ein völlig durchtriebenes Miststück, mal unter uns gesagt, aber in den Vernehmungen und vor Gericht absolut glaubhaft. Ich kann mir gut vorstellen, dass sie diese Show schon einmal abgezogen hat. Aber für Ihren Fall sagt das natürlich gar nichts.«

Ich bedankte mich. Natürlich sagte dies für meinen Fall gar nichts. Das wusste ich auch. Aber so ganz abwegig schien mir der von Michael Gärtner immer wieder vorgebrachte Hinweis, er sei »normal«, nicht gewalttätig und seine Verurteilung ein Justizirrtum, nicht mehr zu sein. Nachdenklich verließ ich das Büro. Unten, an der U-Bahn-Haltestelle am Waterlooplatz, sah ich Dr. Auster, den wissenschaftlichen Leiter unseres Labors, stehen. Ich gesellte mich zu ihm.

»Na, zufrieden?«, fragte er. »Besser ging's doch kaum.«

Ich stimmte zu, aber irgendwie hatte er den Eindruck, dass meiner Zustimmung die rechte Begeisterung fehlte.

»Kann man es euch überhaupt recht machen? DNA, Feinanalysen, das alles fast in Lichtgeschwindigkeit … Was wollt ihr mehr?«

Er lachte.

»Mal ganz unter uns«, ich ging auf seinen spielerischen Tonfall nicht ein, sondern blieb ernst.

»Mal ganz hypothetisch gefragt. Besteht die Möglichkeit, dass diese Beweise frisiert sind?«

Er zog die Augenbrauen überrascht nach oben.

»Frisiert?«

Der Krach der hereinfahrenden U-Bahn machte eine Unterhaltung unmöglich. Weder er noch ich machten Anstalten, einzusteigen.

Als die roten Lichter der Bahn im Dunkel des Tunnels verschwanden, waren wir für einen Moment allein.

»Was meinst du mit frisiert?«

»Na ja, dass da Beweise untergeschoben worden sind. Ein Haar hingelegt usw. usw.«

Dr. Auster musterte mich eingehend. »Hast du dafür Anhaltspunkte?«

Ich wand mich. »Nicht direkt. Aber ... Nennen wir es einfach ein Gefühl.«

Dr. Auster verzog sein Gesicht zu einem großväterlichen Lächeln.

»Ich will dir mal was sagen. Was wir überprüfen, ist ganz einfach: Wir schauen nach, ob das Haar, der Zehennagel, der ausgeschlagene Zahn zu der Person xyz passt. Und das können wir mit fast hundertprozentiger Sicherheit sagen. Es gibt ein paar Probleme mit eineiigen Zwillingen, aber die interessieren hier wohl nicht? Zu allem Weiteren können wir nichts sagen. Du hast eine Leiche, einen Mann mit einem rauchenden Revolver in der Hand und eine entsprechende Kugel im Kopf des Opfers. Wir können feststellen, dass der Mann den Revolver in der Hand hatte (Fingerabdrücke), wir können feststellen, dass er Schmauchspuren hatte und dass die Kugel aus dem Revolver abgefeuert wurde. Das ist alles. Das ist viel. Darauf beruhen unsere Indizien. Natürlich kann ein kleines Marsmännchen ihm den Revolver in die Hand gedrückt haben oder ihn hingebeamt haben. Also: Möglich ist alles. Kennst du Ockhams Rasiermesser?«

»Nein, meine Freunde haben sich immer mit einem Rasierapparat rasiert. Die Marke kenne ich nicht.«

Dr. Auster lachte. »Ockham ist ein englischer Philosoph des Mittelalters. Er sagt, um's kurz zu machen: Hat man zwei Möglichkeiten der Erklärung, ist die einfachere die richtige. Meistens.«

Ich ärgerte mich. Ich war keine kleine Schülerin auf der Polizeischule. Und den Seitenhieb mit seinem englischen Philosophen hätte er sich auch sparen können.

Er musste es mir wohl angesehen haben, denn er legte begütigend die Hand auf meine Schulter.

»Nichts für ungut. Natürlich kann man ein Haar hinlegen. Und mithilfe einer Pinzette und etwas Vorsicht lassen sich auch ein paar Kopfhautschuppen, die wir beim letzten Fall gefunden haben, unter die Fingernägel platzieren. Aber das ist – wohlgemerkt – alles theoretisch.«

Die neue U-Bahn kam, wir stiegen ein, aber in dem Gedränge setzten wir unser Gespräch nicht mehr fort.

Er stieg am Hauptbahnhof aus, ich fuhr noch zwei Stationen weiter.

»Denk an Ockhams Rasiermesser«, flachste er noch.

Angeber, dachte ich. Aber er hatte natürlich recht. Die einfachste Theorie war fast immer die richtige. Diesmal auch?

❖

Ich kann nicht sagen, dass ich gerne nach Zersen fuhr. Zersen ist ein kleines Kaff im Weserbergland. Mein Vater betrieb dort einen Gasthof, Zum Schwan (obwohl es in Zersen in Ermangelung von Wasser sicher seit Jahrhunderten keine Schwäne mehr gegeben hat), bis er schließlich selbst zu seinem besten Kunden geworden war. Nach dem Tod meines Vaters verpachteten wir das Wirtshaus an einen Italiener, der aber nach fünf Jahren sein Geschäft aufgeben musste. So wohnt meine Mutter allein in einem großen alten Haus, meine Schwester mit ihrem Mann und ihren Kindern am anderen Ende des Dorfes im Neubaugebiet. Ich hatte nicht übel Lust, abzusagen, aber in Hannover fiel mir die Decke auf den Kopf, Bernd war nicht ansprechbar, und ich hatte das Gefühl, einfach mal ausspannen zu müssen.

Ich sehe meine Mutter einmal im Jahr. Sie ist eine tatkräftige Frau von inzwischen achtzig Jahren, handfest und im Umgang mit Trinkern, Dauergästen und auch sonst Beladenen sehr erprobt. Leider versagen diese Fähigkeiten im Umgang mit mir fast vollkommen, da sie sich in den Kopf gesetzt hat, mir mit guten Ratschlägen den Einstieg in den richtigen Lebensweg zu ermöglichen. Und der richtige Lebensweg ist zunächst vor allem in ihren Augen verbunden mit einem geeigneten Mann. Dies sagt sie meist allerdings nicht so direkt, wenigstens zu Anfang nicht, sondern verbirgt dies hinter durchsichtigen Andeutungen. »Ich mache mir solche Sorgen um dich, Kind« und ähnliche Bemerkungen mehr. Dies führt dazu, dass ich nur selten Gelegenheit finde, mit ihr etwas ernsthaft zu bereden und den Weg nach Hause tunlich meide.

Was mich wirklich nach Zersen zieht, ist meine Schwester Charlotte. Sie ist zwei Jahre jünger als ich und hat eine unkomplizierte Art, Dinge beim Namen zu nennen, ohne sich aufzudrängen. Sie war ursprünglich Erzieherin, widmet sich aber seit einigen Jahren nur noch der Erziehung ihrer drei – zugegebenermaßen ziemlich gut geratenen – Kinder. Nach opulentem Essen (Rheinischer Sauerbraten) machten wir unseren obligatorischen Spaziergang zur lokalen Attraktion (Hohenstein und Baxmann-Baude im Weserbergland). Es ist eine typisch deutsche Mittelgebirgswanderung, manchmal etwas anstrengend aufgrund der starken Höhenunterschiede. Schließlich standen wir auf dem Gipfel der hoch aufragenden Felsen und blickten über ein grünes Meer von Buchen. Wir waren die Ersten, unten trödelten die Kinder und wurden von gelegentlichen Ermahnungen meines Schwagers und meiner Mutter vorangetrieben. Hier hatten wir als Kinder gespielt, waren in Felsspalten geklettert, hatten Höhlen erkundet, unsere Buden gebaut, uns mit Freunden getroffen. Es schien, als ob die Zeit für einen Moment keine Rolle spielte.

»Du siehst gut aus«, sagte Charlotte unvermittelt. »Gibt es jemanden? Oder ist es der Erfolg? Man hört ja so einiges.«

Natürlich brannte sie die ganze Zeit darauf, Neuigkeiten aus erster Hand zu erfahren. Ich setzte ihrer Neugier allerdings auch selten Widerstand entgegen.

»Beides«, versetzte ich. »Es gibt jemanden, und ich habe Erfolg.«

»Freut mich. Und wer ist der Glückliche?«

Ich zögerte eine Winzigkeit.

Ein gespielt bedauerndes Grinsen zog über Charlottes Gesicht. »Er ist doch wohl nicht wieder verheiratet oder lebt in Südafrika? Oder weiß er noch gar nichts von seinem Glück?«

»Nein«, gab ich zu.

»Also nicht Südafrika, sondern Moçambique? Oder gar ein Scheich?«

»Sei doch mal ernst!«

Sie schwieg und setzte ein neutrales Gesicht auf. Normalerweise habe ich etwas gegen das Ausplaudern von Herzensangelegenheiten, wenn die Sache noch nicht ganz in trockenen

Tüchern ist. Aber diesmal? Allerdings wusste ich, dass ich meiner Schwester meist nicht lange widerstehen konnte.

»Du kennst ihn«, sagte ich und machte eine Pause.

»Es ist Bernd.«

Ihre Reaktion konnte ich mir ausmalen. Und richtig.

»Bernd??«, fragte sie nach. »Der dich damals so versetzt hat? Den?«

»Ja, den«, gab ich etwas heftiger wieder, als ich es eigentlich vorhatte.

»Aber sonst geht es dir gut?«, fragte sie. »Erst lässt er dich nach der Verlobung sitzen ...«

»Wir waren noch nicht richtig verlobt ...«

»Nein, das wäret ihr erst in zwei Monaten gewesen, entschuldige diesen katastrophalen Irrtum ...«

Ich hatte ihre Reaktion erwartet, aber trotzdem ärgerte ich mich. Es war schließlich meine Sache.

»Und dann diese liebenswürdige Schwiegermutter ...«, setzte Charlotte nach. »Mach dies, mach das, und alle haben zu kuschen.«

Natürlich hatte sie mit Bernds Mutter recht. Auf den ersten Blick eine charmante, gut aussehende Frau. Wenn man sie jedoch näher kennenlernte, offenbarte sie ihren wahren Charakter: Ein widerwärtiges herrschsüchtiges Weib, das ihren Ehrgeiz daran setzte, alle anderen kleinzumachen und zu quälen. Egal, ob es ihr Ehemann war, inzwischen nur noch ein Schatten an ihrer Seite, oder auch Bernd, an dem sie nie ein gutes Haar ließ. Ich weiß nicht, ob es stimmte, aber man sagte ihr nach, dass sie mit jedem im Bett war. Mal für Geld, mal ohne. Eine Psychopathin.

»Ich heirate nicht sie, sondern Bernd.«

»Bist du da so sicher?«, fragte sie spöttisch.

Ich setzte mich auf einen der großen Felsbrocken und schaute in die Weite der Landschaft. Hinter den Buchenwäldern zogen sich grüne Wiesen und gelbe Felder malerisch entlang. Und am Horizont sah ich das glitzernde Band der Weser. Kein Platz für eine Auseinandersetzung.

»Mal abgesehen von Bernd und seiner Mutter«, begann Charlotte von Neuem. »Aber findest du nicht, dass es ein bisschen früh ist? Immerhin ist doch seine Frau erst vor ein paar Tagen beerdigt worden.«

»Sie wird erst Montag beerdigt.«

Charlotte schwieg missbilligend. Sie war kein Moralapostel, aber dies schien ihr doch zu weit zu gehen.

»Wir hatten uns vorher schon verliebt«, entschuldigte ich. »Es hatte mit Birgits Tod nichts zu tun.«

Dann erzählte ich alles. Unsere Annäherung, Birgits Betrug, unsere Nacht, ihr Tod. Bernds Befürchtungen, man könne uns beide verdächtigen, unterschlug ich aber.

»Und du meinst, diesmal hält's?«, fragte sie abschätzig. Im Grunde genommen hatte sie Bernd seine Trennung mehr verübelt als ich. Sie sah in ihm nur noch einen charmanten Hallodri, der prinzipien- und gewissenlos auf seinen Vorteil bedacht war.

»Wer weiß das schon?«, gab ich zurück. »Aber wenn wir es nicht ausprobieren, finden wir es nie heraus.«

»So wie ein Sprung aus einem Hochhaus. Vielleicht stirbst du, vielleicht bist du danach aber auch nur querschnittsgelähmt. Und wenn du Glück hast, brichst du dir nur die Beine.«

»Du bist unsachlich.«

»Mag sein, aber realistisch.«

Ich schwieg. Manche Gespräche sind vorhersehbar, aber wenn sie so laufen wie gedacht, ärgert man sich trotzdem.

»Vielleicht geht es ja doch gut«, lenkte sie nach einer Weile ein.

»Und deine Arbeit?«, fragte sie unvermittelt, um wohl das Thema zu wechseln. »Ihr habt ja sehr erfolgreich gearbeitet. Das erfährt man ja sogar hier in unserer Heimatzeitung.«

Die WTZ, die *Weserbergland-Tageszeitung*, war eines der wenigen Presseorgane, die in unserer Region bis heute überlebt hatten. Bei einem Umfang von knapp zwanzig Seiten täglich war das Erfolgsgeheimnis wohl in dem Umstand begründet, dass die Herausgeber einen allzu großen Redaktionsstab für entbehrlich und genaue Recherche für Zeitverschwendung hielten. Ich konnte mir schon vorstellen, wie meine Rolle als Tochter unserer Heimat in dieser Zeitung bei der erfolgreichen Verhaftung eines brutalen Serienmörders gebührend herausgestellt worden war. Die ehrfürchtigen Kommentare meiner Mutter gleich heute Morgen hatten mir schon die Tendenz aufgezeigt. Sie hatte mir auch sofort die ausgeschnittenen Presseartikel in die Hand gedrückt. Mit Bildern von mir!

»War schon ganz gut«, erwiderte ich abwehrend. »Obwohl, das meiste war ehrlich gesagt auch Zufall.«

Aber ich wusste natürlich genau, dass ich damit bei meiner Schwester nicht besonders weit kam. Im Gegenteil, diese Bescheidenheit war bisher immer nur der Auftakt für Gespräche gewesen, nach denen mein eigenes Licht umso heller leuchten konnte.

»Los«, sagte sie und gab mir einen freundschaftlichen Knuff in die Seite. »Spann mich nicht so auf die Folter.«

Und so erzählte ich. Die ganze Geschichte, die Morde, die Hinweise, unsere Liebesnacht. Ja, entgegen meiner ursprünglichen Absicht ließ ich sogar die Kugeln nicht aus, obwohl bisher noch keine diesbezügliche Information an die Öffentlichkeit gelangt war.

»Und war er es?«, fragte mich Charlotte nach einer Weile. Wir hörten die Kinder und ihren Mann näher kommen. Helle Stimmen, unterbrochen nur von gelegentlichem Klappern ihrer Stöcke.

»Ich weiß es nicht«, meinte ich wahrheitsgemäß. »Seine ehemalige Ehefrau scheint ihn, so vermute ich mal, wirklich reingelegt zu haben. In diesem Punkt hat er wohl wirklich die Wahrheit gesagt.«

»Aber dann ist er doch von vornherein in die falsche Schublade gesteckt worden!«, ereiferte sich meine Schwester.

»Möglich«, erwiderte ich. »vielleicht war es falsch. Aber das besagt für diesen Fall nichts.«

»Du redest wie ein Polizist. Erst verhaftet ihr jemanden, weil er anfangs ein Sexualverbrecher war, dann, als sich herausstellt, dass er es nicht ist, behauptet ihr, behauptest du, das tue nichts zur Sache.«

»Du bist unsachlich. Wir haben ihn nicht verhaftet wegen seines Verbrechens, das nun inzwischen auch schon zehn Jahre zurückliegt, sondern das begründete nur den Anfangsverdacht. Verhaftet haben wir ihn wegen der Indizien. Und ich kann sagen, ich habe nur selten bessere gesehen.«

»Aber wenn er es damals nicht war, dann war er es diesmal auch nicht. Es passt nicht zu ihm!«

Dafür, dass sie ihn noch nicht einmal gesehen hatte, fällte Charlotte ziemlich schnelle Urteile.

Nun waren aber auch die Kinder da, mein Schwager setzte den kleinen Rucksack mit den gebratenen Schnitzeln ab, drehte die Colaflaschen auf, und schnaufend erklomm auch meine Mutter den Felsen. Wir unterbrachen unser heikles Gespräch.

Erst auf dem Abstieg eine Stunde später fanden wir wieder zurück.

»Und wenn er es wirklich nicht ist?«, fragte sie.

Die Vorstellung, einen Unschuldigen ans Messer zu liefern, behagte mir natürlich nicht. Andererseits konnte man eine wandelnde Zeitbombe nun auch nicht frei herumlaufen lassen. Und ich sagte das auch.

Aber Charlotte hatte Feuer gefangen. Als begeisterte Leserin von Kriminalromanen und eingesperrt in einem kleinen Kaff, allein mit Mann, Kindern und einer alten Mutter bot sich hier auf einmal wieder die Möglichkeit, am Leben der großen weiten Welt teilzunehmen, und diese Chance wollte sie sich nicht entgehen lassen.

»Schau mal«, ereiferte sie sich. »Warum gibt seine Freundin an, dass er zur Zeit des Mordes an Birgit nicht da gewesen ist, beharrt aber darauf, dass er zum Zeitpunkt des letzten Mordes anwesend war? Wenn sie ihm nur einfach ein falsches Alibi verschaffen wollte, ist dies unlogisch.«

Ich gab ihr recht.

»Und wenn wir davon ausgehen, dass er bei dem letzten Mord wirklich zu Hause war, wie kommen wir (sie sprach tatsächlich von ›wir‹) zu den DNA-Indizien an der Leiche? Vielleicht will ihn jemand reinreißen?«

»Möglich«, spann ich den Faden weiter. »Aber warum?«

»Feinde?«, fragte sie.

»Absurd«, versetzte ich. »Kein Mensch bringt vier Leute um, um einem ohnehin schon auf der Schattenseite des Lebens stehenden Mann eins auszuwischen. Vergiss es.«

»Der wirkliche Mörder möchte vertuschen, dass er der Täter ist.«

»Gut«, versetzte ich. »Aber warum? Ich kenne nicht viele Sexualtäter, keinen, um genau zu sein, aber die meisten kriegen doch einen Kick dabei, jemanden zu demütigen, umzubringen, sexuell zu missbrauchen. Wieso sollen sie dabei einen Sündenbock finden? Die suhlen sich doch in der Aufmerksamkeit, die sie erregen. Und selbst wenn: Sie wollen doch weitermachen, und dann?«

»Schön«, gab Charlotte zu. »Ich glaube auch nicht, dass ein Sexualtäter die Schuld einem anderen in die Schuhe schieben will. Aber – es sind ja noch andere Motive denkbar. Und vielleicht haben die Fälle ja auch nichts miteinander zu tun.«

»Du verrennst dich. Die Fälle haben etwas miteinander zu tun. Wie viele Leute sind in der Lage, einem Menschen so gekonnt die Kehle durchzuschneiden? Vergiss auch die Kugeln nicht.«

»Gut«, gab Charlotte zu. »Es war einer. Wenn wir ausscheiden, dass es ein Sexualtäter war, was war dann sein Motiv? Sex? Liebe? Geld?«

»Du liest zu viele Illustrierte.«

»Das ist keine Antwort.«

»Stimmt.«

»Also denk doch mal nach: Entweder wollte er alle umbringen, dann muss er dafür einen Grund haben, oder er wollte nur eine umbringen, und die anderen mussten eben daran glauben, damit es nicht so offensichtlich war.«

Ich kletterte den Weg hinunter, hielt mich an den Felsen fest und achtete darauf, dass ich nicht ausglitt.

»Alle kann ich mir nicht vorstellen«, schnabulierte Charlotte weiter. »Das wäre ja richtig pervers.«

Und so ging es den ganzen Weg weiter. Ich glaube, sie hatte wirklich zu viele Kriminalromane gelesen.

Aber auf dem Weg nach Hause ging mir das Gespräch nach. Wer kam in Frage? Wenn die anderen Morde nur zum Schein ausgeführt worden waren, dann waren natürlich vor allem die jeweiligen Ehemänner die Hauptverdächtigen. Es waren vier Morde, vier Ehemänner, und mindestens bei drei Ehen war die Beziehung nicht mehr so gut, wie sie eigentlich sein sollte. Beim letzten Opfer hatten wir dies nicht näher untersucht, weil wir ohnehin davon ausgingen, dass es sich um einen psychopathischen Serienmörder handelte. Da ich einen Anhaltspunkt brauchte, schloss ich zunächst einmal aus, dass es sich um eine Auftragsarbeit durch einen bezahlten Killer handelte. Ich glaube nicht, dass irgendeiner der Ehemänner einen bezahlten Killer engagieren würde, der vier Frauen ermorden sollte. Wie hieß dieser englische Rasierapparat noch einmal: Ockham? Also die einfachen Hypothesen.

Der Letzte, dieser Studienrat, schied aus. Ein komplizierter Bruch, er saß im Rollstuhl. Außerdem hatte er ein Alibi.

Wie war es mit unserem alerten Professor? Ein glaubwürdiges Alibi für die Tatzeit an unserem ersten Opfer hatte er nicht. Wie es mit den weiteren war, hatten wir nicht untersucht. Aus dem Schneider schien mir der Ehemann Nummer zwei zu sein. Kuala Lumpur war ziemlich weit weg. Natürlich wäre hier auch noch der Freund der Schauspielerin in Frage gekommen, aber wegen einer Eifersuchtssache drei weitere völlig unbeteiligte Personen umzubringen, erschien mir ziemlich weit hergeholt. Ich setzte den Rasierapparat an. Blieb Bernd, mein Kollege und Geliebter. Ein Motiv hätte er schon, wie ich nüchtern konstatierte. Es ging um viel Geld, und die Ehe war recht zerrüttet. Birgit ein Miststück. Einen Hass auf Frauen, wie der Psychologe vermutet hatte, hatte ich bei ihm allerdings nicht feststellen können. Aber dann noch der unglaubliche Zufall, dass es den ermittelnden Kommissar traf. Eins zu hunderttausend. Eigentlich ein bisschen zu viel Zufall. Nur, ja nur, dass Bernd – ich konnte sagen glücklicherweise – ein perfektes Alibi besaß. Zu der Zeit war er bei mir gewesen. Arm in Arm, auf der Bettkante. Ich hatte die Anzeige des Weckers deutlich vor Augen. Also wer? Je länger ich darüber nachdachte, desto unglaubwürdiger erschien es mir, dass Michael Gärtner nicht der Mörder war. Trotzdem hatte ich ein ungutes Gefühl.

❖

Die Beerdigung fand am Montag um neun Uhr auf dem Seelhorster Friedhof statt. Eine imposante Backsteinkapelle aus dem neunzehnten Jahrhundert, die trotz ihrer Größe die zahlreichen Trauergäste kaum fassen konnte. Die Kollegen waren fast geschlossen da, der Polizeipräsident hatte seinen Stellvertreter geschickt, Vertreter der Medienbranche, Mitarbeiter und Geschäftspartner. Die Predigt zeichnete das Bild einer erfolgreichen Geschäftsfrau, allseits beliebt, zielbewusst, die Hinweise auf Privates blieben vage. Es war auch besser so. Ebenso unterließ der Pfarrer den Hinweis auf die strafende Gerechtigkeit Gottes, weil der Täter doch schon gefasst worden war.

Bernd selbst machte einen würdigen Eindruck. Ein eleganter schwarzer Anzug, sportliche Figur, der Anflug von Grau in seinen schwarzen Haaren, in sich gekehrt, trauernd, gemessene Entgegennahme der Beileidsbekundungen. Er spielte eine perfekte Rolle. Keiner hätte vermuten können, dass die Ehe am Ende gewesen war. Oder wussten einige ihrer Geschäftsfreunde Bescheid?

Ich blickte mich im Kreis um. Wer war ihr Liebhaber gewesen? Dieser alte Jungdynamiker, der vorhin in seinem Porsche so demonstrativ vorbeigefahren war? Ein Typ wie aus dem Fitnessstudio mit seinem seidenen Armani-Anzug? Ich entschied mich dagegen. Zu lässig. Der vierzigjährige, jungenhaft schlaksig wirkende Intellektuelle? Er war mir schon auf der Geburtstagsfeier aufgefallen. Er schien ernstlich betrübt zu sein. Als habe er einen schweren Verlust erlitten. Ob er dieser Frau auf Dauer gewachsen gewesen wäre?

Ich reihte mich in die Schlange neben dem Grab ein und kondolierte so, wie man es von einer engen Kollegin erwarten würde, und auch Bernd nahm meine Beileidsbekundungen so entgegen, dass kein Außenstehender etwas von unserer Beziehung erahnen konnte.

Gegen zwölf waren wir wieder in der Hardenbergstraße. Unsere Gruppe war zusammengeschrumpft. Die Kollegen vom LKA hatten uns schon verlassen, nur Marx hielt noch die Stellung. Aber auch er schien innerlich gepackt zu haben. Wir waren am Ende unserer Ermittlungen angelangt. In zwei, drei Tagen würden wir den Abschlussbericht erstellt haben, dann würde der Fall bei der Staatsanwaltschaft liegen. Eigentlich hätte ich mich freuen sollen.

Ich bin ungern Spielverderber, und ich weiß, dass man Zweifel auch übertreiben kann. So bemühte ich mich um eine nichtssagende Miene und eine unverfängliche Gesprächseinleitung.

»Ich habe Freitag noch mit Auster gesprochen. Er hält die Indizien für eindeutig.«

Es war eine pure Selbstverständlichkeit, die ich äußerte, aber Marx zog verärgert die Augenbrauen zusammen.

»Suchst du ein Haar in der Suppe?«

»Wieso?«, stotterte ich.

»Erst tischst du uns diese Geschichte auf mit der ehemaligen Frau von Gärtner, und dann fragst du auch noch Auster nach der Möglichkeit eines Irrtums ...«

Auster hatte also Marx alles brühwarm erzählt.

»Ich habe nur gefragt ...«

Es war eine schwächliche Antwort. Defensiv. Schlagartig kam mir zu Bewusstsein, was für eine unschlüssige, jämmerliche Figur ich auf einmal abgab. Ich räusperte mich und setzte nach.

»Ich habe Zweifel. O. K.? Darf man doch. Es ist nicht nur diese Geschichte mit der Ehefrau ...«

»... wenn sie denn überhaupt stimmt ...«

»Ich habe mit den Kollegen in Düsseldorf telefoniert. Sie stimmt.«

»Was für unseren Fall nichts besagt.«

»Richtig«, gab ich zu. »Aber ich rede ja auch nur von Zweifeln.«

»Hast du noch mehr? Ich meine nicht nur Zweifel, sondern auch Anhaltspunkte?«

»Seine Freundin schwört Stein und Bein, dass er zur Tatzeit des letzten Mordes bei ihr gewesen sei.«

Marx zog nur spöttisch die Augenbrauen nach oben.

»Gut, sie würde alles erzählen, gebe ich auch zu. Ist doch aber trotzdem komisch.«

Marx schaute mich nur an.

»Und dann«, jetzt sprudelte es nur so aus mir heraus, »diese Indizien. Die ersten Morde alle sorgfältig. Keine Spuren. Gar keine. Und jetzt auf einmal knüppeldicke. Gleich zwei auf einmal.«

»Es war dunkel.«

»Das war es beim zweiten Mal, bei dieser Schauspielerin, auch.«

»Celine Dreyer hieß sie.«

Ich hasse diese Belehrungen. Natürlich wusste ich, dass sie Celine Dreyer hieß.

Aber wenn Männer nicht hören wollen, dann hören sie nicht. Ich schwieg.

»Hör mal«, sagte Marx auf einmal in versöhnlicherem Ton. »Ich hab so ein paar mehr Dienstjahre auf dem Buckel als du. Und ich kenne dieses Gefühl. Mal stimmt es, mal stimmt es nicht. Ist grundsätzlich eine gute Sache, so ein Gefühl. In gewissem Umfang. Aber ich gebe dir einen guten Tipp: Wenn du jetzt damit rauskommst, dann fallen sie alle über dich her. Wir haben einen Täter, er ist sogar der Mörder der Ehefrau eines unserer Kollegen, wir haben die ganze Presse usw. usw. Und jetzt kommst du und sagst: April, April. Weißt du, was das für dich bedeutet?«

Ich blickte ihn fragend an.

»Im besten Fall ist es lächerlich. Und im schlimmsten besserwisserisch und den Kollegen gegenüber, die Tag und Nacht geschuftet haben, illoyal. Und wenn du unrecht hast, und darauf deutet alles hin, bekommst du einen verpasst, von dem du dich mit deiner Karriere nicht mehr erholst. Dann heißt es immer gleich: Das ist doch die, die damals … du kannst dir einige Böcke in deiner Laufbahn leisten, diesen nicht.«

Das saß.

»Und wenn ich doch recht habe?«, fragte ich nach einer Sekunde des Verdauens.

Marx lachte. »Dann bist du eine Superfrau.«

Anschließend eine Spur ernster: »Wenn du Zweifel hast, recherchier weiter. Ich halte das solange unter Verschluss.

Nimm meinetwegen Matthias mit, der ist, glaube ich, dir ganz zugeneigt und hält auch im Ernstfall den Mund. Etwas zusätzliche Recherche im Umfeld kann ja schließlich nicht schaden. Das lässt sich auch nach außen verkaufen. Ich werde sehen, dass ich den Abschlussbericht erst in einer Woche abschicke. Eine Woche, die hast du Zeit.«

»Danke«, rutschte es mir raus.

Marx lächelte.

Als ich schon den Türgriff in der Hand hatte, sprach er mich noch einmal an.

»Barbara?«

»Ja?« Ich wandte mich um.

»Behalt deine These für dich. Erst einmal.«

Auch Matthias, den ich natürlich einweihte, war nicht gerade begeistert.

»Nur diese Woche«, besänftigte ich ihn. »Schlimmstenfalls haben wir eine Woche umsonst gearbeitet.«

Ich sandte ihm noch einen koketten (so glaube ich jedenfalls) Blick zu (und das, obwohl er schwul ist), aber er lachte nur und klopfte mir auf die Schultern.

»Ist schon gut, Mädchen.«

❖

Wir entschlossen uns, der Freundin von Michael Gärtner noch einen weiteren Besuch abzustatten. Wir kündigten uns nicht an, sondern fuhren einfach vorbei und klingelten. Sie war da, öffnete und führte uns ohne große Fragen ins Wohnzimmer. Obwohl es kurz nach fünf war, hatte sie schon eine angebrochene Flasche Weißwein vor sich auf dem Tisch stehen. Ob wir sie sahen, schien ihr egal zu sein, denn sie machte keine hektischen Versuche, aufzuräumen. Die Wohnung war nicht gerade unordentlich, aber das erste Mal war sie mir gepflegter vorgekommen. Über einer Stuhllehne lag eine leichte weiße Sommerhose, die sie wohl während der Arbeit angehabt hatte. Sie war inzwischen in einen Trainingsanzug geschlüpft, der von Karstadt aus der Grabbelkiste hätte kommen können. Alt, verschlissen, gebraucht. Ich habe erlebt, dass manche Frauen sich nach Schicksalsschlägen in Schale warfen, sich stylten, wie zum Trotz noch einmal aufdrehten. Sie gehörte zur anderen Sorte. Es machte alles nur schlimmer. Doch der Umstand, dass ich mich in solchen Situationen meist nicht anders verhielt, nahm mich für sie ein.

»Haben Sie mit Ihren Kollegen in Düsseldorf gesprochen?«, überfiel sie uns spontan. »Ich habe noch einmal in Michaels Unterlagen nachgesehen, ich habe eine Adresse gefunden von dem zuständigen Kommissar …«

Sie wurde hastiger und griff nach einem Notizblock, der auf dem Wohnzimmertisch lag.

»Ich habe sie aufgeschrieben.«

»Ich habe mit Düsseldorf telefoniert«, gab ich zurück.

»Und?«

»Die Kollegen dort haben im Wesentlichen Ihre Angaben bestätigt.«

Ein hoffnungsvolles Leuchten ging über ihr Gesicht.

»Aber dann ist er doch entlastet.«

Begriff sie einfach nicht?

»Frau Wohlers«, unterbrach ich sie schonend. »Dass diese Geschichte stimmt, besagt zunächst gar nichts. Nichts für den vorliegenden Fall.«

Sie legte den Notizblock wieder auf den Tisch.

»Ja, natürlich«, murmelte sie.

»Kommen wir noch einmal zum Donnerstag, dem Tag des vierten Mordes. Sie haben ferngesehen.«

Sie nickte und erzählte mir noch einmal unaufgefordert den ganzen Verlauf des Abends. Sie hatten ferngesehen. Einen Spielfilm auf Pro Sieben, Robin Hood. Sie wollte mir den Inhalt ungefragt wiedergeben, aber ich unterbrach sie.

»Hat Sie jemand gesehen? Gab es Telefonate?«

»Gesehen?« Sie tat, als ob sie sich das Gehirn zermarterte, aber dann schüttelte sie nur den Kopf. »Nur ein Telefonat, aber das habe ich Ihnen ja schon gesagt, von diesem Typen ... Aber gesehen, sonst ...«

»Zigaretten holen, eben mal zum Kiosk, Pizza-Bote?«, half ich ihr ein.

Matthias machte eine abwiegelnde Handbewegung, die Frau Wohlers nicht sah. Mach's mal halblang, hieß es. Keine Zeugenbeeinflussung.

Aber Frau Wohlers war nicht zu beeinflussen. Keine Zeugen, keine Außenkontakte, gar nichts.

»Können wir uns noch einmal umsehen?«, fragte ich.

»Ja natürlich«, sagte sie eilfertig.

Ich ging durch das Wohnzimmer. Es war bereits vor Tagen von unseren Kollegen untersucht worden, jeder Papierfetzen war umgedreht worden, der Computer mitgenommen. Er hatte auf einem kleinen Tisch in der Ecke gestanden, nur noch der Monitor und ein Kabelwirrwarr zeugten von seiner Anwesenheit. Ein Film-Poster von Tolkiens Herr der Ringe, ein Druck mit einem leicht bekleideten Mädchen, barbusig mit Schwert und Helm vor einem kitschig-goldenen Sonnenuntergang, das war alles ziemlich pubertär, möglicherweise war Michael Gärtner in seiner Entwicklung beim Indianerspielen stecken geblieben oder identifizierte sich auch in der Freizeit mit den Dingen, die er tagsüber verkaufte. Aber einen Hinweis auf unseren Fall enthielt es nicht. Nicht den geringsten.

Daneben die Blumen auf der Anrichte. Jetzt schon ziemlich vertrocknet – aber irgendjemand, vermutlich seine Freundin, hatte sich bemüht, die Wohnung weiblich anheimelnd zu gestalten. Sie vermittelte den Eindruck eines Zwischenstücks. Gemütlich, familiär einerseits, aber voll von martialischen Fantasy-Symbolen. Eine Mischung, die mir nicht zusammenzupassen schien. Ob die beiden auf Dauer miteinander ausgekommen wären?

Mein Blick fiel durchs Fenster. Auf der gegenüberliegenden Straßenseite die roten Backsteinfassaden von Mietshäusern aus der Gründerzeit. Eine Wand von Stein und Fenstern. Ich wohnte in einer Mansardenwohnung, bei mir konnte ich über die Dächer sehen, Bäume, Innenhöfe, Grün. Hier sah man nur noch Stein. Und im Winter waren Depressionen vorprogrammiert. Was konnte ich hier finden?

Mein Blick blieb an dem Fenster gegenüber hängen. Ein Fenster in einem alten Backsteinhaus. Es war irgendwann einmal erneuert worden und hatte kein Fensterkreuz mehr. Es war einfach ein fast quadratisches, seelenloses Loch. Und das Weiß der Gardine machte es noch abweisender. Die Gardine war ein Stück zurückgeschlagen, und aus dem Loch starrte uns ungeniert ein Mann entgegen. Als er merkte, dass er meine Aufmerksamkeit erregt hatte, ließ er die Gardine zurückfallen. Nun war sie nur noch eine weiße, grobmaschige Wand. Undurchdringlich. Nur die Andeutung eines Schattens verriet, dass sich unser Nachbar nichts von dem entgehen ließ, was sich hier abspielte.

»Ist der immer so?«, fragte ich.

»Es stört Sie auch?«, gab Frau Wohlers zurück. »Den ganzen Tag sitzt er am Fenster. Und starrt. Er hat sogar einen Feldstecher, so einen richtig großen. Wir haben uns schon überlegt, Gardinen vorzuhängen, damit er nicht reinschauen kann, aber wir mögen keine Gardinen. Sie sperren so ein. Und tagsüber, wenn es im Zimmer dunkler als draußen ist, sieht er auch nicht so viel. Und abends haben wir ja die Vorhänge.«

Für einen Moment lachte sie bösartig. »Wahrscheinlich findet er es total ungerecht, dass alle ihre Schlafzimmer nach hinten heraus haben.«

Vorhänge.

»Wo sind denn Ihre Vorhänge?«, fragte ich und deutete auf die leeren Gardinenstangen oberhalb der Fenster.

»Ach so«, sagte sie. »Wir haben sie in der Reinigung. Sie sind zu groß für die Waschmaschine, und wir haben sie in die Reinigung in der Limmerstraße gegeben. Vor einer Woche schon. Eigentlich müssten sie schon fertig sein, aber ich … Ich glaube, ich habe im Augenblick nicht daran gedacht, sie wieder abzuholen und aufzuhängen.«

Matthias und ich wechselten einen Blick des Einverständnisses. In wenigen Minuten waren wir auf der anderen Straßenseite.

Wir hatten auf einen alleinstehenden Rentner getippt, aber wir fanden ein älteres Ehepaar vor. Der Hinweis auf die Kriminalpolizei öffnete uns sofort die Tür. Die Wohnung war peinlich aufgeräumt, die Möbel hatten Gebrauchsspuren, ihre Resopalbeschichtung war abgenutzt, aber der leichte Geruch nach einem Reinigungsmittel oder Möbelpolitur wies darauf hin, dass der täglichen Pflege nach wie vor ein hoher Stellenwert zukam. Trotzdem hing in der Wohnung ein Hauch von Alter, süßlichem Urin und getragener Kleidung.

Ich stellte mich ans Fenster. Die Wohnung von Michael Gärtner lag direkt gegenüber. Das Zimmer war schlechter einzusehen, als ich es erwartet hatte. Es lag im Schatten, und nur verschwommen konnte ich Einzelheiten erkennen. Umrisse des Posters, den Tisch. Aber schon die Züge von Frau Wohlers, die aus dem Dunkel des Zimmers uns das Gesicht zugewandt hatte, waren nur mit Mühe auszumachen.

Die beiden Alten sagten nichts, sondern standen eng zusammen in der Tür ihres Zimmers.

»Sie können drüben alles ziemlich gut sehen«, bemerkte ich. »Ich habe gehört, Sie haben auch ein Fernglas?«

»Es ist nicht verboten«, sagte die Frau. Die Stimme schwankte zwischen Angst, Scham und Feindseligkeit. »Es ist nicht verboten. In unserer Wohnung können wir machen, was wir wollen.«

Ich hatte da so meine Zweifel, aber andererseits waren wir nicht deswegen hier.

»Wir sind hier, weil sie möglicherweise wichtige Zeugen für einen Kriminalfall sein könnten«, fuhr ich ungerührt fort.

»Zeugen?«, fragte die Frau hastig. Sie hatte einen gierigen Zug um die Augen. Endlich klopfte das wirkliche Leben an ihre Tür. Der Mann wirkte zurückhaltender.

»Zeugen, ja«, wiederholte ich. »Sie sind doch wahrscheinlich recht gut über ihre Nachbarn informiert und könnten uns vielleicht mit ein paar Auskünften dienen. Die Polizei bittet um Ihre Mitarbeit.«

»Informiert sein ist ein bisschen viel«, ließ sich auch der Alte vernehmen. »Aber man kennt sich schon in der Straße.«

Davon kannst du ausgehen, dachte ich.

»Die beiden da drüben in der Wohnung, kennen Sie die näher?«

»Den sie vor ein paar Tagen verhaftet haben? Diesen Mörder?«

Natürlich hatten wir auf den Pressekonferenzen keinen Namen genannt, aber hier blieb nichts verborgen.

Ich machte eine nichtssagende Handbewegung. »Es ist ein laufendes Verfahren, wir können natürlich keine Einzelheiten und Namen nennen.«

»Klar, ist klar«, pflichtete der Alte bei. »Sie sind ja auch an Ihre Vorschriften gebunden.«

»Ja. Noch mal: Kennen Sie die beiden?«

»Der Mann hat diesen Gruselladen an der Ecke«, drängte sich die Frau vor. »Dieser mit den Schwertern und den dunklen Umhängen. Gehen ziemlich komische Vögel ein und aus. Auch …«, sie verhielt etwas und senkte ihre Stimme, »Drogensüchtige. Rauschgift. Wird alles in dem Laden verkauft – sagt man.«

»Und was treiben die beiden so, wenn sie in der Wohnung sind?«

Die Frau wollte wieder ansetzen, aber der Mann bremste sie. »Sie müssen nicht denken, dass wir den ganzen Tag hier am Fenster sitzen und nichts Besseres zu tun haben, als auf die Straße zu schauen …«

»Nein, nein«, versetzte ich. »Aber man sieht doch so einiges.«

»Sie schauen viel fern«, versetzte die Alte. »Fernsehen gucken, manchmal essen sie auch im Wohnzimmer. Gelegentlich Besuch. Aber nicht so viel. Aber wir können auch nur ins Wohnzimmer sehen, die anderen Zimmer gehen nach hinten hinaus.«

Leider.

»Aber meistens haben sie ja die Vorhänge zugezogen. Abends jedenfalls. Wie die meisten hier in der Gegend.«

»Im Moment sind aber keine da.«

Ich deutete auf das Fenster.

»Sind in der Reinigung.«

»Wenn es dunkel ist, sind die Zimmer erleuchtet. Eigentlich müsste man gut etwas sehen können. Abends meine ich.«

»Also, wir spionieren keinem nach. Nicht, dass Sie das denken.«

»Aber man sieht doch so einiges. Und, wie gesagt, wir sind auf Ihre Mithilfe angewiesen. Zum Beispiel letzten Mittwoch.«

»Mittwoch ...«, murmelte sie.

»Da lief Robin Hood im Fernsehen ...«, warf ich ein.

»Den haben wir nicht gesehen«, meinte der Alte zögernd. »Wir wollten, aber dann kam noch unser Sohn zu Besuch, so haben wir ihn nur aufgenommen.«

Einen Sohn hatte ich ihnen gar nicht zugetraut. Er passte nicht ins Klischee von diesen Alten, die das Leben nur noch aus zweiter Hand wahrnahmen. Aber wahrscheinlich verliebt man sich in diese Klischeevorstellungen. Trotzdem war es ärgerlich. An dem einzigen Tag, der wichtig war, hatten sie nicht vor dem Fenster gehangen, sondern ihren Sohn bewirtet. Innerlich seufzte ich auf. Als Zeugen konnte ich die wohl vergessen.

»Aber Fernsehen geguckt haben die beiden, ob es allerdings Robin Hood war, das konnte ich nicht sehen«, fuhr der Alte fort. »Wirklich nicht. Der Fernseher steht nicht zum Fenster, nur manchmal kann man in der Glasscheibe des Schrankes ...«

Er brach ab.

»Sie können also mit Gewissheit sagen, dass die beiden am Donnerstag Fernsehen geschaut haben, aber Sie wissen nicht was?«

Der Alte nickte zustimmend. »Ich habe nicht sehen können, was sie da schauten. Aber die beiden waren da.«

»Sie sind sich ganz sicher?«

Er bestätigte. Ihr Sohn war mit seiner Frau um halb elf wieder nach Hause gefahren, da hätten die beiden noch vor dem Fernseher gesessen. Er würde dies auch bezeugen können. Ich bat ihn für den nächsten Tag ins Präsidium, was ihn mit Stolz erfüllte.

»Was machen wir nun?«, fragte ich Matthias, als wir wieder unten waren.

»Ein Punkt für dich«, gab er zurück, als ob wir auf einem Wettkampf wären.

❖

Zu Hause fand ich auf dem Anrufbeantworter eine Nachricht von Bernd vor. Es war das erste Mal, dass er mich nach dem Tod seiner Frau anrief.

»Hallo, Barbara, hast du Lust, heute Abend eine Pizza essen zu gehen? Ich würde ganz gerne wieder mit einem Menschen sprechen. Vielleicht um acht? Wenn es klappen sollte, dann würde ich mich freuen, bitte ruf mich einfach an.«

Er klang sachlich. Ein freundschaftlicher Anruf eines Kollegen. Nicht mehr. Für einen Moment fühlte ich einen Stich. Nach dieser Nacht nur ein freundschaftliches Hallo? Eine nichtssagende Verabredung zur Pizza?

Du bist ungerecht, sagte ich. Was soll er dir sonst am Telefon erzählen, noch dazu auf einem Anrufbeantworter? Unsere Liebesnacht aktenkundig machen? So sagte ich zu. Mit einem leichten Tremolo in der Stimme. Ich bezog noch mein Bett neu, in der vagen Voraussicht, es möge vielleicht heute Nacht wieder zu unserem werden. Ich kaufte noch schnell beim Türken an der Ecke ein paar Salate, Kleinigkeiten und eine Flasche Villa Doluca. Dann zählte ich die Minuten.

Er sah verdammt gut aus. Trotz des sommerlichen Wetters trug er Schwarz. Eine schwarze Leinenhose, Leinensakko, schwarzes Polo-Hemd. Normalerweise hätte jetzt sein breites Lächeln dazugehört, Herzlichkeit, aber Bernds Begrüßung beschränkte sich zunächst auf eine freundschaftliche Umarmung.

Wieder war ich etwas enttäuscht, aber wir trafen uns vor dem Stromboli, es lag bei mir in der Nähe, war aber nicht mein Lieblingsrestaurant. Trotzdem kannte mich die Bedienung natürlich. Vermutlich war es besser, den Anschein kollegialer Beziehung aufrechtzuhalten.

Als er mir an dem Platz den Stuhl zurückschob, berührte er meine Hand. Und für einen winzigen Moment fühlte ich den Druck seiner Finger.

»Ich habe mich nach dir gesehnt«, flüsterte er fast unhörbar, dann ließ er sich von der Bedienung die Karte geben und musterte sie flüchtig.

Ich schluckte. Wahrscheinlich kriegte ich jetzt wieder rote Flecken im Gesicht. Hoffentlich merkte die Bedienung nichts.

»Für mich bitte eine Quattrostagione …«

»… und für mich eine Diavolo«, fügte ich hinzu.

»… und einen halben Liter Ihres roten Hausweines«, beendete Bernd unsere Bestellung. Endlich waren wir allein.

»Ich hab mich auch nach dir gesehnt«, platzte es aus mir heraus.

Bernd sagte nichts, sondern griff nur über den Tisch meine Hand und drückte sie kurz.

»Danke, dass du gekommen bist.«

Er berührte meine Hand mit unterschiedlichen Fingern, kurz und mit wechselndem Druck. Und jeder Druck, jede Nuance seiner Haut, seiner Fingernägel signalisierte nur eines: Ich will dich. Nach außen hin, vor den aufmerksamen Beobachtern unseres Lokals waren wir zwei Kollegen, freundschaftlich einander zugetan. Aber er spielte Klavier auf mir. Und die Melodie war ein uraltes Lied von Liebe, Leidenschaft und Begehren.

Die Bedienung brachte den Wein.

»Danke, dass du bei der Beerdigung warst …«, sagte er.

»War doch selbstverständlich …«

»Weißt du, dass ich mir Vorwürfe mache?«, brach es aus Bernd unvermittelt hervor, als sie wieder gegangen war.

Ich schüttelte den Kopf.

»Ich hatte an dem Abend, als wir Michael Gärtner überprüften, noch so ein Gefühl. Lass ihn überwachen, dachte ich mir. Lass ihn einfach überwachen. Aber ich wollte mich nicht zum Affen machen. Nicht vor Marx. Nicht vor dem LKA. Und so habe ich es nicht gesagt. Und einen Tag später war sie tot.«

Ich nickte und mimte Betroffenheit.

»Ja, ich habe sie manchmal auf den Mond gewünscht, die Pest an den Hals, alles, aber das? Und jetzt, wo wir hier zusammensitzen, sie ist gerade unter der Erde …«

»… kommen dir Gewissensbisse?«

Er schaute mich nicht an.

»Vielleicht …«

Ich mag diese Feinfühligkeit, und obwohl es komisch klingt, er lobte seine Exfrau, ein Miststück, eine arrogante Ziege, der ich kaum etwas Gutes nachsagen konnte und wollte, aber trotzdem rührte mich seine Feinfühligkeit. Feinfühlig, das war er vorher, in der Zeit, in der wir zusammen gewesen waren, nicht gewesen. Die Jahre hatten eine Veränderung bei ihm bewirkt.

»Ein Zufall«, sagte ich mit belegter Stimme. »Bernd, gräm dich nicht, mach dir keine Vorwürfe, es konnte keiner wissen. Ein Zufall …«

Er musterte mich mit seinen eindringlichen Augen.

»Stimmt«, gab er ein, zwei Sekunden später zu. »Aber die Vorwürfe bleiben.«

»Du musst dir keine Vorwürfe machen«, setzte ich nach und nahm seine Hand. »Michael Gärtner war es nicht.«

»Was …?«

Zum ersten Mal erlebte ich ihn sprachlos.

Die Pizza kam.

»Wie kommst du darauf?«, fragte er, als wir wieder allein waren. Seine Stimme klang sachlich.

»Wir haben einen Zeugen«, berichtete ich. »Er hat ein Alibi für den letzten Mord. Und das erweckt Zweifel.«

Ich erzählte ihm alles, was wir in den letzten Tagen herausgefunden hatten.

Für den Moment verwandelte er sich wieder in den Kriminalkommissar. Leiter der Dienststelle.

»Das glaubst du doch wohl selbst nicht«, kommentierte er meinen Bericht schroff.

»Da sitzt ein alter Spanner in seiner Wohnung und faselt sich etwas zusammen, geilt sich an den Nachbarn auf, weil ihm keiner mehr abgeht. Und den willst du als Kronzeugen? Ich hoffe, du hast Marx noch nichts davon erzählt.«

Für einen Moment stieg der Ärger in mir hoch.

»Ist doch wohl nicht allzu abwegig«, versetzte ich spitz. »Oder?«

»Doch, es ist ziemlich abwegig. Wir haben DNA-Spuren. Schon vergessen? Zwei sogar. Das ist so der sicherste Beweis, den es überhaupt gibt. Wir haben das Handy. Wir haben eine krankhafte Persönlichkeit. Und du kommst mit einem alten Spanner.«

»Du brauchst nicht gleich so heftig zu werden.«

»Entschuldigung. Aber das, was du sagst, ist – bitte verzeih mir den Ausdruck – Schwachsinn. Ich hoffe, du hast Marx noch nichts davon gesagt.«

»Wieso ist das Schwachsinn?«, gab ich zurück. »Ich würde das eher als Sorgfalt bezeichnen.«

»Sorgfalt? Erzähl das bitte mal den Angehörigen des nächsten Opfers, wenn er wieder draußen ist.«

Ich bemerkte ein vertrautes Gefühl in meiner Magengegend, das meinen Blutdruck nach oben trieb und meinen Atem schwerer machte: Ärger. Dennoch beherrschte ich mich.

»Und wenn er es nicht ist?«, fragte ich zurück. »Und wir einen Unschuldigen verdächtigt haben?«

»Wie viele Beweise willst du noch haben? Reichen dir die DNAs nicht, Zeugenaussagen, Handyanrufe ... Nur um mal das Wichtigste zu nennen. Sind denn bei dir alle Maßstäbe verloren gegangen?«

Er war richtig aufgebracht. Ich neige dazu, schnell in einen Streit einzusteigen. Aber wenn es irgendeinen Zeitpunkt gab, an dem ich mich beherrschen musste, dann jetzt.

Ich legte ihm sanft die Hand auf den Unterarm. »Mach's mal halblang«, beruhigte ich ihn. »Ich sehe ja deine Einwände, ich bin mir auch nicht sicher ... aber müssen wir nicht allen Hinweisen nachgehen?«

Ich merkte, wie er einen Gang zurückschaltete.

»Grundsätzlich magst du recht haben«, bequemte er sich. »Nur halte ich diese Bedenken in diesem Fall für etwas fehl am Platz. Wir haben den Kerl, und das war's. Oder ist jetzt noch ein Mord passiert?«

»Nein«, gab ich zu. In der Tat war das ein Argument, was zählte. Seit der Verhaftung von Michael Gärtner war Ruhe. Aber wer hatte denn bloß die Theorie aufgestellt, dass es jeden zweiten Tag einen Mord geben müsste?

»Ob er schuldig ist oder nicht, das entscheidet sowieso der Richter«, fügte Bernd hinzu und wandte sich seiner Pizza zu.

Ich mag Pizzas nicht einmal besonders gerne, sie sind fett, schmecken immer gleich und machen dick. Ich wollte in den Arm genommen werden, zärtlich berührt werden, ich wollte Nähe, und auch wenn es ziemlich unpassend für den Tag der Beerdigung war, ich wollte Sex. Aber von Bernd ging auf einmal eine merkwürdige, fast gleichgültige Kühle aus. Er sezierte seine Pizza wie ein Gerichtsmediziner seine Leiche, bevor er sie verspeiste. Hier etwas Schinken, dort ein Artischockenherz, daneben einen Dosenchampignon. Sollte das den ganzen Abend so weitergehen?

»Ich kann es mir ja noch einmal überlegen«, nahm ich das Gespräch wider besseres Wissen erneut auf.

»Vielleicht solltest du das.«

Sprach er zu mir oder zu seinem zerlaufenen Käse?

»Aber trotzdem ist das merkwürdig«, fügte ich wie ein verstocktes Kind hinzu.

Er ließ mich einfach zappeln. Und meine Gesprächsstrategie war tölpelhaft. Aber einfach kapitulieren wollte ich nun auch wieder nicht. Dabei ging es mir gar nicht einmal vornehmlich um Michael Gärtner. Der war mir im Augenblick sogar ziemlich egal. Aber es war meine Idee, und ich hatte das Gefühl, auch mal wieder ein paar Pluspunkte für meine Personalakte sammeln zu müssen. *Hartnäckige Kommissarin rettet Unschuldigen. Attraktive Kommissarin gibt Fall überraschende Wendung.* Oder so ähnlich. Bernd hatte gut reden. Der hatte seine Stelle schon. Warum war er bloß so versessen darauf, mir meine Idee auszureden?

Nachdem wir zwei, drei weitere lange Minuten schweigend unsere Pizzen gemümmelt hatten, fragte ich ihn schließlich auch direkt.

Bernd unterbrach seinen Anatomievorbereitungskurs und legte Messer und Gabel demonstrativ neben den Teller. Er schaute mich nachdrücklich an.

»Willst du das wirklich wissen?«

»Du bist sonst nicht so«, setzte ich nach. »Du bist für alle neuen Ideen aufgeschlossen, so kenne ich dich jedenfalls. Immer auch für Unkonventionelles zu haben. Warum jetzt dies? Passt gar nicht zu dir.«

Seine Gesicht wirkte ernst, aber ausdruckslos. Ich konnte nicht erkennen, was wirklich in ihm vorging.

»Es gibt drei Gründe.«

Er hob den Daumen und fing an zu zählen.

»Erstens. Ich halte Michael Gärtner für den Täter. Er hat das Profil, alle Indizien sprechen dafür, und dass es widersprechende Zeugenaussagen gibt – mein Gott, wann waren sich alle Zeugen jemals einig? Kennst du einen einzigen Fall?«

Ich schüttelte den Kopf.

»Zweitens.«

Jetzt war der Zeigefinger dran.

»Hast du dir überhaupt mal überlegt, wer sonst noch in Frage kommt. Wir kennen doch unsere Arbeitsweise. Jetzt gehen wir erst einmal die Hauptverdächtigen durch. Ehepartner, Erben usw. Was glaubst du, wie lange unsere Kollegen brauchen, bis sie auf uns kommen? Eheschwierigkeiten, ja, ich verdiene auch noch an Birgits Tod …«

»Wir waren doch zusammen …«

Bernd lachte unfroh.

»Na super. Die Geliebten und Nutznießer geben sich gegenseitig ein Alibi. Damit kommst du noch nicht einmal in einem schlechten Fernsehkrimi durch. Und auch wenn sie uns nichts beweisen können, ob die wollen oder nicht, die drehen uns durch die Mangel. Presse. Der ganze Rummel.«

Er machte eine Pause.

»Ich will gar nicht davon anfangen, was das für unsere Karriere bedeutet. Meinen Kriminalrat kann ich mir abschminken, und du wirst sicherlich kaum Hauptkommissarin. Jedenfalls nicht zwei Jahre vor deiner Pensionierung. Nein, das meine ich gar nicht. Ich habe mich, entschuldige, dass ich jetzt etwas sentimental werde, ich habe mich wirklich gefreut auf dich. Freue mich. Ich glaube, dass ich damals einen dicken Fehler gemacht habe. Wir haben jetzt eine zweite Chance. Ich frage dich ganz ehrlich: Wird unsere Beziehung, ja unsere Liebe, diesen ganzen Medienrummel überleben? Ich weiß es nicht, und offen gestanden, ich möchte es auch nicht wissen.«

Ich schluckte.

Er spreizte die Finger. Daumen, Zeigefinger, Mittelfinger.

»Aus diesen Gründen. Und wenn du noch einen weiteren brauchst: Ich will endlich mit dieser Sache abschließen. Ich habe sie nicht mehr geliebt. O. K., kommt vor. Aber ihr Tod geht mir trotzdem nahe. Wäre ja auch komisch, wenn nicht. Und ich möchte einfach meinen Frieden damit machen. Schluss aus. Kein langes Geköchele dieser Suppe.«

Wieder lag seine warme, feste Hand auf meinem Unterarm. »Und jetzt lass uns von etwas anderem reden.«

Die Wärme kroch in mir hoch, und ich bemühte mich, meine Rolle in dem nun folgenden Stück *Liebende im Restaurant* gut auszufüllen. Und als wir uns schließlich nach einer halben Flasche Villa Doluca in meinem Bett wiederfanden, kam für einen kurzen Augenblick sogar wieder etwas wie Leidenschaft auf. Trotzdem.

Nach dem Koitus sind alle Tiere traurig, soll ein lateinischer Spruch sein, den ich mal in einer Frauenzeitschrift gelesen habe. Ich weiß nicht, ob ich traurig war, aber ich hatte das unbefriedigende Gefühl, mittelmäßigen Sex mit einem Mann gehabt zu haben, den ich von Herzen liebte. Er fuhr etwa um Mitternacht nach Hause.

❖

Als ich am nächsten Tag unsere Dienststelle betrat, war ich mir nach wie vor unschlüssig, wie ich mich verhalten sollte. Die Argumente von Bernd waren nicht von der Hand zu weisen, obwohl sie schon ziemlich jenseits unseres Berufsethos waren, um dieses hochtrabende Wort einmal zu strapazieren. Ich wurde allerdings einer Entscheidung enthoben.

Bernd war noch nicht da, aber Marx winkte mich gleich in sein provisorisches Büro. Matthias war auch schon da.

»Gut gemacht«, sagte er nur.

Matthias hatte offenkundig schon einen ersten Bericht abgeliefert. Der Tiger war aus dem Sack.

Zu jeder anderen Zeit hätte mich dieses Lob gefreut. So aber blieb ein zwiespältiges Gefühl.

»War er es?«, fragte er, nachdem er mir einen Kaffee gegeben hatte.

»Ich weiß es nicht«, erwiderte ich wahrheitsgemäß. »Vielleicht, vielleicht nicht. Ich habe Zweifel. Aber«, setzte ich rasch nach, »entlassen würde ich ihn auch nicht. Jedenfalls nicht sofort.«

Marx nickte.

Matthias signalisierte Zustimmung.

»Gut«, resümierte Marx, »stellen wir uns mal auf den Standpunkt, er war es nicht. Alle Spuren gelegt. Das mit der DNA, die Haare und die Hautschuppen ...«

»Könnten gelegt worden sein, der Kerl haart wie in einer Antischuppenreklame«, warf Matthias ein.

»Bleibt die Frage, wer dann? Und warum?«

»Dann stehen wir also wieder am Anfang.«

»Wenn es ein Psycho war, mordet der weiter«, ließ sich Matthias vernehmen. »Klingt ein bisschen kaltschnäuzig, aber wir brauchen bloß abzuwarten.«

»Unfug«, wischte Marx den Einwand vom Tisch. »Wer sich so sorgfältig einen Täter als Sündenbock aussucht, geht nicht zwei Tage später wieder auf Tour. Der wartet ab. Also bitte, wer dann?«

Ein unbehagliches Schweigen breitete sich aus. Und zum ersten Mal hatte ich den Eindruck, dass alles das, was mir Bernd gestern vorgehalten hatte, so langsam Wirklichkeit wurde.

Es gibt Horrorfilme, gute, weniger gute und schlechte. Aber in den ganz schlechten darf eine Szene nicht fehlen. Die – weibliche – Heldin geht, von allen guten Geistern verlassen, nachts auf den zugigen Dachboden, wo es vor Gespenstern nur so wimmelt, mit einer flackernden Kerze in der Hand. Ein stereotypes Requisit aus der Rumpelkammer des Films. War ich mit einer flackernden Kerze auf den Dachboden gegangen?

Keiner sagte etwas, aber jeder wusste, was jeder dachte.

»Wenn keiner was sagt«, ließ sich Marx etwas spöttisch vernehmen, »dann muss ich wohl das Reden übernehmen. Fangen wir mit dem Letzten an. Unserem Studienrat. Sitzt im Rollstuhl, hat einen gebrochenen Fuß, außerdem ist ein Kollege und Freund bei ihm.«

»Kannste knicken«, versetzte Matthias unwirsch.

»Kommen wir zu unserem Ingenieur. War es nicht Kuala Lumpur? Oder Manila. Jedenfalls ganz schön weit weg.«

Meine Kerze war längst am Flackern und ich konnte die Tritte auf dem Dachboden hören.

»Unser lieber Professor, für den ersten Mord an seiner Ehefrau nicht gerade das Top-Alibi, Tagung in Berlin, aber die anderen ...?«

»Mindestens der letzte Mord scheidet aus«, sagte Matthias müde. »Da hielt er einen Vortrag. Bei den anderen ...«

»... machen wir es wasserdicht. Aber ich glaube, hier in diesem Raum ist keiner, der an dem Ergebnis unser Nachforschungen zweifelt, oder?«

Wir schwiegen.

Marx machte eine Pause.

»Mach's nicht so dramatisch ...«, knurrte Matthias. »Wir wissen schon, was kommt.«

Weißt du nicht, ging es mir resigniert durch den Kopf.

Marx' Stimme verlor den spöttischen Tonfall. »Bleibt Bernd.«

Stille. Es war heraus.

»Nun gut«, quälte sich Matthias. »Die Alibis der ersten Tage haben wir nicht überprüft, ein Versäumnis, okay. Zur Tatzeit an seiner Frau war er zu Hause, beim letzten Mord ziemlich blau im Ferienhaus am Steinhuder Meer. Nicht die prallsten Alibis, aber ich habe schon schlechtere gesehen.«

Wieder Schweigen. Mein Gott, wie schwierig war es doch, einen geschätzten Kollegen zu beschuldigen.

»Und wenn es mehrere Täter waren?«, warf ich ein.

»Gute Frage, mein Mädchen«, spottete Marx sarkastisch. »Hast du auch an die Kugel gedacht? An die Handschrift?«

»Er könnte die Informationen darüber bekommen haben, wir waren zwar in der Informationsweitergabe sehr strikt, aber grundsätzlich könnte ein Leck aufgetreten sein.«

»Möglich«, versetzte Marx. »Und gleich zwei Messerkünstler.«

»Der letzte Mord war nicht so perfekt ... Das Opfer wurde noch am Arm verletzt ...«, warf Matthias halbherzig ein.

Wieder schwiegen wir.

»Wenn es Gärtner nicht war, dann landen wir bei Bernd.«

Marx' Stimme klang sachlich, aber ernst. Und er schien sich der Bedeutung dessen, was er gerade gesagt hatte, voll bewusst zu sein.

»Motiv, Gelegenheit, Informationsstand, alles ... War er nicht sogar mal Degenfechter? Intelligent und mit unseren Ermittlungsmethoden völlig vertraut. Kein Alibi.«

Eine nüchterne Aufzählung. Warum hatte ich dieses Fass überhaupt aufgemacht?

In diesem Augenblick blies ich die Kerze aus.

»Bernd war es nicht«, versetzte ich tonlos und bemühte mich, keinen anzusehen.

»Bernd war es nicht, weil er für den Mord an seiner Frau ein Alibi hat.«

Man konnte die sprichwörtliche Stecknadel fallen hören.

»Zu der Zeit, als der Mord geschah, so gegen 22 Uhr, war er bei mir.«

Gegen die Stille redete ich.

»Wir hatten uns am Abend kurz in einer Pizzeria getroffen, verabredet genauer gesagt, dann sind wir nach oben zu mir. Die Bedienung wird sich an uns erinnern. Wir hatten Sex und schliefen ein, und gegen 22 Uhr, ich habe auf den Wecker gesehen, deswegen weiß ich es auch genau, war er noch bei mir. Wir haben dann noch bis Mitternacht geredet.«

So, jetzt war es heraus.

»Und dies erfahre ich so nebenbei?«

In Marx' Stimme war eine Schärfe gekommen, die ich bisher noch nicht an ihm wahrgenommen hatte.

»Dies erfahre ich einfach so nebenbei …?«

»Was hättest du denn getan?«, rutschte es mir heraus. Der Penner vom ersten Mord fiel mir ein. Das hätten Sie doch auch getan, Frau Kommissarin. Einfach weglaufen. Nein, hatte ich geantwortet. Mein Gott, was war ich naiv gewesen.

Marx sprang auf und rannte ein paar Schritte um seinen Schreibtisch.

»Das gibt es doch gar nicht«, brüllte er unvermittelt los. »Was hast du dir bloß dabei gedacht?«

Dann, beherrschter: »Dir ist klar, dass das für euch beide ein Disziplinarverfahren bedeuten kann?«

Für mich eher, für Bernd weniger. Schließlich brauchte sich der nicht selbst zu belasten.

»Ich bin nicht gefragt worden und habe nichts Falsches gesagt.«

Die Antwort war lahm, aber sie stimmte wenigstens.

»Nun mach mal einen Punkt«, mischte sich Matthias ein. »Ohne ihre Aussage und ihre Recherchen wären wir noch längst nicht so weit. Ich finde, das ist recht anständig von ihr. Hochanständig.«

Marx funkelte mich zwar noch böse an, verkniff seinen Mund, nahm sich aber zusammen.

»Gut«, sagte er mühsam. »Du warst also zur Tatzeit mit Bernd zusammen. Korrekt?«

»Richtig.«

»Uhrzeit 22 Uhr bis etwa Mitternacht? Davor geschlafen?«

Ich nickte.

»Woher weißt du das so genau? Oder schaust du normalerweise immer beim Ficken auf die Uhr?«

»Na, na«, machte Matthias. »Geht es auch bei bisschen freundlicher?«

»Nein, ich schaue normalerweise nicht auf die Uhr. Aber ich habe einen Wecker, und den konnte ich kaum übersehen.«

»Und der geht auch?«

»Ich bin jedenfalls pünktlich aufgestanden und nicht zu spät zur Arbeit gekommen, wenn du das meinst. Ja, er geht.«

Marx setzte sich und machte die Augen zu. Was tun?, schien er zu denken. Zwei, drei Tage nach dem erfolgreichen Durchgreifen ein öffentlichkeitswirksamer Skandal. Und das, obwohl wir den mutmaßlichen Täter längst dingfest hatten.

Hätte ich die Klappe halten sollen?

Von draußen hörten wir Gesprächsfetzen, der Stimme nach schien Bernd gerade gekommen zu sein.

Marx stampfte wortlos aus dem Zimmer und kam wenig später mit Bernd herein.

»Lasst uns allein«, beschied er uns knapp.

Matthias und ich gingen. Unsere Türen sind ziemlich schalldicht, aber dass die Besprechung mit etwas größerer Lautstärke geführt wurde, konnten wir auch so hören.

»Was hast du dir dabei eigentlich gedacht?«, fragte mich Matthias plötzlich.

Gedacht? Ich hatte mir gar nichts gedacht.

Ich zuckte nur mit den Achseln. Hätte ich sagen sollen, dass es Bernds Idee gewesen war?

»Wird schon wieder«, meinte er und legte mir beruhigend die Hand auf die Schulter. »War ja auch eine ziemliche Zwickmühle.«

Die anderen hatten nicht viel mitgekriegt, ohnehin lag eher das »Übliche« an. In der Volkmerstraße hatte sich eine Frau aus dem Fenster gestürzt und lag nun tot auf einer Bahre auf dem Weg in die Leichenhalle – Unfall oder nicht? –, in der Nacht eine Schießerei zwischen Türken und Albanern im Rotlichtviertel, keiner hatte etwas gesehen, keiner gehört, nur ein paar Blutspuren auf dem Pflaster vor der Kiez-Bar deuteten darauf hin, dass doch etwas vorgefallen war, halt der übliche Routinekrams in einer Stadt mit mehr als fünfhunderttausend Einwohnern. Nicht Chicago oder Miami, auch nicht Frankfurt oder Berlin, sondern – Hannover. Nur unser Serienmörder war bisher aus dem Rahmen gefallen.

Zu allem Überfluss tauchte jetzt auch noch der Alte aus der Wilhelm-Bluhm-Straße auf, gleich im Gepäck mit seiner Frau, ordentlich, ja fast modisch gekleidet, die Frau sogar mit etwas Rouge und Lippenstift, und wollte seine Aussage machen. Ja, eindeutig habe er Michael Gärtner erkannt, ganz eindeutig. Hatte er vorher bei der gestrigen Befragung noch manche Zweifel erkennen lassen, hatten wir ihm sogar jede einzelne Information förmlich aus der Nase ziehen müssen, jetzt waren sie sich beide so sicher, als wenn sie gerade dabei gewesen wären. Es war immer das Gleiche mit Zeugen. Marx und Bernd hatten schon recht: Forensische Beweise, gute solide Fingerabdrücke, vielleicht sogar eine DNA oder eine verräterische Internetadresse ... Das Dumme war nur, dass wir das alles hatten und mich trotzdem ein komisches Gefühl plagte.

Nach der Zeugenaufnahme ging es wieder zu Marx. Bernd saß ziemlich zusammengefaltet da, offenbar war ihm ordentlich der Kopf gewaschen worden. Aber den erschöpften und geglätteten Mienen der beiden konnte ich entnehmen, dass das Schlimmste schon vorbei war. Bernds Blick, den er mir zuwarf, war nicht einmal besonders unfreundlich, obwohl er vielleicht allen Anlass dazu gehabt hätte. Ich war nicht einmal zum Notar gegangen, wie ich es ihm versprochen hatte.

Marx sah aus, als ob ihn der ganze Fall ankotzte. Aber offensichtlich hatte er eine Entscheidung getroffen, einem verdienten und hoch angesehenen Kollegen, der durch einen schweren Schicksalsschlag getroffen war, nicht noch ein Disziplinarverfahren anzuhängen. Er beließ es bei einigen wütenden Bemerkungen und dem Hinweis, dies werde möglicherweise Folgen haben, aber der Umstand, dass ich nicht sofort suspendiert wurde (Bernd war ja ohnehin vom Fall abgezogen und offiziell krankgeschrieben), deutete darauf hin, dass er es dabei belassen würde. Unter Kollegen wurde doch manches unter den Teppich gekehrt. Wir hatten alle kein Interesse, dass wir einen Mehrteiler in der Bildzeitung bekamen. Und was hatten wir denn auch wirklich gemacht?

»Ihr habt noch eine Zeugenbefragung gehabt, habe ich gesehen?«, fragte er zum Abschluss.

Matthias berichtete.

»Und?«, fragte er mürrisch. »Glaubt ihr ihnen?«

Ich glaubte inzwischen gar nichts mehr und sagte das auch. Das war wohl inzwischen nicht die richtige Antwort.

»Wir brauchen nicht schnippisch zu werden, junge Dame«, versetzte er kühl.

Ich beteuerte hastig, dass ich keineswegs … usw. usw.

Erklärend fügte ich noch hinzu: »Die Aussagen decken sich mit denen der Freundin. Ich halte sie nicht für die diskretesten Menschen, ich halte sie auch nicht einmal für verlässlich, aber die Aussagen decken sich: Warum sollten sie die Unwahrheit sagen?«

Marx seufzte. Der strahlende Erfolg der letzten Tage, der in der Öffentlichkeit auch ihm zugeschrieben wurde, drohte zu zerbröckeln. Eventuell mussten wir den Hauptverdächtigen entlassen, die Ehemänner, normalerweise auch heiße Kandidaten, hatten alle ein Alibi, und der Leiter der Mordkommission war in eine Geschichte verwickelt, die sich leicht zum Skandal aufbauschen ließe. Und zu allem Überfluss hatten wir nicht den Schimmer einer Ahnung, wie es wirklich gewesen war.

Irgendwann am Vormittag musste Marx zum Polizeipräsidenten und hatte dann noch einen Termin beim LKA. Wahrscheinlich freute er sich, seinen Vorgesetzten die frohe Botschaft beizubringen. Widerrufene Erfolgsmeldungen waren nicht gerade förderlich für das eigene Ansehen. Für uns hatte das Ganze allerdings den Vorteil, dass wir uns allein wiederfanden. Wir, die alte Truppe. Matthias, Klaus, ich und natürlich auch Bernd. Er hatte zwar mit der Ermittlungsarbeit nichts zu tun, aber konnte man einem Kollegen und Dezernatsleiter verwehren, bei einer Besprechung dabei zu sein?

Und aus irgendeinem Grunde, den ich selber nicht verstehe, ließen wir es wieder zu, dass er das machte, was er immer schon gut konnte: Zusammenfassen, einteilen, analysieren. Der von dem Fall abgezogene Kollege verwandelte sich unmerklich, aber nichtsdestoweniger deutlich wieder zurück in den Leiter der Dienststelle. Präsent, nachdrücklich. Nur Ideen hatte er genauso wenig wie wir.

»Der Gärtner war's«, beharrte er zum Schluss mit einem gewissen Trotz. »Zwei Spuren, was wollt ihr mehr? Das Handy, die Anrufe?«

»Und das Alibi?«

Wir drehten uns im Kreis.

Vier Frauen, alle im gleichen Alter, die gleiche Todesart, mit hoher Wahrscheinlichkeit der gleiche Täter, die weiteren Umstände alle von der Art, dass sie auf eine intelligente Planung schließen ließen. Ein Psychopath? Ein eiskalt kalkulierender Mörder, der seinen Vorteil sorgfältig hinter einer Serie falscher Fährten verdeckte, auch wenn diese falschen Fährten aus blutigen Frauen bestanden? Eine Kombination beider?

Bei den meisten Serienverbrechern hatte es – so stellte es sich im Nachhinein jedenfalls heraus – immer Spuren gegeben, die anfangs nur nicht erkannt worden waren. Die Nummer des Autos am Tatort bei den Wilburghs, die aus einem fahrenden Wagen mehr als ein Dutzend Menschen erschossen hatten, war häufiger notiert worden, Ed Kemper war immer als Reporter der Tagespresse zur Stelle gewesen und hatte eifrig mit der Polizei zusammengearbeitet, bevor er sich selbst stellte. Es gab immer Spuren, Hinweise, Indizien. Bloß welche?

Ich hatte das Gefühl, dass diese Reihe von Frauenmorden abgeschlossen war. Es würde keinen fünften Mord geben. Hatten sie etwas gemeinsam? Kannten sie sich?

Es war Matthias, der diesen Gedanken das erste Mal äußerte.

Nun hatten wir keinen ausführlichen Lebenslauf unserer Mordopfer angefertigt. Die biografischen Angaben waren dünn. Geburt, Wohnort, Schulbesuch, Ausbildung. Das war es dann auch schon. Und abgesehen davon, dass sie alle jetzt in Hannover lebten und ungefähr das gleiche Alter hatten, schienen das auch die ersten und letzten Gemeinsamkeiten zu sein. Birgit, die Frau von Bernd, war in Holzminden geboren, Celine Dreyer in Bitterfeld, das erste Opfer in Münster und das letzte in Sunnyvale, Kalifornien. Die Schulbesuche ebenfalls unterschiedlich, ja nicht einmal gemeinsame Studienzeiten waren zu erkennen, ganz abgesehen davon, dass weder Birgit noch Celine Dreyer eine Universität besucht hatten. Wie gesagt, die biografischen Daten, die wir wie immer in solchen Fällen notiert hatten, waren dürftig. Aber so bruchstückhaft waren sie nun auch wieder nicht. Wenn es eine Gemeinsamkeit gab, dann musste sie außerhalb ihrer normalen dokumentierten Biografie liegen.

»Und wenn sie nun einfach zur falschen Zeit am falschen Ort waren?«, fragte Bernd. »Alles Zufall? Dann sortieren wir hier in alle Ewigkeit. Abgesehen davon …«

… dass wir den Täter schon haben, wollte er wahrscheinlich sagen, aber sowohl Matthias als auch ich widersprachen.

»Du vergisst die Anrufe mit dem Handy, die sorgfältige Vorbereitung …«

»Gut, gut«, brummte Bernd nicht besonders überzeugt.

Plötzlich kam mir eine Idee.

»Sag mal«, fragte ich Bernd auf einmal, »kannte Birgit eigentlich eine der anderen drei?«

Bernd dachte einige Sekunden lang nach. Er äußerte sich vorsichtig.

»Ich habe mir die Frage auch schon gestellt. Gibt es etwas Gemeinsames, kannten sich die vier? Natürlich kann ich dir keine sichere Antwort geben. Ich vermute mal nein. Also, mit

Ausnahme von Celine Dreyer, aber die war ja eine Person der Öffentlichkeit. Ich glaube sogar, dass ich sie mal am Rand einer Party getroffen habe. Ein Empfang des Kulturamtes oder so ähnlich. Birgit hat sie mit Sicherheit ebenfalls gekannt, so wie man Personen des öffentlichen Interesses eben kennt. Vielleicht haben sie auch zwei, drei Worte miteinander gewechselt. Aber die anderen? Ich wüsste nicht, dass Birgit sie gekannt hätte.«

»Warum rufen wir nicht einfach bei den anderen an?«, schlug Matthias auf einmal vor. »Mehr als nein sagen können die auch nicht.«

Den Ehemann von Celine Dreyer erreichten wir nicht, hinterließen aber eine Nachricht auf dem Anrufbeantworter, der Studienrat gab uns eine negative Auskunft, ja natürlich kannte er Celine Dreyer, hatte sie jedenfalls mal in einem Theaterworkshop kennen gelernt, möglicherweise hatte seine Frau auch mal mit ihr gesprochen, aber die anderen …?

Manche Spuren führten ins Dunkle, aber hier schien nicht einmal eine Spur vorzuliegen. Blieb unser alerter Professor. Einen Anruf noch, dann würden wir Feierabend machen.

Ich fühlte mich ausgelaugt. Ein Tag, an dem ich emotional Achterbahn gefahren war. Die wenig erfreuliche Nacht mit Bernd zuvor, die Auseinandersetzung mit Marx, letztlich auch die Ungewissheit, wie es mit mir weitergehen würde. Doch ein Disziplinarverfahren? Wie würde sich der Polizeipräsident entscheiden? Ich wusste es nicht. Und schließlich auch: Wie würde es mit Bernd weitergehen? War es das Ende?

Wir blickten aneinander vorbei. Er ebenso wie ich. Natürlich waren wir auf dem Präsentierteller, alle beobachteten uns, oder zumindest glaubte ich dies. Einer verstohlenen, liebevollen Zweisamkeit nicht gerade zuträglich. Vielleicht warf er mir auch mein Geständnis vor. Aber was hätte ich schließlich machen sollen?

Kurz, es blieb ein letzter Anruf bei meinem Professor.

Nach dem dritten Klingeln wurde abgehoben.

»Fabian Schultze.«

Viele Menschen können sich am Telefon verstellen, manches macht Routine, Training, aber häufig kann man bereits von den ersten Worten am Telefon auf die Stimmung des Sprechers schließen.

Professor Schultze klang müde. Traurig. Seiner Stimme nach hätte ich nicht mehr an den alerten, von sich eingenommenen Professor gedacht, umgeben von seinen Büchern und seinem Tischbeingemälde und von seiner eigenen Wichtigkeit grenzenlos überzeugt. Aus einem Luftballon schien die Luft entwichen zu sein.

Ich fragte ihn, ob seine Frau die anderen Opfer möglicherweise gekannt hätte.

Er überlegte eine kurze Zeit. Dann verneinte auch er.

Celine Dreyer, ja möglich, sogar wahrscheinlich, aber die anderen ...?

Ich bedankte mich schon und entschuldigte mich für die Störung, als mich ein winziges Zögern in seiner Stimme aufmerksam machte. Es war nur eine Nuance, ein kurzes Verhalten, das Gespräch nicht gleich mit ein paar Floskeln zu beenden. Professor Fabian Schultze hatte noch etwas zu sagen.

Ich legte nicht auf.

»Haben Sie noch etwas für uns?«, fragte ich nach einer Sekunde des Schweigens. Offenbar rang er mit sich.

»Möglich«, entgegnete er. »Vielleicht. Aber das lässt sich nicht so gut am Telefon ... Wenn Sie Zeit hätten ... Könnten Sie vorbeikommen ...?«

»Jetzt?«

»Meinetwegen auch jetzt.«

»Ich bin in einer halben Stunde bei Ihnen.«

Dann legten wir auf.

»Gut, fahren wir hin«, entschied Bernd und machte Anstalten aufzubrechen.

»Nun mach mal einen Punkt«, ließ sich Matthias vernehmen. »Ich will dir ungern reinreden, aber erstens bist du von dem Fall abgezogen, zweitens bist du streng genommen noch beurlaubt ...«

Das »drittens« führte er nicht aus. Aber Bernd machte schon einen Rückzieher.

»Ist klar«, sagte er. »Du hast völlig recht. Außerdem bin ich streng genommen immer noch verdächtig. Und da kann ich ja wohl kaum die Ermittlungen leiten.« Er lachte unfroh.

»Ich glaube, ich gehe jetzt nach Hause. Macht's gut allerseits.«

Dann ging er. Kein letztes Wort für mich, er hatte in der ganzen Zeit nicht einmal meine Nähe gesucht. Ich hatte gehofft, ihm nach Dienstschluss wenigstens alles erklären zu können, aber er ging einfach. Hatte ich etwas falsch gemacht?

»Wollen wir los?«, riss mich Matthias aus meinen Gedanken.

❖

Professor Schultze schien uns erwartet zu haben, denn er öffnete sofort nach dem Klingeln. Wieder nahmen wir in dem Wohnzimmer Platz, wieder unter dem überdimensionierten Goethe-Bild von Tischbein, wie auch ich ja nach den einfühlsamen Belehrungen meines Kollegen wusste – und wieder saßen wir vor dem jungen Professor. Mag es sein, dass es am Licht lag, aber er wirkte älter, die Bewegungen langsamer, auch die pointierte, geschliffene Sprechweise war verblasst. Er war nur noch ein Mann, der seine Frau verloren hatte.

Wir machten anfangs etwas Konversation. Wie es ihm ginge, ob er wieder arbeite, so in der Art.

»Sie hatten uns kommen lassen«, sagte ich schließlich.

»Richtig«, meinte er. Er schien sich einen Ruck zu geben. Aber offensichtlich war das gar nicht so einfach.

»Ich weiß nicht, wie ich anfangen soll«, redete er um den heißen Brei herum, »und ich weiß nicht einmal, ob das, was ich gefunden habe, überhaupt relevant ist, für Ihren Fall jedenfalls, andererseits für mich …«

»Versuchen Sie es einfach«, unterbrach ich ihn sanft.

»Und wenn es nicht dazugehört, dann sind Sie diskret, nicht wahr?«

Ich nickte. »Wenn es mit dem Fall nichts zu tun hat, dann wird es nicht einmal in den Akten auftauchen.«

Es schien die Versicherung gewesen zu sein, die er brauchte, denn auf einmal stand er auf. Und für einen Moment verwandelte er sich wieder in einen jungen, sportlichen Mann.

»Kommen Sie mit.«

Er führte uns durch die geräumige Wohnung, bis wir an ein Zimmer kamen, das offenbar das Arbeitszimmer seiner Frau gewesen war. Eine Reihe von Büchern, Schulbüchern, eine schwarze Schultasche auf einem Sofa, Zettel, Schubkästen, ein Schreibtisch mit PC, so wie man sich das Arbeitszimmer einer Pädagogin vorstellt. Nichts Ungewöhnliches.

Fabian Schultze ging zum PC und schaltete ihn an. Das Betriebssystem fuhr hoch. Er drehte sich um und lehnte sich gegen den Schreibtisch. Im Hintergrund leuchtete das Windows-Logo auf.

»Vielleicht sollte ich etwas weiter ausholen. Nach dem Tode meiner Frau lag unheimlich viel Papierkram an. Versicherungen, Kosten, Kündigungen von Zeitschriften. Sie kennen das natürlich alles. Irgendwie half es mir auch. Diese Routine. Ein bisschen stumpfsinnig. Aber es lenkte ab. Und dann fehlte mir auf einmal eine Versicherungsnummer. Ich wusste, dass Daniela diese Daten alle im PC hatte, und stellte ihn an. Aber sie war sehr auf ihre Privatsphäre bedacht«, er lachte böse, »sie hatte ihn mit einem Passwort geschützt. Und obwohl diese Versicherungsnummer nun wirklich nicht so wichtig war, erschien mir dieser Kasten plötzlich als ein Geheimnis, ein Schlüssel zu ihrer Seele, wenn Sie so wollen. Da lag etwas, und ich wusste nicht, was. Fragen konnte ich sie nicht mehr. Also probierte ich. Ich versuchte das Passwort herauszufinden. Geburtsdaten, der Name der Mutter, ihr Name, mal groß, mal klein geschrieben ... Aber dieses verdammte Ding blieb stumm. Es war so eine Art Herausforderung. Ich bildete mir ein, ich könnte sie noch nach ihrem Tod verstehen, vielleicht ein Tagebuch finden oder so etwas Ähnliches ... Langweile ich Sie?«

Ich schüttelte den Kopf.

»Ich kann Sie verstehen«, sagte ich. »Vielleicht hatten Sie einfach die Illusion, einen Menschen begreifen zu können – nach seinem Tod, auch wenn es dann schon zu spät ist.«

Er nickte mir dankbar zu.

»Vielleicht war es so. Aber jedenfalls kam ich nicht weiter. Außerdem verstehe ich nicht viel von Computern. Schließlich fragte ich einen Kollegen. Der kam mit ein paar Tools, einer Reihe von CDs, fragen Sie mich nicht, wie er es gemacht hat, aber es dauerte keine Stunde, dann war das Passwort geknackt, und ich hatte Zugang zu ihrem PC.«

Er machte eine Pause.

»Und, haben Sie das Tagebuch gefunden?«, fragte ich.

Der Computer war zur Ruhe gekommen. Eine hellblaue Fläche auf dem Flachbildschirm, ein paar Icons, Texte, Schule, Privat, Email. Ganz normal.

Fabian Schultze drehte sich zum PC und griff zur Maus.

»Nein«, sagte er zum Bildschirm hin, »es gab kein Tagebuch. Sie hat keines geschrieben. Jedenfalls nicht auf dem PC. Aber ich fand etwas anderes.«

Er klickte auf die Emails.

»Ich habe ihre Post durchsucht«, fuhr er fort. »Wenn ich schon in ihrem Computer war, nach ihrem Tagebuch suchte, dann konnte ich auch ihre Post lesen, dachte ich.«

Mit geübter Hand blätterte er durch die Verzeichnisse.

»Die meisten Briefe waren entweder privat – ihr Bruder, ihre Schwester, einige Freunde –, oder dienstlich – Fortbildungen, Bestellungen und so weiter. Aber in einem Verzeichnis fand ich Folgendes.«

Er klickte ein Verzeichnis an und rief die entsprechende Mail auf.

»Liebe Daniela, ich habe für Dich wieder einen Termin. Norbert Bogner, 46 Jahre, Geschäftsmann aus Paderborn. Termin: 7. Juni, 18.30 Foyer Dorinth. Hat keine Sonderwünsche angemeldet. Honorar wie üblich. Gruß Philipp«

Abgesandt war das Ganze von einer Adresse mail@esc-hannover.de.

»Der 7. Juni war ein Dienstag«, fuhr Fabian Schultze fort. »An diesem Tag hatte sie einen Elternabend. Er kam ziemlich überraschend, weil wir eigentlich eine Einladung bei einem befreundeten Ehepaar hatten und diesen Termin verlegen mussten, nur aus diesem Grunde erinnere ich mich an diesen

Vorfall überhaupt. Die weitere Korrespondenz füllt Bände. Aber schauen Sie selbst.«

Ich nahm auf dem Schreibtischsessel Platz und klickte mich durch die Mails. Die meisten ähnlich, einmal eine Absage. Gelegentlich etwas frivole Komplimente, die nur deswegen auffielen, weil der Tonfall der ganzen Korrespondenz sachlich-freundschaftlich war.

»Was halten Sie davon?«, fragte Fabian Schultze nach einer Weile.

Dasselbe wie Sie, wollte ich antworten, Ihre Frau war eine Nutte. Aber ich fand eine diplomatische, weniger verletzende Version.

Am Abend fand ich noch einen Anruf von Bernd auf dem Anrufbeantworter. Er bat um Rückruf. Aber jetzt hatte ich keine Lust mehr. Einmal klingelte das Telefon noch in der Nacht, aber ich ging nicht ran.

❖

Ich bin nicht gerade der große Computerfreak, aber die Adresse herauszufinden, unter der diese ominöse esc-hannover.de Agentur residierte, war eine leichte Übung. Wir klickten einfach die entsprechende Seite im Internet an und fanden dort alle Angaben, die wir brauchten. Telefonnummern, Konten, die Erklärung, dass Kreditkarten akzeptiert würden, und die Fotos einiger – zugegebenermaßen – hübscher junger Frauen.

Die Agentur residierte – laut Angabe im Internet – in der Lavesstraße 9a. Es war eine sterile Geschäftsstraße am Rand der City, Möbelgeschäfte befanden sich dort, Küchenstudios, ein paar Reisebüros, Restaurants, keine Straße, die zum Bummeln einlud. Besucher, die hierher kamen, wussten genau, was sie wollten und was sie suchten.

Das Haus Nr. 9a unterschied sich in nichts von den Nachbargebäuden. Ein schmuckloser 50er-Jahre-Bau, fantasielos, aber ordentlich in Schuss. Messingschilder, die auf Firmen hinwiesen. Die Niederlassung einer Krankenversicherung, eine Consulting-Agentur und neben einigen anderen mehr auch das Schild *ESC Hannover, 2. Etage.*

Das Treppenhaus wirkte aufwändiger als die Hausfassade, Granitfußboden, sorgfältige Malerarbeiten in kühlem Graublau, Edelstahlhandläufe, offenbar war in die Inneneinrichtung bis hin zu einem neuen Fahrstuhl vor Kurzem recht viel Geld investiert worden. Keine Schmuddelecke, sondern eine solide Geschäftsadresse für Firmen ohne großen Publikumsverkehr.

Nicht einmal die Etagentür wirkte besonders gesichert, lediglich aus dem Umstand, dass wir zunächst klingeln mussten, bevor uns mit einem Summen geöffnet wurde und wir eintreten konnten, und der sehr aufwändige Türrahmen mit einer Reihe von Edelstahlbolzen mochte einen Hinweis auf erhöhte Sicherheitsvorkehrungen geben.

Im Eingangsbereich befand sich eine Sitzgruppe mit schwarzen Ledersesseln, gediegen, aber nicht aufdringlich, und an den Wänden etliche abstrakte Gemälde, die mir nichts sagten, die aber Matthias aufmerksam musterte.

»Was kann ich für Sie tun?«

Die Sekretärin empfing uns mit einem freundlichen, einladenden Lächeln. Natürlich war sie blond und trug ein eng anliegendes Stretch-Top mit sehr tiefem Ausschnitt und präsentierte zwei große, makellose Brüste. Vermutlich fuhr jeder Mann sofort auf sie ab, aber bei uns war diese Darbietung reine Verschwendung, denn ich entschied mich, sie einfach nur aufdringlich zu finden, und Matthias war ohnehin schwul.

»Kriminalpolizei«, sagte ich unfreundlicher als sonst und präsentierte meine Marke. »Wir würden gerne den Geschäftsführer sprechen.«

»Einen Moment«, erwiderte sie nur und griff zum Telefon. Dabei warf sie mir mit ihren strahlend blauen Augen einen interessiert freundlich-musternden Blick zu, in dem ich einen Anflug von Spott zu erkennen glaubte.

»Herr Nordmeyer erwartet Sie«, sagte sie, aber trotz ihrer gleichbleibenden Freundlichkeit fühlte ich ihren Blick auf meiner Peek&Cloppenburg-Kleidung und wurde das Gefühl nicht los, dass sie die Qualität meiner Figur kurz durchcheckte.

Philipp Nordmeyer, der Geschäftsführer, residierte einen Raum weiter. Er saß hinter seinem Schreibtisch, erhob sich aber bei unserem Eintreten. Wie die anderen Räume war auch dieser großzügig, aber nicht riesig, und die Einrichtung bestand aus einer Ledersofagruppe und Büromöbeln aus irgendwelchen hellen Hölzern, die zwar teuer aussahen, aber eine recht heimelige Atmosphäre schufen. Im Hintergrund ein abstraktes Gemälde, das mich nicht ansprach, das aber Matthias aufmerksam musterte. Nur die Signatur des Künstlers konnte ich erkennen. Irgendetwas mit Schumacher oder Schuster oder so ähnlich.

Philipp Nordmeyer bemerkte den Blick und verzog den Mund zu einem leichten Lächeln. Matthias zog die Augenbrauen fragend nach oben. Echt? schien er sagen zu wollen.

Nordmeyer nickte nur kurz.

Ich mochte dieses Einverständnis von Kunstliebhabern nicht und fühlte mich ausgeschlossen. Matthias war hier, weil wir einen Fall zu bearbeiten hatten, und nicht um seine ästhetische Bildung wie ein Pfau zu präsentieren.

»Wir sind von der Kriminalpolizei. Mordkommission«, stellte ich ziemlich brüsk fest.

»Das sagte meine Sekretärin bereits«, entgegnete Nordmeyer mit einem leichten Tadel in der Stimme und wies auf die Sitzgruppe. Er mochte vielleicht Mitte vierzig sein, war schlank, trug eine helle Hose und ein Polohemd von offensichtlich perfektem Sitz. Auffällig: eine altmodische Brille mit kreisrunden Gläsern. Er wirkte eher wie unser Professor als wie ein Zuhälter. Auch schien er weder überrascht zu sein, noch machte er einen unsicheren Eindruck. Undeutlich hatte ich das Gefühl, ihn schon einmal gesehen zu haben.

»Sie untersuchen wahrscheinlich die Serie von Mordfällen der letzten Wochen«, begann er das Gespräch und riss damit die Initiative an sich. »Was kann ich für Sie tun?«

Die Selbstsicherheit ärgerte mich. Das war einer, der diese Frauen auf den Strich schickte, und hier in seinem schicken Büro saß, mit Kunst protzte und sich unheimlich überlegen fühlte. In meiner ersten Phase bei der Kripo hatte ich kurzzeitig bei der Sitte gearbeitet. Ich kannte diese Zuhältertypen, mit breiten Handgelenken, der dicken Rolex und den Goldkettchen. Uns gegenüber höflich und den Mädchen gegenüber nicht selten brutal. Nur dass dieser Typ filigrane Handgelenke hatte, keine Rolex besaß, sondern eine kleine goldene Uhr mit einem altmodischen Ziffernblatt aus römischen Zahlen von ausgesprochener Harmonie.

»In der Tat«, fügte ich steif hinzu. »Bei der Untersuchung der Mordfälle sind wir bei der Durchsuchung des PCs eines der

Opfer auf eine Korrespondenz mit Ihnen gestoßen. Wir haben die begründete Annahme, dass das Opfer für Sie gearbeitet hat.«

»... die begründete Annahme ...«, wiederholte er mit dem Anflug eines spöttischen Lächelns. Dann wurde er ernst. »Vielleicht sagen Sie mir einfach, bei wem Sie diese Unterlagen gefunden haben, und ich versuche Ihnen weiterzuhelfen.«

Sie lesen doch die Zeitungen genauso gut wie ich, ging es mir durch den Kopf, also warum lassen wir nicht dieses Theater? Aber irgendwie hatte ich den Eindruck, dass es heute nicht mein Tag war, und fügte nur sachlich hinzu: »Wir haben die Korrespondenz bei Daniela Schultze gefunden.«

Phillip Nordmeyer nickte ernst.

»Daniela«, sagte er nur. Er sagte es versonnen, ernst, traurig. So, dass es echt klang.

»Sie hat doch für Sie gearbeitet, oder nicht?«, setzte ich nach.

Er sah an mir vorbei.

»Arbeiten ist nicht das richtige Wort«, erwiderte er. »Es trifft es nicht. Aber wenn Sie so wollen, ja, Daniela war eine unserer Damen unseres Begleitservices. Richtig. Eine sehr feine Frau, im Übrigen. Und es tut mir sehr, sehr leid.«

»Sie kannten sie genauer?«

Er schien etwas ausholen zu wollen, aber dann besann er sich und sagte nur knapp: »Ja.«

Der betrübte Zuhälter. Bühnenreif.

»Kannten Sie die anderen auch?«

Es musste wohl so spitz geklungen haben, wie ich es gemeint hatte, denn Nordmeyer wandte den Kopf in meine Richtung.

»Sie können diese Anzüglichkeiten lassen, Frau Wilke. Der Tod von Menschen meiner Umgebung geht mir schon nahe. Für Sie mag es nur ein Fall sein, aber ich habe Daniela seit Jahren gekannt. Doch ich habe keine Lust, mich mit Ihnen zu streiten. Zu Ihrer Frage: Ich kannte alle diese Frauen. Celine Dreyer kannte so ziemlich jeder, sie war eine Person des öffentlichen Interesses. Ich habe mit ihr auch ein paarmal gesprochen. Am Rande irgendwelcher Veranstaltungen. Birgit Kühne kannte ich gut, wie man sich unter Geschäftsleuten kennt. Und falls Sie sich erinnern: Ich war sowohl auf ihrer Beerdigung als auch bei der Geburtstagsfeier ihres Mannes. Und die Letzte dieser Reihe, Siegrid Mölders, gut, auch sie hat für uns gearbeitet, wenn Sie es so ausdrücken wollen.«

»Also zwei von vieren, und davon setzen Sie uns jetzt in Kenntnis?«

»Zwei von vier sind nicht alle, es kann ein Zufall sein, und wir achten, Sie verstehen das sicherlich, auf Diskretion.«

Matthias kam mir zuvor.

»Kannten die beiden sich? Oder gab es gemeinsame ›Kunden‹?«

Herr Nordmeyer schüttelte den Kopf.

»Als ich die Nachricht erfuhr, den Mord an Daniela Schultze, war ich natürlich wie vor den Kopf geschlagen. Und als es sich zur Serie entwickelte und zum Schluss wieder eine unserer Damen ein Opfer wurde, habe ich unsere Datei durchforstet. Nein, sie hatten keine gemeinsame Klienten, es gibt keine Berührungspunkte. Gar keine. Ob sie sich kannten? Ich kann es nicht mit Bestimmtheit sagen, aber ich halte es für sehr unwahrscheinlich.«

»Sie haben doch bestimmt Kataloge?«, warf ich ein. »Online. Da können sie sich doch ohne Weiteres im Internet informiert haben, oder nicht?«

Philipp Nordmeyer machte eine abwehrende Handbewegung. »Wir haben Kataloge, wie Sie sich eben ausdrücken, wenngleich ich eher von Internetauftritten sprechen würde, aber lassen wir die Wortspielereien. Aber nicht alle Damen stehen in diesen Katalogen. Meist nur Studentinnen oder junge Frauen in wenig exponierter Stellung. Die beiden standen nicht drin.«

»Und wie konnte man sie überhaupt buchen?«, fragte ich. Ich kannte mich mit dem Metier nicht aus, und auf einmal fing mich die Sache an zu interessieren.

»Ganz einfach. Sie rufen an und bitten uns um eine Empfehlung. Wir unterhalten uns mit den Kunden und geben einen Rat. So vermitteln wir die Kontakte für die Damen, die sich nicht mit einer eigenen Internetpräsentation vorstellen. Wir achten übrigens sehr darauf, dass unsere Klienten keine privaten Telefonnummern unserer Damen erhalten. Man trifft sich in einem Café, in einer Hotellobby oder einem Restaurant. Alle unsere Damen haben ein Privatleben und möchten ihre Nebentätigkeit sorgfältig abschirmen.«

»Sie sprachen von exponierter Stellung einiger Ihrer Damen?«

»Ärztinnen, Lehrerinnen, Juristinnen – was Sie wollen. Und natürlich Studentinnen, kaufmännische Berufe und so weiter. Ich glaube, Sie machen sich ein falsches Bild. Unsere Frauen sind gebildet, wir achten darauf, dass sie mindestens fließend Englisch sprechen, aber viele sprechen mehrere Sprachen …«

»… sind alle jung und top aussehend«, fügte ich bissig hinzu.

»Nicht unbedingt – unsere älteste Mitarbeiterin ist zweiundfünfzig. Und sie hat einen treuen Kundenstamm. Und was das Aussehen betrifft: Es wird überschätzt. Charme, Warmherzigkeit, Gewandtheit, Ausstrahlung. Das zählt. Gutes Aussehen können Sie an jeder Ecke für einen Bruchteil des Preises kaufen.«

Die Frauen gingen mir durch den Kopf. Gut aussehend, vermutlich charmant, gebildet, gut verheiratet – mein Gott, sie hatten doch alles. Ich wäre mit viel weniger zufrieden gewesen. Warum?

Schließlich fragte ich es auch.

Philipp Nordmeyer zog seine Stirn in sympathische Denkerfalten.

»Warum?«, wiederholte er. »Viele verschiedene Menschen, viele verschiedene Gründe. Geld? Für einen Abend vielleicht tausend Euro, für eine Übernachtung tausendachthundert – auch wenn man die Vermittlungsgebühren abzieht, es bleibt recht viel übrig. Ich glaube, dass das Studentinnen interessiert. Bei den anderen? Der Kick? Das Gefühl, begehrt zu werden? Macht? Wunsch nach charmanter Unterhaltung? Ich glaube so etwas in der Richtung.«

Das Spiel mit dem Feuer. Wenn Birgits Eskapaden auch nicht bezahlt worden waren – sie hätte hier auch eine gute Figur gemacht, ging es mir durch den Kopf.

»Celine Dreyer?«

Philipp Nordmeyer verzog seinen Mund zum Ansatz eines Lächelns.

»Ich kannte Frau Dreyer nicht so gut, aber nach allem, was man in der Branche so hört, schien es ihr auf Honorare nicht anzukommen.«

Alles Frauen, die es mit der ehelichen Treue nicht allzu genau nahmen. Aber wurde man deswegen gleich umgebracht? Wo versteckte sich der Täter?

»Können wir die Liste Ihrer Kunden haben?«, fragte ich.

Nordmeyer zog die Augenbrauen hoch.

»Definitiv nicht«, beschied er mir mit sanfter Stimme. »Diese Listen sind absolut vertraulich. Dynamit. Sie verstehen.«

Ich setzte zu einer Entgegnung an.

»Ich bin promovierter Jurist«, erläuterte er sachlich. »Strafrecht. Glauben Sie mir: Was Sie verlangen, ist unverhältnismäßig, und Sie kämen damit beim Richter auch nicht durch. Aber ich kann Ihnen einen Blick in die Kunden der beiden Opfer der letzten zwei Jahre gestatten – unter der Voraussetzung, dass Sie diese Informationen für sich behalten.«

Er griff nach einer Aktenmappe und legte zwei Computerausdrucke vor. Es waren Geschäftsleute aus Münster, New York, Amsterdam, Hamburg, München. Professoren aus Miami und Nürnberg. Manche Namen tauchten häufiger auf. Manche nur einmal. Aber kein Name war auf beiden Listen verzeichnet. Die Spur, so schien es, führte ins Leere. Trotzdem nahmen wir die beiden Blätter mit.

»Wer hatte Zugang zu Ihrer Kundendatei?«, fragte ich abschließend.

»Ich, meine Mitarbeiterin. Das war's. Ich habe es immer wieder und wieder überprüft. Schon allein, weil mir Daniela sehr nahe stand, auch wenn Sie dies mir wahrscheinlich nicht glauben. Hier ist nicht eingebrochen worden, die Listen sind nie entwendet worden. Verstehen Sie jetzt, warum ich von einem Zufall, einem tragischen Zufall sprach?«

Mehr war aus ihm nicht herauszukriegen. Vielleicht verschwieg er uns etwas. Vielleicht nicht. Aber wenigstens hatten wir herausgefunden, was die vier Opfer gemeinsam hatten.

»Vielleicht sehen wir uns noch einmal«, verabschiedete er uns und gab mir eine Nuance länger die Hand als notwendig. »Auch Sie haben Ausstrahlung.«

»Charakter«, fügte er noch hinzu.

»Wirklich?«, rutschte es mir heraus. Ich hätte mich auf die Zunge beißen können. Und rot wurde ich auch noch.

»Ausstrahlung. Charakter«, karikierte Matthias, als wir zum Auto gingen. »Mann, hat der dich eingewickelt.«

Manchmal kann Matthias wirklich ein ziemlicher Arsch sein. Unsere Rückfahrt zur Hardenbergstraße verlief jedenfalls frostig.

Sollte ich mich freuen, die Gemeinsamkeit der vier Frauen herausgefunden zu haben? Vier schöne Frauen auf Abwegen? (Oder waren es nur für mich Abwege?) Ein Puzzle-Stückchen mehr? Nur dass sich die Teile nicht zusammenfügten. Was besagte es schon? Vermutlich waren Hunderte von Ehefrauen in Hannover untreu. Wenn nicht mehr. Wurden sie deswegen gleich Opfer eines Serienmörders? Und dunkel dämmerte es mir, dass auch dieses Indiz gut zu Michael Gärtner passen konnte. Ein Hass auf gut aussehende Frauen. Ein privater Rachefeldzug. Vielleicht war er wirklich bei seiner ersten Verurteilung unschuldig gewesen, es mochte gut sein. Aber was richteten die vielen Jahre Gefängnis in einem Menschen an? Noch dazu, wenn er wirklich unschuldig war? Merkwürdige Alibis. Die beiden Alten aus der Nachbarschaft hätten möglicherweise auch alles beschworen, was sie interessant machte. Und seine Freundin sowieso. Alle Ehemänner, denen man es vielleicht zutrauen konnte, mit einem sicheren Alibi. Wo war der Schlüssel?

Marx lief mir über den Weg. Oder genauer gesagt, ich ihm. Er bat mich in sein Büro, ich hörte mir noch einmal eine Strafpredigt an, er deutete im Wiederholungsfall ernsthafte Konsequenzen an, aber aus dem Tonfall entnahm ich, dass das Schlimmste vorüber war. Offenbar hatte man auf der Ebene des Polizeipräsidenten kein Interesse, den Fall hochzuspielen. Bernd und ich waren wohl aus dem Schneider.

Ich berichtete Marx über den Fortgang unserer Ermittlungen, er rang sich ein Lob ab.

»Gut gemacht. Und die Schlussfolgerungen? War er es, war er es nicht?«

Er – das war natürlich Michael Gärtner. Meine Ausführungen waren kompliziert, und sie überzeugten nicht einmal mich. Die Aussage der beiden Alten – auch er schien ihnen nicht wirklich zu glauben. Ein dunkler Raum, das fahle Licht des Fernsehers. Es hätte jede x-beliebige Person dort im Wohnzimmer sitzen können. Und seine Freundin war bereit, jede Lüge zu beeiden, die ihr ihren Lover erhielt. Es war wie verhext.

»Ende der Woche«, beschied er mir nach einer Viertelstunde. »Bis Ende der Woche hast du Zeit, dann geht der Bericht an die Staatsanwaltschaft. Und die wird Anklage gegen Michael Gärtner erheben.«

Aufmunternd klopfte er mir zum Schluss auf die Schultern. »Kopf hoch. Bei reinen Indizien haben wir alle ein mulmiges Gefühl. Und als alter Hase gebe ich dir einen Tipp: Bei uns auf der Polizeischule gab es einen guten Spruch: Wenn du Hufgetrappel hörst, dann denke an Pferde, nicht an Zebras. Das Naheliegende ist meist das Richtige. Aber trotzdem: Du hast gute Arbeit geleistet. Und das kommt auch so in die Akten …«

In anderen Worten: die nächste Beförderung war nicht mehr ganz so weit weg.

Es hätte mich eigentlich freuen sollen, aber ich lief herum wie Falschgeld, wie man so schön sagt. Für die Mehrzahl der Kollegen war der Fall ohnehin gelöst. Ich brütete über den Akten, ging die Vernehmungsprotokolle durch. Bei Hufgetrappel an Pferde denken, das sagte sich so leicht. Das Rasiermesser ansetzen – auch so ein flotter Spruch. Die Pferde, das war Michael Gärtner. Und wenn es doch ein Zebra war? Dabei war ich mir sicher: Irgendwo in diesem Berg von Akten, Protokollen, den spärlichen Zeugenaussagen, den Indizien, Fundstücken, da steckte das entscheidende Beweisstück. Bei jedem Fall war es so gewesen. Es gab immer eine Spur. Ich raffte mich sogar auf, hinunter in den Keller zu gehen. In die Asservatenkammer.

Die Asservatenkammer war eigentlich keine Kammer, sondern ein abgetrennter Kellerflurbereich, in dem unsere Beweisstücke aufbewahrt wurden. Säuberlich nummeriert, verzeichnet, teils mit Fundortbeschreibungen, teils ohne. Dort lagen sie: Spritzbestecke, Coladosen, verrottete Präservative, Bierpullen, Pappdeckel und benutzte Tampons. Alle mit ihrem Aktenzeichen, einer Nummer für den Fall und einer laufenden alphanumerischen Bezeichnung. Kein Fundstück konnte verloren gehen.

Der Kollege am Eingang wachte, und obwohl er mich kannte, musste ich mich in das Buch eintragen. Datum, Uhrzeit, Name, Dienstbezeichnung. Hübsch ordentlich. Für die meisten unserer Fundstücke waren Schubladen in einem Schranksystem reserviert, nur für diejenigen, die verderblich waren – Essensreste, Mageninhalte, Hautpartikel, Blut – war ein Platz in einem der Tiefkühlschränke vorgesehen. Unsere Unterlagen waren in einem mittelgroßen Plastikcontainer untergebracht, Eiskristalle glitzerten auf ihm, in den Plastiktüten lagerten die Proben. Es waren Zeitbomben, die vor sich hin tickten. Es hatte Fälle gegeben, dass eingefrorene Spermareste noch Jahrzehnte nach dem Verbrechen den Täter überführt hatten. DNA-Spuren war das Genaueste, was die kriminalistische Spurenauswertung bis jetzt entwickelt hatte. Es lag alles da: der angebissene Pizzarest (bereits ausgewertet, zwei kleine Einzeltüten, mit a und b nummeriert), der Mageninhalt eines Penners (noch nicht ausgewertet, dafür aber in dreifacher Ausführung, a, b, c), eine angenuckelte Bierflasche (nicht ausgewertet, dafür aber auch nur einmal vorhanden). Und so weiter, und so weiter. Blutspuren des Opfers, dieser ganze Kram, der uns schon beim ersten Mord zur Verzweiflung gebracht hatte. Und, natürlich, die kleinen Spuren Michael Gärtners: Ein Haar, Hautreste, gefunden unter einem Fingernagel des letzten Opfers. Es waren einfach zu viele Spuren, um den Überblick zu behalten. Und wir hatten doch eigentlich die wichtigsten, oder nicht?

Ich trug mich aus, zwanzig Minuten, bemerkte ich, hatte ich in der Asservatenkammer verbracht. War mir die große Erleuchtung gekommen? Wenn ich ehrlich war, nein. Und langsam beschlich mich auch das Gefühl, dass ich mich gründlich verrannt hatte. Wir hatten zwei Spuren, und alle führten sie zu einem Verdächtigen ohne Alibi. Das war doch genug, oder nicht? Ich hatte mit Marx einen Leiter der Einsatzgruppe, der mich sorgfältig vor meiner eigenen Übereifrigkeit beschützt hatte. Was wollte ich denn noch mehr (außer natürlich einen Hauptkommissarsposten und den Mann fürs Leben)?

Ich stapfte die Treppe hoch, ging schließlich auf unseren Flur und lief geradewegs Matthias über den Weg.

»Ich hab dich die ganze Zeit gesucht«, sagte er und fasste mich kameradschaftlich an die Schulter. »Wo hast du gesteckt?«

»Unten«, versetzte ich mürrisch.

»Ach, in der Gruselkammer?«

Dann änderte er den Tonfall.

»Tut mir leid«, sagte er.

»Was?«

»Mein Spruch vorhin mit dem Einwickeln. War nicht ganz nett. Entschuldige, akzeptiert?«

Er war doch ein anständiger Kerl. Ich gab ihm einen leichten freundschaftlichen Klaps auf den Unterarm.

»Habt ihr Lust, ein Bier zu trinken?«, fragte Klaus, der auf einmal auch aus seinem Büro gekrochen kam. Er hatte seine Lederjacke an und hatte anscheinend schon Feierabend gemacht.

Ich schaute Matthias an, der schaute mich an. Dann nickten wir beide.

»Ich schaue eben mal bei Bernd rein, ob er auch Lust hat ...«, brummelte Klaus und öffnete Bernds Tür. Ich hatte nicht einmal gewusst, dass er da war. Auch so eine treulose Tomate.

Aber als er dann auftauchte, sich ehrlich über meinen Anblick freute, mich kurz an die Schulter fasste, verflog mein aufkeimender Groll.

In der Nähe unseres Dienstgebäudes gibt es einen weitläufigen Biergarten. Einen der ältesten in Hannover. Alte Eichen, Linden, passables Essen (wenn man wie unser ehemaliger Bundeskanzler auf Currywurst steht) und zu dieser Zeit (kurz nach 16 Uhr) nicht einmal allzu gut besucht.

Klaus ließ es sich nicht nehmen, uns eine Lage Bier zu spendieren. Danach war Matthias dran. Ich bin nicht gerade die geübte Kampftrinkerin, auch hatte ich wenig gegessen, und so stieg mir das Bier rasch zu Kopf.

Für einen Moment spielte ich noch mit dem Gedanken, ob Bernd und ich nicht heute Abend vielleicht noch zu mir gehen sollten – jetzt, wo nun alles heraus war, sah ich auch keinen großen Sinn in einer betonten Zurückhaltung, aber als sich schließlich Bernd ebenfalls erhob und zur Theke ging, vermutlich, um wieder mit vier halben Litern zurückzukommen, hielt ich das für keine ganz gute Idee mehr. Dieser Abend würde heute in einem allgemeinen Besäufnis enden.

»Und, ist mit Marx alles im Lot?«, fragte mich Klaus auf einmal von der Seite.

»Im Lot?«

»Wegen dir und Bernd …«, er wand sich etwas.

»Doch«, meinte ich. »Doch. Hat ein bisschen Trouble gegeben, aber es geht. Ich glaube, das Schlimmste ist überstanden …«

Für die nächste Viertelstunde kreiste das Gespräch um unseren Fall. Matthias gab noch unsere Erlebnisse bei diesem Escort-Service zum Besten, dann aber wandten wir uns wieder allgemeinen Fragen zu. Die Aufhebung der freien Heilfürsorge für Polizeibeamte, die miserable Besoldung, all das, worüber Polizisten in ihrer Freizeit so reden. Der Garten füllte sich, der Geräuschpegel stieg, auch wir wurden vermutlich lauter, und wie es beim Trinken häufig passiert: Plötzlich war es dunkel, der Biergarten hatte sich wieder geleert. Die Bedienung räumte stehen gebliebene Biergläser weg, bei der die Besucher auf das Pfandgeld verzichtet hatten. Es wurde kühl.

Wir waren nun alle miteinander ziemlich bezecht. Klaus, der bisher für die nötige Trinkgeschwindigkeit gesorgt hatte, schlug vor, eine nahegelegene Kneipe in der Calenberger Neustadt aufzusuchen. Man könnte dort auch noch eine Kleinigkeit essen, als ob wir nicht schon genug Kalorien zu uns genommen hatten. Aber mit zunehmendem Alkohol wurde unser kollektives Urteilsvermögen wohl ziemlich außer Kraft gesetzt, denn ich konnte mich nicht erinnern, dass irgendjemand Einspruch erhoben hätte. So landeten wir schließlich noch in einer kleinen Kneipe, schaufelten Züricher Geschnetzeltes in uns hinein, tranken Bier und verwandelten uns langsam in eine Gruppe schwer artikulierender, aber nichtsdestoweniger amüsanter und geistreicher Menschen. Als die Gruppe neben uns schließlich zotige Lieder aus der Zeit der Bundeswehr anstimmte und dann die Wecksprüche der Bundesmarine laut skandierten, entschloss sich die Wirtin, dass es Zeit sei, die Kneipe zu schließen und rief uns einige Taxis.

Die kalte Nachtluft machte mich zwar nicht nüchtern, brachte mir aber jenes Quäntchen gesunden Menschenverstandes zurück, der mich abhielt, den Vorschlag von Klaus, noch ein Haus weiterzugehen, begeistert zu unterstützen. Und auch Bernd und Matthias, die beiden ebenfalls schon ziemlich hin – sie hatten auch deutlich mehr getrunken als ich –, schienen auch auf einmal die merkwürdige Vorstellung zu haben, dass man um halb zwei durchaus im Bett liegen sollte.

Die andere Gruppe ruckelte halbherzig an ein paar Straßenlaternen, der Wortführer stellte sich an die Hauswand und pisste. Dann, als ob alles zu viel für ihn gewesen sei, beugte er sich über, stützte sich ab und kotzte mit würgenden, platschenden Geräuschen eine braune Lache aus Bier, Brot, Fleisch, Salat und Magensaft einfach auf die Straße. Streng genommen hätten wir als Ordnungshüter einschreiten müssen, aber das platschende Geräusch gemahnte jedenfalls mich, dass auch mein Magen dazu neigte, zu rebellieren. So blieben wir still, versicherten uns, wie toll der Abend gewesen sei, und stiegen dann in die Taxis.

❖

Der Morgen danach … Ich hatte schlecht geschlafen. Nach Alkohol schlafe ich immer schlecht. Ich war auch so viel einfach nicht gewöhnt. Und zu allem Überfluss verfolgte mich auch noch dieses platschende Geräusch, das der Wortführer der anderen Gruppe von sich gegeben hatte … In meinen Träumen tauchte ich immer wieder in diese eklig braune, mit Essensresten versetzte Brühe ein, schwamm darin – und wachte wieder auf, weil auch mein Magen zu rebellieren drohte.

Als der Morgen über die Hausdächer kroch, war ich jedenfalls ziemlich bedient und schwor mir, bei einer nächsten Gelegenheit vernünftig zu bleiben.

Wir kamen kollektiv zu spät zum Dienst, auch die anderen sahen nicht besser aus, was die Sache erträglicher machte. Außerdem war unsere Etage nicht gut besetzt, die vom LKA waren fast alle fort, und von den anderen ernteten wir verständnisvolle Blicke.

Ich durchforstete zum – ich weiß nicht wievielten Mal – die Aussagen, die unsere Zeugen gemacht hatten, ihre Personenbeschreibungen, vage und widersprüchlich, wie sie waren, ging die Tatortrekonstruktionen durch, die unsere Spurensicherung angefertigt hatte … Ich kannte die Texte auswendig, jedes einzelne Foto hatte ich bestimmt drei-, viermal gesehen. Vielleicht war alles nur Beschäftigungstherapie, denn der Vorhang aus Restalkohol und die latente Gefahr eines rebellischen Magens waren nicht gerade konzentrationsfördernd.

Alle Zeugenaussagen konnten auf die Hälfte der männlichen Bevölkerung passen: groß, dunkel (war ja auch Nacht), sportlich, es war so vorhersagbar, so berechenbar. Die Leute schauten einfach zu viel Fernsehen und projizierten dann anschließend ihre Bilder in ihre Zeugenaussagen. Die meisten dieser Aussagen waren schlichtweg wertlos – aber sie würden natürlich von jedem Staatsanwalt mit Freude verwandt werden, um Michael Gärtner einen Strick zu drehen. Vermutlich war er es auch.

Die Mittagszeit nahte. Ich hatte zwar keinen Hunger, aber die eingefleischte Routine eines Berufslebens forderte ihr Recht. Außerdem hatte ich das ziemlich sichere Gefühl, nichts mehr zu finden. Es war mehr Zufall, dass ich beim Zuschlagen der Akte auf der ersten Seite hängen blieb, bei jener Zeugenaussage, die ich selber aufgenommen hatte. Der dreißigjährige Mann mit seiner schlackernden Polyesterhose stand mir vor Augen, sein geklautes Motorola-Klapphandy, seine Stanniolpapier-Kügelchen mit irgendwelchen Drogen, die zweihundert Euro in seiner Hosentasche. Die blutverschmierten Hände, befleckte Schuhe. Von all den Zeugen war er am nächsten dran gewesen. Vielleicht ein, zwei Minuten nach der Tat. Er wäre sicher nicht der ideale Zeuge gewesen, aber der einzige, der überhaupt etwas sehen konnte.

»Ich kam von der Lutherkirche, Kniestraße, da war ich mit einem Kumpel verabredet, Ernst Wächter, können Sie nachfragen, der bestätigt das, ehrlich, und bin dann durch den Georgengarten, wollte nach Hause, und als ich um die Ecke kam, da sah ich sie. Sie lag auf dem Bauch und bewegte sich noch. Ich sofort zu ihr hin, hab sie umgedreht … Da war sie aber schon tot. … Es kam noch etwas Blut aus dem Hals, aber sie war gleich tot.«

Nur ein paar Sekunden hatten unseren Täter vor der Entdeckung geschützt. Ein paar Schläge eines zum Stillstand kommenden Herzens.

»Ist Ihnen irgendetwas aufgefallen. Eine Person? Eine Bewegung? Ein Geräusch?«

Er schüttelte den Kopf. »Nix«, sagte er, »ich habe keinen gesehen, und gehört? Ich hab auch nichts gehört. War ja auch ein bisschen Wind, also die Blätter. Nee, gehört habe ich nichts. Und gesehen auch nicht.«

Dann diese Amateurschauspielerpause.

»Was haben Sie denn noch bemerkt?«

»Ein Geräusch«, sagte er. »Ein komisches Geräusch, so als ob man eine Flasche ausgießt, so mit platschender Flüssigkeit.«

»Wie Bier?«

»Nee, nicht wie 'ne Bierflasche. Eher so wie ein Eimer, den man ausgießt. Aber, wie gesagt, Frau Kommissarin, die Blätter waren ziemlich laut und so genau achtet man doch auch nicht auf alles, oder?«

Ein platschendes Geräusch. Nein, keine Bierflasche, eher ein Eimer, den man ausgoss.

Das Bild gestern stand mir vor Augen. Der Hauptkrakeeler an der Straßenlaterne rüttelnd, dann das platschende Geräusch, als er sich stinkend übergab. Ein platschendes Geräusch, ähnlich wie ein Eimer? Mit etwas Fantasie ließe es sich so beschreiben. Mit einem Mal war meine Alkoholwand wie weggeblasen. Sollte es möglich sein, dass sich der Mörder das erste Mal dabei übergeben hatte?

Ich hatte zwar noch nie von einer derartigen Reaktion gehört, allerdings hatte ich auch noch nie mit einem Serienmörder zu tun gehabt. Bei dem Einbruchsdezernat, dem ich kurzzeitig am Anfang meiner Ausbildung einmal zugeteilt worden war, hatten wir einen Serientäter, »Koti«. »Koti« hatte die unangenehme Eigenschaft, dass er bei jedem Einbruch seinen Darm entleerte. Mal in der Toilette, häufig aber auch in der Wohnung selbst. Sein Markenzeichen. Übrigens kein unübliches Verhalten bei Einbrechern. Manche müssen etwas essen, manche koten, manche pinkeln, andere gehen einfach nur an den Kühlschrank und suchen nach der Milch. Fast immer sind es Stresshandlungen. Sollte hier ein ähnlicher Fall vorliegen?

Für einen Moment erwog ich, den Zeugen noch einmal zu befragen. Fritz Weller, die Adresse hatten wir notiert, eine Telefonnummer gab es nicht. Doch extra noch eine Tour nach Linden, falls wir ihn überhaupt antreffen sollten? Was erwartete ich? Dass er sagen würde: »Ja, genau, der Mörder hat gekotzt?« Und selbst wenn, was bewies das schon?

»Kommst du mit?«, fragte Matthias auf einmal. Er hatte die Tür aufgemacht und stand mit Bernd im Zimmer.

Ich blickte auf und machte ein verdutztes Gesicht.

»Essen«, erklärte Matthias und machte eine entsprechende Handbewegung, als ob ich ein Kleinkind wäre. »Oder bist du noch nicht so ganz wieder auf'm Damm?«

Das müsste ich wohl euch fragen, ging es mir durch den Kopf. Aber fairerweise sahen sowohl Bernd als auch Matthias wieder recht vorzeigbar aus. Und wie stand es um mich?

»Siehst gut aus, Kleine«, versetzte Bernd, der offenbar meine Gedanken erraten hatte.

»Ich hab den Fall gelöst«, platzte ich plötzlich heraus.

Die beiden schauten mich entgeistert an. Ich wusste nur nicht, ob sich ihr verdutzter Gesichtsausdruck auf die freudige Nachricht oder auf den Umstand bezog, dass sie mich offenbar für leicht übergeschnappt hielten.

»Wieder mal?«, fragte Matthias spöttisch.

»Ist doch ganz einfach«, sprudelte ich heraus. Dann erzählte ich es ihnen.

Beide nahmen meine Enthüllungen allerdings deutlich weniger euphorisch auf, als ich erwartet hatte.

»Und was willst du jetzt damit machen?«, fragte Bernd misstrauisch und kniff seine Augenbrauen zusammen.

»Ganz einfach«, stellte ich fest. »Wir nehmen diese Probe, jagen sie durch das Analyseprogramm und in zwei Tagen haben wir ein DNA-Profil. Vergleich mit den Datenbanken – das war's!«

»Wenn er drin ist«, meinte Matthias zweifelnd.

»Sicher«, sagte ich. »Natürlich nur, wenn er drin ist. Aber es ist doch einen Versuch wert, oder nicht?«

»Wenn's denn der Wahrheitsfindung dient …«, brummte Bernd wenig überzeugt. »Ich hoffe, du hast Marx noch nichts erzählt.«

Das war mir auch klar. Der Eindruck eines fleißigen Lieschens, das ständig neue Vorschläge produziert, war nicht gerade karrierefördernd. Allerdings hatte das Ganze auch einen Haken: Derartige Spurenanalysen wurden immer vom jeweiligen Leiter des Falles beim Labor beantragt. Und das war schließlich Marx. Ich kam um ihn einfach nicht herum.

»Bereden wir das Ganze beim Mittagessen«, entschied Matthias. »Jetzt erreichst du sowieso keinen.«

Unsere Kantine haben wir etwa hundert Meter weiter im Gebäude der Oberfinanzdirektion. Es ist ein steriler Zweckbau aus den fünfziger Jahren, aber das Essen ist normalerweise recht gut, diesmal gab es Hähnchen-Curry, etwas, was mir durchaus schmeckt. Heute allerdings kriegte ich kaum einen Bissen herunter. Dies lag weniger daran, dass mein Magen immer noch mehr auf Schonkost ausgelegt war. Ich war einfach aufgeregt, rutschte auf meinem Sitz hin und her. Schließlich hielt ich es nicht länger aus. Ich stand auf.

»Ich glaube, ich gehe jetzt mal …«, sagte ich zu den beiden, die – offensichtlich weder von meinen Magenproblemen noch von meiner Gemütsverfassung geplagt – noch genussvoll ihr Curry in sich hineinschaufelten. Die beiden grinsten komplizenhaft. Matthias machte eine leise Bemerkung, die ich nicht verstand, die aber offenbar auf mich bezogen war, denn beide warfen mir einen abschätzigen Blick zu und lachten. Für den Umstand, dass Bernd und ich jetzt auch offiziell ein Liebespaar waren, verhielt er sich nicht gerade solidarisch. Ich ließ mir jedoch nichts anmerken und mit einem »man sieht sich« zog ich Richtung Dienststelle.

Auf dem Weg kamen mir Zweifel. Der Hinweis von Bernd auf Marx war nicht unbegründet. Wenn ich ihn fragte, würde ich sicherlich seine Genehmigung zur DNA-Analyse bekommen, das war kein Problem. Aber andererseits hatte ich das Gefühl, dass ich seine Kooperationswilligkeit nicht überstrapazieren sollte. Das mit mir und Bernd war schon ein ziemlich starkes Stück gewesen, meine auf ihn sicher nervig wirkenden Einwände und Fragen, ob denn Michael Gärtner wirklich der Täter war, waren für ihn wohl auch kein ungeteilter Grund zur Freude. Immerhin ging es auch für ihn um das Prestige, einen schlagzeilenträchtigen Fall innerhalb kurzer Zeit aufgeklärt zu haben. Ganz abgesehen davon, dass angesichts des Presserummels ein öffentlicher Rückzieher sicher für ihn eine schwere Schlappe war. Nicht nur ich dachte an Karriere, und möglicherweise peilte Marx im Stillen schon eine Position als Kriminaldirektor an. Als ich am Pförtner vorbei durch unser Haupttor ging, hatte ich jedenfalls meinen Plan festgelegt. Ich würde ihn einfach übergehen. Es lagen drei Proben des Mageninhalts im Eisschrank, ich würde eine einfach persönlich ins Labor bringen. Wir machten dies alle gelegentlich, es war also nichts allzu Ungewöhnliches. Falls sich diese Spur als ergebnislos erweisen sollte, dann kam es wenigstens nicht an die große Glocke. Ohnehin war die Wahrscheinlichkeit, dass gerade ich den rettenden Einfall gehabt hatte und es sich nicht um die Reste eines Betrunkenen handelte, nicht gerade hoch.

Obwohl ich am liebsten sofort in den Keller gestürzt wäre, zwang ich mich noch nach oben zu gehen, die Mails an meinem Schreibtisch zu überfliegen, zählte bis dreißig und griff dann nach dem Telefonhörer.

Dr. Auster, der Leiter unseres Labors, begrüßte mich mit einem flapsigen Spruch.

»Brauchen Sie ein Aspirin, junge Dame? Oder wollen Sie etwas Stärkeres gegen Kopfschmerzen?«

Ich machte gedehnt ein »Ha, ha«, musste aber zugeben, dass ich schon einmal schlagfertiger gewesen war. Sah man mir unsere nächtliche Sauftour so an? Dabei hatte ich gar nicht gewusst, dass ich heute schon Auster über den Weg gelaufen war. Oder sollte alles schon die Runde gemacht haben? Das Polizeipräsidium war in vieler Hinsicht wie ein kleines Dorf. Genaue Beobachtung verbunden mit viel Klatsch und Tratsch.

Aber Auster war keiner, der lange in einer offenen Wunde herumstocherte.

»Womit kann ich dienen?«, fragte er schließlich.

»Ich brauchte eine DNA-Analyse«, sagte ich. »Mageninhalt, eingefroren. Und einen Abgleich mit unserer Datenbank.«

Auster schien kurz auf seinen Terminkalender zu schauen.

»O. K.«, sagte er, »schickt sie mir rüber, reicht es bis Dienstag?«

»Ich brauche sie eigentlich vor dem Wochenende. Und ich könnte sie auch gleich selbst vorbeibringen …«

Auster schwieg.

»Dringlichkeitsanfragen gehen in der Regel über den Leiter des Dezernats, das wäre, wie die Sache so liegt, in diesem Fall wohl Marx. Der soll mir dieses elektronische Formular schicken, das wir ja seit drei Jahren ausfüllen müssen. Und ich werde sehen, was ich machen kann. Ich gehe doch recht in der

Annahme, dass es sich um eine Probe bei dem Frauenmörder handelt, nicht wahr?«

»Ja«, gab ich zu. »Andererseits, ich habe das Problem, dass Marx gerade nicht da ist.«

»Und wahrscheinlich auch das Problem, dass du es auf die gute alte Tour machen möchtest, so mit Papierformular usw.?«

Auster ist nicht dumm.

»Wenn das möglich wäre?«

»Und wahrscheinlich möchte die junge Dame auch etwas Diskretion, wenn sich das Ganze als Fehlschlag erweist …?«

Er hatte seinen spöttischen Tonfall angenommen, aber da wusste ich schon, dass ich gewonnen hatte. Sonst wäre er dienstlich geworden.

»Es muss ja nicht alles an die große Glocke kommen«, versetzte ich leichthin und ging auf seinen Ton ein.

»Bringen Sie es vorbei«, sagte er einfach. »Aber ich bin nur noch bis 15 Uhr in der Firma, danach geht mein Zug. Sie haben eine Dreiviertelstunde … reicht das?«

Ich hätte ihn knutschen können.

»Ich komme in fünf Minuten«, sprudelte ich aufgeregt heraus, legte auf und machte mich auf den Weg in unser Gruselkabinett.

Der Kollege, der dort Dienst hatte, war ein junger Spund, keine zwei Jahre bei uns, trotz des verordneten Sports hatte er bereits jetzt Gewichtsprobleme, Babyface hieß er bei den anderen. Ich kannte ihn nur vom Sehen, er arbeitete normalerweise beim Einbruchsdezernat, was er hier tat, wusste ich nicht. Zur Verkürzung der Langeweile hatte er eine Zeitschrift aufgeschlagen, die er, als ich eintrat, hastig mit der Hannoverschen Allgemeinen zudeckte. Wenn er nicht gar so hilflos ausgesehen hätte, wäre mir wahrscheinlich ein diesbezüglicher

Spruch von den Lippen gekommen, so machte ich nur einen wichtigen Eindruck.

»Ich muss eine Probe abholen und ins Labor bringen.«

»Einen Moment«, murmelte er und scrollte sich durch ein Computermenü.

»Ist nicht in der EDV«, versetzte ich anscheinend genervt. »Geht auf die gute alte Tour.«

Und als er mich begriffsstutzig anschaute, betrachtete ich ihn, als sehe ich einen Deppen vor mir. »Papier, du verstehen, ganz normales Papierformular. So Zellulose, du kennen …?«

Bei jedem anderen hätte ich vermutlich einen Spruch zurückbekommen, der wohl ziemlich unter der Gürtellinie gelegen hätte, aber er sackte nur in sich zusammen, schaute unschlüssig auf den Monitor, die Tastatur und schließlich auf seine Regale.

»Formulare …?«, fragte er hilflos.

»Oben linke Schublade«, versetzte ich von oben herab. Dann beugte ich mich, um Widerspruch auszuschließen, über das Besucherbuch und trug mich ein.

Dann ging ich zu den Gefrierschränken.

»Kommst du allein zurecht, oder muss ich dir helfen?«, fragte ich über die Schulter hochnäsig und ungeduldig zurück. Die Mädchen in seiner Zeitung waren in seiner Fantasie vermutlich nicht so zickig.

Ich öffnete die Tür. Das lagen sie. Meine Proben. Mageninhalt. Gleich dreimal. Sorgfältig beschriftet und katalogisiert. Für einen Moment zögerte ich. Falls das hier herauskommen sollte, würde ich einen Rüffel bekommen, der mir wehtun könnte. Das war schlichtweg das Übergehen eines Vorgesetzten und das Nichteinhalten des Dienstwegs. Ich weiß nicht, was schlimmer war. Hoffentlich hielt Auster den Mund.

Und wenn ich Erfolg hatte... Michael Gärtner kam mir in den Sinn. Vielleicht die Rettung eines Unschuldigen. Aber im Herzen wusste ich, dass mir im Augenblick Michael Gärtner herzlich gleichgültig war. Ich hatte mir etwas in den Kopf gesetzt und würde damit Erfolg haben.

Ich griff nach der C-Probe und schloss die Tür. Nun musste ich mir nur noch eine Kühlbox besorgen und in fünf Minuten wäre die Sache im Labor.

Ich drehte mich um. Mein überforderter Kollege war mit seinen Formularblöcken wohl fündig geworden, hatte aber – wohl mit seinem Hintern – die HAZ von dem Tisch gestreift, sodass mich eine – sogar auf die Distanz von zehn Metern unschwer zu erkennende – dunkelhäutige Schönheit mit einer Banane in der Hand anschaute. Babyface lief an wie eine Tomate.

In diesem Augenblick schrillte der Alarm. Feuer.

Nicht das noch.

»Gib das Formular rüber, ich unterschreibe schon«, drängte ich ihn.

»Wir haben Feueralarm«, versetzte er.

»Nun mach dir nicht gleich in die Hosen, wir haben jedes Jahr Feueralarm.«

»Ü-bungs-a-larm«, setzte ich das Wort in einzelne Silben zerlegend hinzu.

»Nichts Übungsalarm«, versetzte er heftig und fast aggressiv. »Wir verlassen diesen Raum. Ich schließe hier ab. Und das war's.«

»Nun hab dich nicht so«, gab ich zurück.

Aber aus der schüchternen Tomate mit seinen Penthouse- oder Men's-Health-Fantasien war mit der Alarmglocke ein knochenharter Bürokrat geworden.

»Und du legst jetzt deine Probe wieder zurück in den Schrank. Und dann sehen wir, dass wir Land gewinnen.«

Das eintönige Schrillen des Alarms hatte etwas Zermürbendes. Außerdem hatte Babyface ja recht. In einer Viertelstunde, wenn der Alarm vorbei war, würde ich wiederkommen. Hoffentlich war Auster dann noch nicht in seinem Zug.

Ich ging zurück zum Gefrierschrank und zog an der Tür. Unerwartet spürte ich Widerstand.

»Sie geht nicht auf«, stellte ich fest.

Babyface trat neben mich und zog ebenfalls vergeblich.

»Das liegt am Unterdruck«, resümierte er, als ob mir das nicht selbst klar war. »Der Unterdruck muss sich erst abbauen. Du hast zu viel warme Luft reingelassen.«

Und dann: »Wir müssen jetzt raus.«

Ich hatte meine Probe in der Hand, die Tür des Gefrierschrankes blockiert und einen Kollegen, der mich mit Sicherheit nicht damit entkommen lassen würde.

»Pack sie doch einfach in einen anderen Schrank«, versetzte er ungeduldig. »Nachher kannst du sie ja wiederholen.«

Und so machte ich es auch. Ich nahm den Nachbarschrank, merkte mir noch die Position (obere Schublade links, die Bezeichnung des Falles sagte mir allerdings nichts) und wandte mich um.

Immer noch dieses nervtötende Geheule der Alarmanlage. Hoffentlich war dieser blöde Alarm bald vorbei. Babyface hatte schon die Türklinke in der Hand. Es war eine schwere, dicht schließende Stahltür.

Als er öffnete, drang ein Schwall beißenden Rauches in den Raum. Sofort schloss er sie wieder.

»Von wegen Übungsalarm«, stellt er bissig fest. »Was machen wir jetzt?«

Der leichte Rauchgeruch, der jetzt in der Luft hing, war nicht dazu angetan, uns zu beruhigen. Die Tür war feuerdicht und hielt vermutlich einiges aus. Außerdem würde die Feuerwehr sicher nicht lange auf sich warten lassen. Aber inwieweit unsere Tür auch luftundurchlässig war, wollte ich ungern auf die Probe stellen. Ich hatte keine Lust, hier wie eine Ratte im Käfig an einer Kohlenmonoxid- oder Dioxinvergiftung zu sterben. Ohnehin hatte ich den Eindruck, dass durch unmerkliche Ritzen zwischen Türzarge und Türblatt feine Rauchschwaden zogen. Die Dienstvorschriften in einem solchen Fall entsprachen hier ausnahmsweise dem gesunden Menschenverstand: So schnell wie möglich das Gebäude verlassen.

Mein Blick fiel auf ein Waschbecken mit ein paar Handtüchern an der Wand.

»Wir machen die Handtücher nass, vor das Gesicht und dann ab in den Treppenaufgang«, entschied ich.

»Und wenn es da brennt?«, fragte er.

»Dann nehmen wir den zweiten. Überall wird es ja wohl nicht brennen.«

Der Qualm war stark und biss in den Augen, wir tasteten uns zu dem nächstliegenden Treppenaufgang. Trotz des nassen Handtuchs hatte ich das Gefühl eines würgenden Reizes in den Augen und in dem Rachen, aber sobald wir die Treppenstufen erreicht hatten, konnten wir besser atmen. Wenige Sekunden später waren wir draußen, gerade noch rechtzeitig, um zu sehen, wie die hannoversche Feuerwehr durch das Einfahrtstor jagte.

Genaueres wusste keiner von den Umstehenden, aber anscheinend war das Feuer im Kellerbereich oder in den unteren Fluren ausgebrochen, denn dort wallte der Qualm, die oberen

Etagen hingegen waren unbeschädigt. Was um alles in der Welt konnte unten so brennen?

»Elektrik … Kabelverkleidungen« waren die Stichworte, die sich Umstehende zuwarfen. Vermutlich aber waren sie fast genauso ahnungslos wie ich.

»Schade«, dachte ich. Auster würde bestimmt schon im Zug sitzen. Manchmal hatte man einfach Pech.

Nach einer halben Stunde wurde Entwarnung gegeben. Im Kellerbereich des Treppenhauses war ein Abfallkorb in Flammen aufgegangen und hatte Teile der Aluminiumdeckenverkleidung einschließlich der dort laufenden Kabelstränge in Brand gesetzt – so jedenfalls die kolportierte Version. Nach einer Dreiviertelstunde fand ich mich unten wieder ein, Pfützen von Löschwasser glitzerten, Gestank nach verbranntem Plastik hing in der Luft, ein paar Feuerwehrleute rissen verbogene Aluteile von der Decke. Vor der Asservatenkammer war jedoch alles in Ordnung. Ich öffnete die Tür. Babyface war nicht mehr da, aber Hauptkommissar Eichwald, ebenfalls Einbruchsdezernat, hatte seinen Platz eingenommen. Er war ein umgänglicher Mann, allerdings äußerst rigide bei der Auslegung der Dienstvorschriften. Bei ihm würde ich meine Schwierigkeiten haben, ohne elektronisches O. K. zu meiner Probe zu kommen. Trotzdem, wenn ich mich beeilte, konnte ich Auster gerade noch erwischen. So ging ich zügig zu unserem Schrank und öffnete ihn. Einen Augenblick war ich befremdet.

Da lagen unsere Proben. Alle. Bis auf eine Ausnahme. Der Mageninhalt des Penners fehlte. Klar, dachte ich, ich habe ihn ja auch in den Nachbarschrank gelegt. Natürlich kann er da nicht mehr liegen. Du wirst vergesslich.

Dann aber begriff ich: Es waren alle Proben dieser Art verschwunden, nicht nur die, die ich genommen hatte. Irgendjemand war während des Feuers hier eingedrungen und hatte die restlichen Proben entnommen. Ich machte die Tür zu und ging nachdenklich zum Eingang.

»Du hast vergessen, dich einzutragen, Barbara«, wies mich Eichwald auf mein Versäumnis hin. Dann drehte er das Besucherbuch zu mir.

»Ach, du warst die Letzte«, fügte er mitleidig hinzu, als er bemerkte, dass mein Name als letzter auf der Liste stand. »Bist du in das Feuer gekommen?«

Der Anblick traf mich wie ein Schlag. Es war mein Name, der als letzter auf der Liste stand. Mein Besuch bei Babyface war der letzte dokumentierte Eintrag. Derjenige, der die Proben entnommen hatte, hatte sich nicht eingetragen. Es war kein offizieller Besuch gewesen. Er war illegal eingedrungen. Vermutlich während des Feuers. Die Proben waren nicht entnommen, sie waren entwendet worden.

In dem Gesichtsausdruck von Eichwald sah ich, dass er auf etwas wartete. Ach so, natürlich, er hatte mir eine Frage gestellt.

Ich schüttelte meine Geistesabwesenheit ab.

»Stimmt«, sagte ich. »Ich war der Letzte mit Babyf…« Den Rest verschluckte ich geistesgegenwärtig. Immerhin kamen Babyface und Eichwald aus dem gleichen Dezernat.

Doch Eichwald grinste komplizenhaft.

Ich trug mich mechanisch unter neuer Uhrzeit in die Liste ein.

»Kann ich mal kurz das Telefon benutzen?«, fragte ich und wählte dann die Nummer des Labors.

Nein, Auster war schon gegangen. Er musste zum Zug. Ich würde die Probe heute nicht mehr abgeben können.

Ich ging. Draußen im Gang standen noch einige Feuerwehrleute. Im Vorübergehen bekam ich Bruchstücke der Unterhaltung mit. Papierkorb, Brandbeschleuniger, vermutlich Benzin, ziemlich amateurhaft ... Es war nicht viel, aber genug, um mir einen Reim auf die Ursache dieses plötzlichen Feuers zu machen.

Die Proben waren fort. Und mit an Sicherheit grenzender Wahrscheinlichkeit war mir klar, dass hier nicht ein Irrtum vorlag, sondern dass hier Beweisstücke ganz bewusst vernichtet worden waren. Und schlagartig wusste ich, dass ich den entscheidenden Beweis gefunden hatte. Die DNA des Mageninhalts würde zum Täter führen. Und dieser Täter musste sich in unserem Hause sehr gut auskennen.

Wenn ich nicht zufällig die Tür des Schrankes zu lange geöffnet gehabt hätte, sodass die letzte dieser drei Proben versteckt und verkramt bei einem ganz anderen Fall lagerte, wäre auch dieser Beweis zerstört worden. Vermutlich aber ahnte der Täter nicht einmal etwas von seiner Existenz.

Wer?

Ich lief herum wie in Trance. Es fiel vermutlich nur deswegen nicht auf, weil der Brand kurz vor Feierabend alle Arbeitsroutinen unterbrochen hatte und die meisten entweder sich unterhielten oder einfach früher nach Hause gingen.

Wer?

Es konnte kein Zufall sein, dass die Beweisstücke gerade in dem Augenblick verschwanden, als ich sie zur Analyse bringen lassen wollte. In der Verwirrung eines improvisiert gelegten Feuers. Und damit grenzte sich der Täterkreis ein. Nur drei Menschen wussten von meinem Vorhaben. Ich selbst, Bernd und Matthias. Nein, korrigierte ich mich, es wussten vier. Dr. Auster, der Leiter des Labors. Der so plötzlich zum Zug musste. Der mit seinem ockhamschen Rasiermesser. Passte das nicht zu den durchschnittenen Kehlen?

Oder Matthias? Mein guter Freund, über den ich, so fiel mir auf einmal auf, so wenig wusste. Schwul, aber was sagte das schon. Eingeweiht in alle kleinsten Einzelheiten des Falles. Unverdächtig. Künstlerisch gebildet, feinsinnig. Die morbide Ästhetik der Morde stand mir vor Augen. Es passte doch – oder?

Und Bernd, mein geliebter Bernd. Nutznießer eines Mordes. Trainierter Fechter. Sollte er? Nur dass er zum Zeitpunkt des Mordes an seiner Birgit bei mir und mit mir im Bett lag. Jedes Gericht hätte dieses Alibi vermutlich skeptisch beurteilt, jeder Staatsanwalt es auseinandergenommen. Geliebte und Geliebter geben sich gegenseitig ein Alibi. Die älteste Sache der Welt. Nur ich war kein Gericht, ich *wusste*, dass ich mit dem Mord nichts zu tun hatte und dass diese Spekulationen falsch waren. Der Einzige von den dreien, der mit Sicherheit unschuldig war, war Bernd.

Einen Mordvorwurf gegen einen Kollegen zu erheben, ist eine schwere Sache. Wenn meine Überlegungen falsch waren, würde ich hier die Koffer packen müssen. Ich musste mit jemandem reden, dem ich vertrauen konnte. Marx schied aus. Erstens war er nicht da, und zweitens kannte ich ihn nicht gut genug, und drittens … Ich bewegte mich auf brüchigstem Eis und die Grenze zwischen einer einfalls- und ideenreichen Kommissarin und einer Spinnerin war hier leicht zu überschreiten.

Normalerweise hätte ich Matthias um Rat gefragt. Aber das konnte ich wohl schlecht, so wie die Sache nun einmal lag.

So rief ich Bernd an. Ich ließ es lange klingeln, der Anrufbeantworter sprang an, fing an seinen Text abzunudeln, dann plötzlich die Stimme Bernds.

Ich müsste ihn sprechen, ganz dringend. Es wäre ihm egal, wie dringend, er freue sich immer auf mich. Wo hatte er nur diese Worte gelernt, Worte, die mein Herz erreichten?

❖

Das Taxi setzte mich vor der Haustür ab. Ich ging durch die Hainbuchenhecke, klingelte … Es war kaum vorstellbar, dass ich nur vor wenigen Wochen zu seinem Geburtstag gekommen war. An einem heiteren Septemberabend, als ich in Begleitung von Matthias zu spät kam, weil ich noch kurz einen Mord aufzuklären hatte.

Ich klingelte, und Bernd ließ mich ein. Wir umarmten uns heftig, küssten uns, aber irgendwie war ich nicht ganz bei der Sache. Bernd in seiner feinfühligen Art merkte es und ließ von mir ab. Dann gingen wir ins Wohnzimmer. Ich war selten bei ihm zu Hause gewesen, fast nur bei den Geburtstagsfeiern, und die fanden durchweg im Garten statt. So musterte ich die Einrichtung eindringlicher, als ich sie normalerweise betrachtet hätte. Sie zeugte von Geschmack und Behaglichkeit. Moderne Stahl- und Ledermöbel verbunden mit ausgewählten einzelnen Antiquitäten, moderne Gemälde, es war alles ziemlich stilsicher, wie mir schien, ich hätte mich nicht so eingerichtet. Ich hätte es einfach nicht gekonnt, fiel mir bedauernd auf. Und sicher auch nicht das Geld gehabt. Es war der Einrichtungsstil einer Frau mit Geschmack. Birgit. Würde ich mich hier wohlfühlen?

Bernd schien meine Gedanken erraten zu haben. Er legte mir leicht die Hand auf die Schulter.

»Komm«, sagte er. »Ich führ dich herum – und in der Zwischenzeit erzählst du mir, was so dringend ist.«

Und während wir durch Küche, Esszimmer, Gästeräume, Bäder und Schlafzimmer gingen, berichtete ich. Meine Vermutungen, meinen Verdacht, meinen unglaublichen Verdacht. Für Außenstehende mag es merkwürdig sein, dass wir diese Dinge bei einer Wohnungsbesichtigung beredeten, aber es sprach sich leichter beim Gehen. Und so seltsam es klingt, beim Anblick von Möbeln, Zimmern, Treppen, Teppichen und Küchengeräten fand ich die richtigen Worte.

Schließlich standen wir wieder in der Halle. Wir befanden uns jetzt im ersten Stock, vier Meter unter uns lag der Eingangsbereich. Bernd hielt den Handlauf des Treppengeländers, das sich im Dunkel des Dachgeschosses verlor, und betrachtete die Holzmaserung.

»Wenn du das erzählst, und du kannst es nicht beweisen«, sagte er langsam, »hast du dich bei allen unmöglich gemacht. Dann kannst du den Dienst quittieren.«

»Das weiß ich«, versetzte ich mit belegter Stimme. »Das ist mir klar, und deswegen möchte ich darüber reden. Was soll ich tun?«

Bernd knipste das Licht an und ging voran auf den Boden.

»Zu dumm, dass alle Spuren vernichtet worden sind«, versetzte er bedauernd. »Du magst recht haben oder nicht. Du weißt, für mich ist Michael Gärtner immer noch der Täter, obwohl das, was du sagst, mich zum Nachdenken bringt. Aber ohne einen einzigen Beweis …«

Ich warf einen Blick in ein kleines Studierzimmer.

»Ich habe einen Beweis«, sagte ich stolz. »Bernd, nicht alle Beweise sind vernichtet. Ich habe die Tür nicht wieder aufgekriegt, die Tür von unserem Gefrierschrank, und sie in einen Nachbarschrank gelegt.«

Bernd verhielt.

»Du meinst, es gibt noch eine Probe?«, fragte er.

»Ja«, versetzte ich aufgeregt. »Ich habe sie einfach in einen Nachbarschrank gelegt. Nur ich weiß, wo sie ist. Der Täter hat zwei Proben vernichtet, von der dritten hat er nichts geahnt. Außerdem, wie sollte er sie finden?«

Bernd öffnete eine Tür. Es roch nach altem Holz, Dachboden und verstaubten Geheimnissen.

»Aber kann ich es riskieren, sie durch Auster analysieren zu lassen, wenn er doch selbst der Täter sein könnte?«, überlegte ich weiter.

»Wo liegt denn die Probe genau?«, fragte Bernd. Er fragte es beiläufig, fast desinteressiert. Aber irgendetwas in seiner Stimme war plötzlich merkwürdig. Der Ton zu beiläufig. Die Frage ein wenig zu lauernd. Plötzlich war er mir fremd.

»Warum willst du das wissen?«, gab ich zögernd zurück.

»Nur so«, sagte er. »Vielleicht ist es gut, wenn es mehrere wissen, nur für den Fall, dass du es vergessen solltest. Verlegte Akten findet man nie, weißt du.«

Der Raum vor uns war groß, die aufflammenden Neonröhren sprangen flackernd mit leichtem metallischem Klicken an. Von unten rauschte im Keller die Umwälzpumpe des Schwimmbades. Sonst war es still.

»Ich habe ein gutes Gedächtnis«, versetzte ich. Es sollte ein wenig zickig klingen, aber ich hatte das Gefühl, dass meine Stimme brüchig war.

Bernd drehte sich zu mir um. Vor dem Hintergrund des hellen Durchgangs wirkte seine Gestalt massig und dunkel.

»Wenn dir etwas passiert«, sagte er. »findet diesen Beweis kein Mensch jemals wieder. Wie ich schon sagte, verlegte Akten tauchen nie wieder auf.«

Seine Stimme klang besorgt, sie klang wie immer, aber plötzlich hatte ich Angst. Eine instinktive Furcht hatte sich meiner bemächtigt. Bloß weg hier, war mein Gedanke, aber das war lächerlich.

»Oder vertraust du mir nicht?«, fügte er hinzu.

Ich weiß nicht, wollte ich antworten, aber ich schwieg.

Er drehte sich um.

»Komm«, forderte er mich auf.

Der Raum, in den wir traten, war sehr groß. Vielleicht fünfzig, sechzig Quadratmeter. Welchen Zweck er früher gehabt haben konnte, ließ sich für mich nicht mehr erkennen, möglicherweise ein Trockenboden oder eine Abstellkammer. An der Decke waren die Dachstreben zu sehen. Oberhalb unserer Köpfe ein Lichtband kleinerer Fenster. Welchen Zweck er aber auch immer gehabt mochte, die dünnen Matten, die auf dem Boden lagen, die Anzeigegeräte an den Wänden kannte ich. Ich befand mich auf einem Fechtboden. An der Stirnseite des Raumes hingen eine Reihe von Waffen. Keine Übungswaffen, die waren anscheinend in einem offenstehenden Schrank untergebracht, sondern richtige. Degen, Florette, Säbel.

Ich wusste, dass Bernd immer ein guter Fechter gewesen war, aber dass er einen privaten Fechtboden hatte und diese Sammlung vermutlich wertvoller antiker Stücke besaß, davon hatte ich keine Ahnung.

Der Wunsch, einfach wegzulaufen, wurde in mir übermächtig. Bernd schloss die Tür.

»Komm, schau sie dir an.«

Er führte mich zur Stirnseite und griff zielsicher nach einem Degen mit reich verziertem Korb und fein ziselierter Klinge.

»Meine Lieblingswaffe«, kommentierte er im munteren Plauderton. »Paris, etwa 1840.«

Er wog sie in der Hand und machte ein paar spielerische Schläge.

Warum musste ich auf einmal an eine Katze und eine Maus denken?

»Du scheinst Angst zu haben?«, fragte er auf einmal unvermittelt. »Ist dem so?«

Ich glaube, ich kriegte kein Wort heraus.

»Du solltest keine Angst haben«, fuhr Bernd fort. »Schwarz-Rot-Gold – das sind doch die Farben unseres Mörders, ... obwohl«, ein feines Lächeln spielte um seinen Mund. »obwohl es eigentlich merkwürdig ist.«

»Wieso?«, fragte ich.

Die Tür ging nach innen auf. Auch wenn ich vor Bernd an der Tür sein sollte, immerhin über zehn Meter, ich würde die Tür zu mir hinziehen müssen. Und das bedeutete eine kurze Pause. Was immer passieren würde, weglaufen konnte ich nicht.

»Wieso?«, wiederholte er im gleichen munteren Plauderton. »Weil die meisten Menschen in unserem Land weder blond noch schwarz noch rot sind.«

»Sondern?«

»Die meisten Menschen haben diese Farbe.« Er griff in seine Hosentasche und hielt eine Kugel in der Hand. Eine Glaskugel. »Braun«, belehrte er mich. »Die meisten Menschen haben braune Haare. – So wie du.«

Ich starrte auf die Kugel in seiner Hand. Eine Glaskugel, wie ich sie schon viermal gesehen hatte. Nur dass sie in einem dunklen Ton leuchtete, den man mit etwas Fantasie für Braun halten konnte. Die Farbe meiner Haare. Und schlagartig wusste ich, dass diese Kugel für mich bestimmt war.

Ich blickte ihm ins Gesicht. Seine Augen. Nein, es waren nicht die eiskalten Augen eines Killers, es lag keine Schadenfreude darin oder Vergnügen, sondern, soweit ich sie überhaupt lesen konnte, nur Bedauern. Bedauern und – Entschlossenheit.

»Du warst es«, rutschte es mir heraus. »Bernd, du warst es.«

Er verzog die Lippen zu einem Anflug eines Lächelns und neigte unmerklich den Kopf.

Es war diese kleine Geste, dieses offene Eingeständnis, das mir meine Tatkraft wiederbrachte. Mit einem schnellen Griff riss ich eine Waffe von der Wand. Wenn dies schon meine Kugel sein sollte, dann wollte ich mich wenigstens nicht wehrlos abstechen lassen.

Als ich die Hand um den Griff des Degens schloss, merkte ich, dass er hervorragend ausbalanciert war. Eine Meisterarbeit. Bernd würde merken, dass auch ich meine Fechtlektionen noch nicht ganz verlernt hatte.

Sein Angriff kam schulmäßig. Eine angetäuschte Terz, Quart, meine Parade gerade noch rechtzeitig … Mit ausgestreckter Waffe hielten wir uns auf Distanz.

Doch bereits das erste Kreuzen der Klingen hatte mir klar gemacht, dass ich eine schlechte Wahl getroffen hatte. Die Waffe war fantastisch, aber sie war die Waffe eines geübten Mannes und zu schwer für mich. Bereits die kurze Zeit, in der ich die Waffe waagerecht hielt, um ihn auf Distanz zu halten, machte mir klar, dass ich diesen Kampf nicht durchstehen würde.

»Eine gute Wahl«, kommentierte Bernd sarkastisch. »Deutschland, etwa 1750. Aber ist sie nicht etwas zu schwer?«

Er setzte erneut an, ich parierte, er setzte nach und ich rettete mich mit einem Sprung zurück. Schon jetzt jagte mein Puls. Meine Hand fühlte sich an wie Blei. Ich senkte den Degen.

»Du hast einen Fehler gemacht, Bernd«, sagte ich. »Auch wenn du mich hier abschlachtest wie die anderen, der glatte Schnitt durch die Kehle, den wird es hier wohl nicht geben. Und hier auf deinem Fechtboden sollen sie mich ja wohl auch nicht finden, oder? Dieser Mord wird nicht in das Schema passen. Und deine dämliche Kugel war eine Fehlinvestition. Egal, was du tust.«

Bernd grinste kumpelhaft, ließ mich aber nicht aus den Augen.

»Natürlich nicht«, gab er zu. »Meinst du, ich bin blöde? Deine Leiche wird nie gefunden werden. Du wirst einfach verschwinden. Für immer. Schade eigentlich.«

Ich sah seinen Schlag nicht einmal aus dem Ansatz kommen, hob meinen Arm erst, als seine Klinge mich fast berührte, sie bohrte sich in meinen Griffkorb, für einen winzigen Augenblick spürte ich einen Stich in meinem Finger, dann schnellte wie von einer unbändigen Kraft gezogen mein Degen aus der Hand und flog polternd auf die Dielen.

»Eins«, kommentierte Bernd. »Ich sagte doch: Die Waffe ist für dich zu schwer, du bist zu unbeweglich, außerdem bist du außer Übung. Hast Fett angesetzt.«

Die Spitze seines Degens verharrte einen knappen halben Meter vor meinem Gesicht, beschrieb dann einen Bogen und deutete auf ein Florett an der Wand, hob es mit der Degenspitze ab und warf es mir in einer eleganten Bewegung zu.

»Versuch es damit«, sagte er. »Spanien, Toledo, Ende des achtzehnten Jahrhunderts, vielleicht 1790.«

Es war eine Waffe, wie für mich gemacht. Leicht, herrlich ausbalanciert, eine biegsame, mit einem umlaufenden bläulichen Muster versehene Klinge. Und, obwohl Florette eher Stich- als Hiebwaffen sind, vermutlich mit einer extrem scharfen Schneide.

Er ging zurück bis zur Mitte des Raumes. Ich folgte ihm.

»Warum?«, fragte ich. »Bernd, warum musstest du sie alle umbringen? Wir hätten doch auch zusammen glücklich werden können? Ohne Birgit. Ohne ihr Geld.«

Bernd lachte. »Wir zusammen glücklich? Hast du dich mal im Spiegel angeschaut? Kleine Hängetitten, in Bauch übergehend. Über Geschmack und Klamotten wollen wir nicht reden, aber deine Fähigkeiten im Bett … na ja … Meinst du, das hätte mich für dies hier alles entschädigen können?«

Er beschrieb mit seiner Klinge einen Kreis, der alles umfasste. Seinen Fechtboden, sein Haus, seine Autos …

Unwillkürlich trieben mir seine Worte die Tränen in die Augen. Unbeherrscht machte ich einen Ausfall, stach, schlug blindlings zu. Ich kam erst wieder zu mir, als mein Florett auf den Bogen polterte.

»Zwei«, kommentierte Bernd. »Du solltest sorgfältiger mit deinen Chancen umgehen.«

Ich bückte mich und nahm die Waffe wieder auf. Bernd spielte mit mir. Nun gut. Sollte er. Mein Augenblick würde kommen.

»Zur Zeit des Mordes an Birgit warst du bei mir«, sagte ich.

»War ich nicht«, versetzte er und lehnte den Degen mit seiner Spitze auf den Boden.

»Du hast es nur geglaubt. Ich habe dir ein kleines Betäubungsmittel in den Wein gegeben, nicht stark, aber du hast gut geschlafen, und anschließend die Uhren verstellt. Eigentlich ganz einfach. Nur, dass ich ziemlich unter Zeitdruck stand. Sicher sein, dass du eingeschlafen bist, raus zu Birgit, dann zurück, Spiegeleier braten, morgens das Umstellen des Weckers nicht vergessen. … Das hätte ich übrigens selber fast verschlafen, weil ich so müde war.«

»Dann hast du mich nur gebraucht für ein Alibi? Du hast mich nur für ein Alibi gebraucht??!!«

Bernd schwieg und nickte provozierend.

»Ich dachte, ich brauche mich nicht zu wiederholen. Hängetitten, Bauch … ich glaube, ich habe dir das schon vorhin gesagt.«

Ich widerstand dem Impuls, blindlings nach vorn zu stürmen. Nach und nach tauchten die Erfahrungen meiner ersten Fechtstunden auf. Für sicheren Stand sorgen, ein Gefühl für die Waffe bekommen, Körperspannung beachten, Beinstellung.

Bernd kommentierte meine Bemühungen mit einem beifälligen, selbstsicheren Lächeln.

»Warum die anderen Frauen?«, fragte ich.

»Liebe Barbara«, beschied er mir von oben herab. »Wie viele Morde werden aufgeklärt. Fünfundneunzig Prozent? Neunundneunzig? So etwas in der Richtung. Und weißt du warum? Natürlich weißt du es.«

»Weil fast immer der Nutznießer der Täter ist«, antwortete ich wie auf der Polizeischule.

»Bingo. Gut aufgepasst, junge Beamtin. Und wer wäre wohl am verdächtigsten, wenn auf einmal die Ehefrau, die reiche

Ehefrau eines Kriminalkommissars das Zeitliche segnet, denn Spuren, meine junge Schülerin, gibt es immer …«

Ich schwieg.

»Keine Ahnung? Natürlich der Ehemann. Cui bono? Wem nützt es? – die alten Römer wussten das schon. Also musste dieser Mord vertuscht werden, einer in einer Reihe eines Verrückten sein. Es durfte nicht der erste sein, auch nicht der letzte, sondern einer dazwischen. Deswegen mussten es vier sein. Wenngleich, aus ästhetischen Gründen wären mir drei lieber gewesen. Und die DNA-Spuren unseres lieben Michael Gärtners … Hast du mal seine Haar- und Schuppenkollektion angesehen?«

Lass ihn plaudern, dachte ich mir. Solange er redet, tut er nichts. Aber ich hatte mich getäuscht. Er hob seinen Degen, betrachtete für einen Moment seine funkelnde Spitze und begann mit einem schulmäßigen Angriff. Ich parierte, gab zurück.

»Gut«, kommentierte er. »Gut, … sehr gut, auf die Beinstellung achten …«

Nun ist es, wenn Florett gegen Degen kämpft, so etwa wie mit einem dünnen Bambusstab gegen einen ausgewachsenen und stabilen Besenstiel anzutreten. Es ist ein ungleicher Kampf. Wiederholte Bernd nur die Aktionen um ein Winziges schneller, hatte ich ein Problem. Außerdem bekam ich bald keine Luft mehr. Ich keuchte.

»Schon müde?«, spottete Bernd. Und dann, wieder die Attacke fast aus dem Nichts, und wieder polterte mein Florett auf die Dielen.

»Drei«, kommentierte er. »Dies, Barbara, war dein letzter Fehlversuch.«

Er angelte mit seiner Degenspitze nach meinem Florett und warf es mir zu.

In diesem Moment wusste ich, dass ich diesen Kampf nicht gewinnen konnte. In Filmen kommt zu solcher Gelegenheit meist der misstrauisch gewordene Partner hinzu. *Ich hatte mir doch gedacht, als du nicht wieder anriefst.* Er würde die Tür aufmachen und seine Dienstpistole in Anschlag bringen. Matthias wäre dafür wohl der geeignete Kandidat. Oder, vielleicht dramatischer, ein bisschen Sand, in die Augen geworfen von der jungen blonden Heldin gegen das anscheinend übermächtige Großmaul. Aber hier gab es keinen Sand, und ich hatte auch kein Pfefferspray dabei.

»Wie bist du auf die anderen Frauen gekommen?«, fragte ich, mühsam nach Zeit und nach Atem ringend.

»Sie waren alle …«

»Nicht alle«, korrigierte er mich. »Nur die erste und die letzte waren Mitglieder eines Callgirl-Rings. Celine Dreyer war eine stadtbekannte Schlampe, und Birgit … Du hättest dich erkundigen sollen, wem dieser Callgirl-Ring gehörte. Nicht diesem liebenswerten Dr. Nordmeyer, sondern jemand anderem, aber danach hast du nicht gefragt. Dr. Nordmeyer hat dich nicht angelogen, als du ihn fragtest, ob auch Birgit …, nein, keinesfalls, er hat dir nur nicht gesagt, dass sie eine der beiden Geldgeber der Agentur ist. Zusammen mit ihrem Ehemann. Und natürlich durften nicht alle Spuren auf diesen Ring hinweisen …«

Es hatte sich ein anderer Ton in seine Stimme geschlichen. Etwas, was ich nicht einordnen konnte. Jedenfalls bröckelte zum ersten Mal die Fassade aus Spott und Überlegenheit.

»Aber warum?«, fragte ich. »Auch wenn sie für dich oder euch gearbeitet haben – warum?«

Für einen Moment schien er etwas sagen zu wollen, dann aber verschloss er seinen Mund zu einem harten Strich.

»Sie haben es alle verdient«, versetzte er hart, als ob er an etwas anderes dachte. »Celine Dreyer war mit jedem im Bett, und die beiden anderen auch. Das war eben Geschäftsrisiko.«

Wieder setzte er zu einem seiner Hiebe an. Ich spürte die unglaubliche Kraft seiner Klinge, die an der Schneide meines Floretts entlangfuhr und sich in meinem Korb verfing. Für einen Moment schien mir die Waffe wieder aus der Hand zu fliegen, ein letztes Mal, aber dann konnte ich noch gerade beim Zurückweichen den Griff festhalten. Bernd lächelte mokant.

Bei den nächsten Klingenwechseln hatte ich dazugelernt. Ich machte das, was alle mäßigen oder unterlegenen Fechter machen, wenn sie im Nachteil sind: Ich wich zurück. Seine Hiebe gingen zwar nicht ins Leere, aber dadurch, dass ich Schritt für Schritt nach hinten auswich, verloren sie ihre tödliche Kraft. Bei einem Turnier wäre ich, sobald ich den Kampfplatz mehrere Male verlassen hätte, disqualifiziert worden. Aber dies war kein Turnier, kein sportlicher Wettstreit – und wenn dies meine einzige Chance war, hier mit heiler Haut herauszukommen, wollte ich sie wenigstens nutzen.

Ich weiß nicht, wie lange ich Schlag für Schlag parierte, länger als eine Minute konnte es kaum gewesen sein, aber ich war schweißüberströmt. Die Hitze des Dachbodens, die unbequeme, ausgestreckte Haltung des Arms... Ich verlor einfach meine Kraft.

»Das Handy?«, fragte ich, um Zeit zu gewinnen.

»Das war super!« Er schien sich ehrlich zu freuen. Wie ein Schuljunge, der für seinen Lehrer eine schwierige Matheaufgabe gelöst hatte. Er warf einen Blick auf meine Schweißperlen auf der Stirn und senkte seinen Degen. »Nicht wahr, das war genial! Ich musste nämlich Birgit aus ihrem Büro herauslocken – und dies ging nur mit einem Anruf. Aber alle Morde mussten gleich aussehen. So habe ich jede einzelne kurz angerufen. Das einzig Schwierige war die Idee und ein Handy zu bekommen, bei dem die Pin deaktiviert war. Es hat mich sechs kleine Überfälle gekostet.«

Ich wollte noch etwas anmerken, um Zeit zu schinden und wieder zu Kräften zu kommen, aber Bernd wischte den Ansatz meiner Rede mit einem kurzen Schwenk seines Degens zur Seite.

»Bringen wir es hinter uns«, sagte er nur. Dann schlug er zu.

Ich wich erneut zurück, aber unvermittelt traf mein rückwärtiger Fuß auf Widerstand. Ich stand an der Wand.

Ich spürte die Hitze des Raumes, fühlte, wie meine Schweißtropfen kitzelnd den Rücken herunterliefen, sah das hohe Lichtband unerreichbar, die Sonnenstrahlen fielen parallel in den oberen Teil des Raumes. Ich wusste, dass dies mein letzter Blick sein würde. Und mit einem Mal fand ich meinen Tod völlig sinnlos.

»Es wird dir nichts nützen«, sagte ich matt. »Von meinem Tod hast du nichts. Babyface weiß, dass ich etwas in einen anderen Schrank gelegt habe, Auster weiß, dass ich ihm ein entscheidendes Beweisstück liefern wollte, Matthias wird sich erinnern … Die werden alles auf den Kopf stellen … und sie werden deine DNA finden …«

Ich redete, aber als ich Bernd ansah, wusste ich, wie sinnlos meine Worte waren, dass er längst auf den gleichen Gedanken gekommen war. Vielleicht hätte ich ein Gefühl der Befriedigung empfinden sollen, dass auch er sich verrechnet hatte, aber ich fühlte nur grenzenlose Trauer.

Ernst hob er den Degen.

»En garde.«

Dann senkte er elegant die Spitze und holte aus.

Mit dem Fuß an der Wand, mein linker Ellbogen streifte die Holzverkleidung. Ich würde keinen Zentimeter mehr zurückweichen können. Ich würde hier aufgespießt werden, wie eine Ratte. Es war der finale Schlag. Der Coup de Grace.

Mit der letzten Kraft, die ich hatte, stieß ich nach vorn. Es war ein dilettantischer Versuch, jeder Anfänger lernte ihn zu parieren, er war blind und er war verzweifelt. Aber einfach abgestochen werden – nein, das wollte ich nicht. Dann lieber so. Durch die Gewalt des Stoßes wurde ich nach vorne gerissen, verlor die Balance, taumelte, und erst als ich wieder festen Stand hatte, merkte ich den Widerstand an meiner Klinge. Auf Bernds schwarzem T-Shirt breitete sich ein dunkler Fleck aus. Seine Gesicht hatte einen ernsten, aber gleichzeitig entrückten, verwunderten Ausdruck angenommen. Ich zog die Waffe aus seiner Brust.

»Du hast dich gar nicht gewehrt«, flüsterte ich ungläubig.

Er sagte nichts, sondern setzte sich nur langsam auf den Boden. Vorsichtig stützte er sich ab und legte seinen Degen auf den Fußboden.

»Ich glaube, ich muss mich hinlegen«, sagte er matt. »Mir ist schwindelig.«

Er streckte sich der Länge nach aus. Offenbar hatte er Schmerzen, denn er legte sein Gesicht in Falten und presste die Lippen zusammen. Ich nahm das Florett aus der Hand und kniete mich neben ihn.

»Tut es dir weh?«, fragte ich.

»Nur wenn ich lache«, versuchte er einen Witz, dann verzog er das Gesicht und hustete rote, kleine Bläschen. Sein Atem hatte etwas Pfeifendes angenommen.

Ich griff nach meinem Handy, um einen Krankenwagen zu rufen, aber er schüttelte nur abwehrend den Kopf.

Der dunkle Fleck auf seiner Brust wurde größer, erreichte den Dielenboden und färbte ihn rot.

Ich hatte nichts zum Unterlegen, sondern nahm nur seinen Kopf und legte ihn auf meine Knie.

»Ich hab dich vorhin angelogen«, sagte er mühsam. Immer wieder hustete er. »Du hast keine Hängetitten. Und auch das andere, was ich dir gesagt hatte, war nicht so gemeint. Entschuldigung angenommen?«

Meine Augen füllten sich mit Tränen. Ich nickte nur ein paar Mal.

Er lächelte, schien etwas sagen zu wollen, aber dann kam wieder dieser Husten.

»Warum hast du dich nicht gewehrt?«, fragte ich.

Er konnte schon nichts mehr sagen, sondern zuckte nur seltsam unschlüssig mit seinen Schultern.

So sprachen wir nicht mehr, sondern ich hielt nur seinen Kopf und gelegentlich streichelte ich seine Hand. Auch als er tot war, blieb ich noch bei ihm, und erst als die Sonnenstrahlen oben in den Deckenfenstern verschwanden, rief ich einen Krankenwagen.

Der Autor

Egbert Osterwald, Jahrgang 1952, studierte Germanistik und Politikwissenschaft, promovierte und unterrichtet Deutsch, Politik und Geschichte an einem hannoverschen Gymnasium. Der begeisterte Hochseesegler und Hobbykoch ist verheiratet und hat zwei Kinder. Seit 1995 hat er zahlreiche Kriminalromane veröffentlicht.